唐詩三部曲 1

唐詩寒武紀

王曉磊 著

Literary Forest 学林文森

目次

自序

在時光的長河裡，讀唐詩

王曉磊

在古生物學上，有這樣一個遠古的歷史時期，叫作寒武紀。它在距今大約五億四千萬年前，當時地球上發生了一件奇幻又奧妙無比的事，被稱為「寒武紀生命大爆發」。

在一段很短的時間裡，好像神靈播撒種子一樣，生命忽然狂飆突進，爆發式地誕生和進化。單細胞生命躍進到了多細胞的高等形態。節肢動物、棘皮動物、軟體動物、腕足動物甚至苔蘚蟲紛紛出現，幾乎所有現生動物的門類都在這個時期誕生。

在這之前，地球上的生命代表還是原始的藍藻、金伯拉蟲。而在寒武紀之後，生物猛然有了五官、四肢、脊椎，還產生了眼睛，第一次看見了蔚藍的世界。三葉蟲、奇蝦、海綿、海百合、昆明魚……大海中驟然生機勃勃。

而本書的主題——唐詩，也經歷了一個極其類似的「寒武紀大爆發」。

如果穿越歷史時光，回到西元六五〇年前後，儘管唐朝已經建立了三十餘年，但詩壇還是沉悶的、乏味的。人們只是在宮廷裡寫著一些浮靡空洞、境界逼仄的詩，活像是原始的藍藻、金伯拉蟲。忽然間，就像生命在寒武紀的爆發一般，水沸騰起來了，海洋喧鬧起來了。新的一批詩人誕生了，王勃、楊炯、盧照鄰、駱賓王等「四傑」誕生了，陳子昂誕生了，沈佺期、宋之問、杜審言誕生了，詩歌衝出了宮廷，出現在茅屋驛站、河畔林間、邊關塞漠。人們拋棄了宮廷裡的瑣碎，開始書寫蒼涼世界，表達心靈之聲，詩的世界煥然一新，直到李白、杜甫的誕生。

這個奇妙的過程，我稱之為「唐詩的寒武紀」。

在這本書裡，我會給大家解讀這些問題：唐詩是哪裡來的？為什麼會有這一場大爆發？是誰埋下的火種？誰又點亮了火炬？誰是偉大的接力者？又是什麼促成了李白和杜甫的誕生？希望大家能喜歡這一奇妙的旅程。

關於詩歌，還經常有人問這樣一個問題：詩到底有什麼作用？我覺得其中之一，是消解我們的孤獨。

人永遠是孤獨的，而任何藝術都有一個終極的使命，就是幫助我們對抗孤獨。詩也是這樣。

所謂詩歌，就是人類中最敏感、最多情的那部分成員，先把所有的悲哀喜樂都經歷過一遍，把他們千瘡百孔的心靈展示給你看。然後當你再經歷那一切的時候，就會覺得不那麼孤獨。

你看著月亮感到孤寂的時候，會想起「舉杯邀明月，對影成三人」，然後便消解了一些孤獨了。你漂泊在外，走在清冷的道路上，想到「雞聲茅店月，人跡板橋霜」，便可能減少了一絲惆悵了。你辭別好朋友，忽然想到「海內存知己，天涯若比鄰」，便獲得了一些慰藉了。——是啊，我經歷的這些，原來他們都經歷過，在人類之中，在時光的長河裡，我並不只是一個人。

從這個意義上說，詩人們是燃燒了自己的生命，以通透我們的人生。

「雲山已發興，玉佩仍當歌。」希望在這一段關於詩歌的旅程裡，我們並肩同行。

今天能讀到唐詩，你知道有多幸運嗎

我志在刪述，垂輝映千春。

——李白

一

距離今天大約四百年前，明朝天啟年間，魏忠賢公公正權勢熏天的時候。在浙江海鹽縣，有一位老人默默脫下了官袍，整齊疊好。這是一件綉著精緻白鷴鳥的青袍，代表著他是五品官員。

外面有人喊：「胡大人，您怎麼還不出來？我們等著接您去德州上任呢。」

「上任？」老先生淡淡一笑，自言自語：「再見了，官場！對於你，我早已厭倦。[1]我要回到家鄉，用剩餘的歲月，去完成一件更重要的事——

「編一部最全的唐詩集，不要再有遺漏，不要再有散佚，讓後世子孫都能讀到它！」

讓我們記住這位老先生的名字——胡震亨。

現在人可能很難理解，不就是編本唐詩的集子，很難嗎？用得著這麼發狠嗎？事實是，在那個年代，真的很難。那時可沒有這麼多出版社、印刷廠、圖書館，沒有這麼便利的搜尋引擎。你要查找一首詩，就要翻無數的書，說不定還要跋涉千山萬水去抄，甚至不一定能抄到。

如果老胡偷懶，不編這本唐詩集，會怎麼樣？答案是：後果很嚴重。

那時候，唐詩正以今天物種滅絕般的速度在失傳。據胡震亨估算，到他所處的年代，唐詩已經至少佚失了一半。

你也許以為：詩怎麼會失傳呢？只要詩人夠棒，寫得夠好，不就會口耳相傳留下來？

還真不是這樣。

先問一個似乎不太嚴謹的問題：在所有唐詩裡，最好的是哪一首？可能有不少人會憑印象回答：〈春江花月夜〉。所謂「孤篇壓全唐」嘛。那麼它的作者是誰？不少讀者也能答上：張若虛。

這位張先生寫出了這麼好的作品，對唐詩做了這麼大貢獻，那麼他到今天留下來了多少詩呢？一百首？八十首？答案很令人震驚——只有兩首。

〈春江花月夜〉能得以傳世，其實非常僥倖。因為一個很偶然的機會，宋代人在編一本樂府詩的集子時，收錄了張若虛的這首詩，[2]讓它得以傳了下來。否則，我們壓根不會知道這首詩。

而除了兩首之外，張若虛一生的其餘作品，盡皆不存。

再問一個類似問題：唐代的五言絕句裡哪一首最好？很多人會脫口而出：〈登鸛雀樓〉。就是每個人小時候都背過的「白日依山盡，黃河入海流」。它的作者，一般認為是王之渙。

這位大詩人有多少詩留下來？答案觸目驚心，只有六首。

一千多年裡，也不知道有多少「白日依山盡」、「海上明月共潮生」湮滅失傳。

二

王之渙、張若虛的遭遇，並不是偶然的。

李白有多少詩留了下來？最悲觀的說法是：大概十分之一。[3]這個偉大的天才寫了一輩子詩，總數估計有五千到一萬首，也許十之八九我們永遠見不到了。

李白去世前整理了畢生稿件，鄭重託付給了族叔李陽冰，請他為自己編集子，[4]以便流傳後世。李陽冰沒有辜負他的期望，用心整理出了《草堂集》十卷，然後全都在宋代失傳了。

再說杜甫。這個同樣偉大的詩人，四十歲之前的詩幾乎全部亡佚不存，[5]而他活了多少歲呢？只有五十八歲。從這個意義上說，可謂大半輩子的詩白寫了。

另一個同時期的重要人物王維也沒有好到哪裡去。僅開元年間，王維就寫了成百上千首詩，最後留下不到一成。[6]

類似的例子不勝枚舉。初唐的詩人宋之問，乃是奠定律詩基礎的大家，他在唐代就有集子傳世，然而終於在明代嘉靖、萬曆年間亡佚。一代才女上官婉兒，其文集二十卷在宋代全部佚失，今天僅有餘詩三十二首。

「初唐四傑」之一的王勃，就是寫出「落霞與孤鶩齊飛」的那個天才，他的集子艱難地流傳了幾百年，同樣在明代徹底湮滅。直到明朝都快亡了，人們才從別的書裡找出了一些他的零散詩文，甚至要跑到日本去找抄本殘卷，攢成集子，讓我們還能感受王勃的風采。

這就好比《金庸全集》全部失傳了，你只能跑到六神磊磊的專欄裡去找幾段金庸的原文來過癮，想想都讓人想哭。

偉大的孟浩然算是幸運的，死了沒幾年，就有人給他編詩集，但許多作品仍然失傳。還有李商隱，就是寫「春蠶到死絲方盡」、「心有靈犀一點通」的那位，曾親自編了四十卷詩文集，可惜全部佚散，沒有一卷留下來。他的詩是多年之後人們陸續一點點搜求到的。

那麼，那些湮滅的詩文，都是因為水準糟糕，無甚價值，大家才記不住嗎？不是的。即便是名動一時、口耳相傳的詩文，照樣會亡佚。

比如唐人記載，李白的辭賦〈大鵬賦〉和〈鴻猷文〉特別偉大，比上一代辭賦霸主司馬相如和揚雄的水準都高。[7]今天，〈大鵬賦〉幸運地流傳了下來，但〈鴻猷文〉呢？對不起，沒有了，永遠湮沒在歷史中了。

又如晚唐詩人韋庄，不少讀者都知道他那首浪漫的〈菩薩蠻〉：「人人盡說江南好，遊人只合江南老。」韋庄還有一首非常珍貴的長篇敘事詩，叫作〈秦婦吟〉，詳細描繪了唐末黃巢起義前後的歷史畫面，其中有一句，是寫農民軍進入長安後的景象，尤其有名，叫「內庫燒為錦繡灰，天街踏盡公卿骨」。

可是〈秦婦吟〉的全文卻不幸亡佚了，宋、元、明、清四代人都沒能讀到它。萬幸的是，敦煌石室後來發現了一首長詩的抄本，仔細一辨認，居然就是傳說中的〈秦婦吟〉，我們這才有機會見到它的真面目。

不光是詩歌在消失，前人編的各種詩集、詩選也在消失。何況，過去不少學者編詩集的路子很邪乎，有不少偏見。有的人拚命選盛唐詩，中唐、晚唐選得很少。有的人只愛選些清湯掛麵的詩，粗獷豪邁一點的一首都不選。

在當時，號稱最全、最完整的一本唐詩集，叫作《唐詩紀》。胡震亨找到這套書，只翻開第一卷就不滿意了：開篇就把人家唐高祖李淵的一首詩給記漏了，這也號稱是最全的唐詩嗎？[8]他下定決心：我距離唐朝已經七百年了，再不編一本完整的唐詩出來，我們怎麼對得住那些偉大的前輩詩人？

三

有人不解：老胡，這麼難的事情，你一個人幹，憑什麼能幹成？

老胡充滿信心：就憑我家的萬卷藏書！

所謂「萬卷藏書」，一點也沒有吹牛。他家有一個巨大的藏書樓，叫作好古樓，包羅萬象，「收藏圖書萬餘卷」。[9]除了藏書，老胡本人的學問也很淵博，十八歲中秀才，二十九歲中舉人，[10]這都不說了，而且讀書涉獵廣泛，連兵書都啃，甚至當時的抗倭名將「劉大刀」劉綎都和他做朋友。

一六二五年，老胡挽起袖子，幹了起來。「我不但要收錄最全的盛唐詩，也要收錄最全的中唐詩、晚唐詩、五代詩！

「我不但要收錄詩歌，還要整理出每個詩人的小傳、評語，讓他們名垂後世。

「我不但要收錄完整的詩，還要收入斷篇零句，甚至詞曲、歌謠、諺語、酒令，什麼都不遺漏。」

秋去春來，無數個晝夜過去了。終於有一天，胡震亨放下了筆，露出了欣慰的笑容。他完成了這部著作，此時是一六三五年，他已經整整工作了十年。這部巨著，被取名為《唐音統籤》。

這部超級大書有一千零三十三卷，按天干之數分為甲、乙、丙、丁、戊、己、庚、辛等十籤。不但收錄了當時最完整的唐代和五代詩，還收錄了詞曲、歌謠、諺語、酒令、占辭等等，此外還有極其珍貴的文學評論、傳記史料，堪稱中國古代私人編書的超級王中王。

更誇張的是，老胡還不過癮，又用了七年時間，吭哧吭哧寫出了研究李白、杜甫的《李詩通》、《杜詩通》兩部大書。

這時，已經七十四歲的老人方才露出微笑：我終於完成了一生的夢想。這才叫不辜負我的時代。

這樣一個人，《明史》沒有他的傳，各類書籍史料中也未見過一篇他的生平傳記傳世。但那又怎麼樣呢？歷史無視他，卻不敢無視他的巨著，《明史・藝文志》裡收了好多他的書。[11]

四

那麼，全唐詩的編纂偉業算是完成了？還早。

繼胡震亨之後，第二位主人公登場了。他的名字叫作錢謙益。一聽到這個名字，估計立刻有人開罵：呸！大漢奸！千刀萬剮他！

沒錯，你可以叫他漢奸。他本來是東林黨的領袖，明朝的禮部尚書[12]，卻帶著老婆投降了清朝，做了大官。不過，「大漢奸」就一定都只做大壞事嗎？歷史要真這麼簡單就好了。

錢謙益是研究唐詩的大家。如果當時要成立一個唐詩學院，他老人家是有望競爭院長、副院長的。直到今天，你要是想研究杜甫，都沒法不讀他的注。[13]

老錢也下決心要編一部《全唐詩》，轟轟烈烈地搞了很多年，大約已編到了數百卷的規模，怎奈天不假年，掛了，沒能完成。

他的遺稿遭際很慘。要知道，當時是什麼年代？那可是金庸《碧血劍》故事發生的年代，戰火紛飛，生靈塗炭，他的書稿也七零八落，今天丟一卷，明天丟一卷，逐漸亡佚過半，眼看就要丟光了。

幸虧第三位猛人出現了，他的名字叫季振宜——本書不會隨便提生僻的名字，一旦出現了人名，就說明他確實很重要。

季振宜此人，十七歲中舉人，十八歲中進士，莫問他如何做到的，天才的世界我也不懂。在對書籍蒐集整理的過程中，季振宜發現了錢謙益的殘稿，大感興趣，立即接過前輩的火炬，開始了《全唐詩》的編輯工作。

季振宜來編唐詩，條件得天獨厚，因為他是個大藏書家。之前我們曾介紹過的胡震亨、錢謙益兩位，都是當時著名的藏書家，但季振宜的藏書比他兩人還豐富。季氏藏書富到什麼程度呢？當時江南幾個最大藏書樓，包括毛氏的汲古閣、錢謙益的絳雲樓[14]、錢曾的述古堂、趙氏的脈望館等，其中許多珍貴的藏品都歸他繼承了，可謂天下精華集於一身，江湖人送外號「藏書天下第一」、「善本目錄之王」。

這位季振宜還超級有錢，所謂「國朝巨富」[15]，家中豪宅無數、僮僕如雲都不必說了，光是昆劇戲班就養了三個。即便是《紅樓夢》裡的賈府，也只有一個戲班子。正是因為季家如此豪富，才可以不惜代價地藏書，據說他家裡有的書一本就價值六百金。

他家的藏品又牛到什麼程度呢？僅舉兩件他爹的藏品，大家感受一下：

一件叫作神龍本《蘭亭序》。那是王羲之《蘭亭序》傳世最精美的摹本，沒有之一。眾所周知，《蘭亭序》的原本沒有了，一說陪葬於唐太宗的昭陵，一說陪葬於唐高宗的乾陵，都未確證。真跡既然不存了，那麼「神龍蘭亭」就是最牛的。

另一件叫作《富春山居圖》，沒錯，就是現在北京故宮收了一半、臺北故宮收了另一半，林志玲女士在電影裡玩命搶的那個絕世寶貝。

有錢、有書、有鬥志，諸事俱備，季振宜開始挑燈夜戰，全力以赴編纂全唐詩集。

又十年過去了——這些人寫書動不動就是以十年計算的——他終於又編出了一部宏偉的唐詩集，共七百一十七卷，每年他光是詩人的小傳就要寫兩百篇。

彷彿上天的安排般，書稿編成的第二年，季振宜就病倒了，很快撒手人寰。

現在，胡震亨、錢謙益、季振宜三位主角已經給我們留下兩部龐大的書稿，只差最後一項工作——把它們合併起來，修補完善，成為理想中的《全唐詩》。

五

第四位主角於是出場了。他是大家的老熟人，金庸《鹿鼎記》的主角之一——小玄子，又稱康熙皇帝。他酷愛唐詩，對過去那些唐詩集總覺得不夠滿意：

「唐人搞的唐詩集子，不夠好，太簡單！

「宋人搞的唐詩集子，錯漏很多，很幼稚！」

發完牢騷，他撂出狠話：「朕，愛新覺羅．玄燁，要把我收藏的所有唐詩集拿出來，搞出一本《全唐詩》，讓子孫萬世都可以讀到！這本書，一定要好、要猛、要全！」

究竟選誰去修書印書呢？他選定了一個人——江寧織造曹寅，也就是曹雪芹的爺爺。康熙鄭重地給了曹寅兩部書稿：

「這是季振宜的《唐詩》，這是胡震亨的《唐音統籤》，朕都已經集齊了。你拿著它們，去召喚神龍吧！」

西元一七〇五年，在胡震亨編《全唐詩》整整八十年後，曹寅督率十位飽學的翰林官，在揚州開局修書，大張旗鼓，編纂《全唐詩》。

這是畢全功於一役的最後一戰，可謂勢如破竹、水到渠成。僅僅一年後，曹寅等人就完成了工作，把《全唐詩》放在了康熙的面前。

康熙很興奮。這可是中國所有大一統王朝裡唯一的一部斷代詩歌總集。為此，他潤筆磨墨，親自給這部書寫下了驕傲的序言：

「得詩四萬八千九百餘首，凡二千二百餘人，釐為九百卷。」

「唐三百年詩人之精華，咸採擷薈萃於一編之內，亦可云大備矣！」

他可能想起了李白的話：「我志在刪述，垂輝映千春。」——現在，朕可以輝映千春了。

六

今天，每讀到一首唐詩，我都覺得很慶幸。

我的主業是讀金庸。對比一下那些同樣偉大的武功秘笈吧，從凌波微步到六脈神劍，從九陰真經到北冥神功，都無一例外湮滅了。降龍十八掌到元末就只剩十五掌，最後統統失傳。它們的擁有者都是強橫的武士，卻沒能保住這些經典。

相比之下，守護著唐詩的，是一群手無縛雞之力的柔弱書生。他們呵護著脆弱的紙張和卷冊，他們的藏書樓建了燒、燒了建，編的書印了毀、毀了印，仍然讓五萬首唐詩穿越兵燹水火，度過重重浩劫，一直傳到了今天。

因為他們，我們今天才能看到唐朝的偉大詩人們朝辭白帝、夜泊牛渚、暮投石壕、曉汲清湘；看詩人們記錄下千里鶯啼、萬里雲羅、百尺危樓、一春夢雨；看他們漫卷詩書、永憶江湖、哭呼昭王、笑問客來。

這是何等的享受，又是何等的幸運。

註釋

1 胡震亨果真沒有去做德州知州。《海鹽縣誌》裡說他：「升德州知州，州吏持牘來迎，震亨批牘尾以詩，有云：『自愛小窗吟好句，不隨五馬渡江來。』謝病不赴。」這人居然在政府文件上寫詩，亂塗亂畫，也是沒誰了。

2 今天我們能見到〈春江花月夜〉，要歸功於北宋郭茂倩《樂府詩集》卷四十七裡收錄了它。被收的原因十分僥倖，因為〈春江花月夜〉乃是一首樂府詩。

3 李白詩歌在唐代就亡佚嚴重。李陽冰〈草堂集序〉：「公避地八年，當時著述，十喪其九。」詹鍈《李白集版本源流考》：「李白原稿，在亂離中已十喪其九。」王琦《李太白集輯注》：「太白詩文，當天寶之末，嘗命魏萬集錄，遭亂盡失去。及將終，取草稿手授其族叔陽冰俾令為序者，乃得之時人所傳錄，於生平著述，僅存十之一、二而已。」

4 李白一生多次找人給他編集子。魏顥、李陽冰應該都幫他編過集子，可惜不傳。魏顥得到李白的詩文稿後，隔了一段時間才著手編集，已經損失了相當一部分，具體見本套書第二冊《唐詩光明頂》。

5 這個損失很大。陳弱水在《唐代文士與中國思想的轉型》中說：「杜甫曾自言，他四十歲以前的詩文，『約千有餘篇』，可惜這段時期的作品絕大多數都已經喪佚。今天所謂的杜甫早期詩篇，其實都是中年以後所寫。」

6《舊唐書．王維傳》：「開元中詩百千餘篇，天寶事後，十不存一。」

7 唐任華《雜言寄李白》：「《大鵬賦》（一作《大獵賦》）、《鴻猷文》，嗤長卿，笑子雲．」不過郭沫若認為《鴻猷文》可能只是讚頌之辭，沒有什麼價值。

8 胡震亨老師批評《唐詩紀》沒有收錄高祖李淵的詩，一通蔑視。但後世以他的《唐音統籤》為藍本的《全唐詩》還是不收李淵的詩。看來問題還是出在李淵自身的水準上吧。

9 老胡不但自己家裡的書多，而且還有許多藏書家朋友，尤其和汲古閣主人毛晉關係很好，不時能讀到一些珍異的書。

10 周本淳《胡震亨的家世生平及其著述考略》：「萬曆十四年丙戌（一五八六），年十八，中秀才。」「萬曆二十五年丁酉（一五九七），年二十九，中浙榜舉人。」

11 《明史・藝文志》裡可見老胡有《靖康盜鑑錄》一卷、《讀書雜錄》三卷、《秘冊匯函》二十卷、《續文選》十四卷、《唐音統籤》一千零二十四卷等，不見詩集，很好奇他自己作詩水準究竟如何。讀到過兩首據說是他的詩，有句「自是龍蛇終有辨，從他牛馬暫相呼」，很有個性。

12 錢老師做的是南明的禮部尚書，姑且也算是明朝。

13 乾隆皇帝因為討厭錢謙益，嚴禁《錢注杜詩》，這一珍貴的著作差點失傳，幸虧當時許多學者冒死藏書將其保存了下來。清帝們的任性胡搞可見一斑。

14 錢謙益的藏書點很多，有絳雲樓、榮木樓、拂水山莊、半野堂、紅豆莊等。

15 清俞樾《茶香室續鈔》：「國朝巨富，有南季北亢之稱。」

先賢、頑主和混蛋

朱雀橋邊野草花，烏衣巷口夕陽斜。

——劉禹錫

一

我們的唐詩故事，從東晉義熙元年（四〇五）開始。

這時候距離唐朝的建立還有足足兩百餘年，中間還隔著一整個南北朝和隋朝。之所以要追溯這麼久，實在是因為這個時代非常特別，對後世的詩壇有著深遠的影響。

就在這一年，有兩個人，各自做出了他們人生的重大決定。這是當時詩壇上最重要的兩個人，甚至也是整個中國詩歌史上舉足輕重的兩個人，他們一個叫陶淵明[1]，一個叫謝靈運。先說陶淵明。

他在尋陽的彭澤縣[2]做縣令。此刻，他正手拿著一朵菊花，表情凝重，一瓣一瓣地摘著花瓣：「辭，不辭，辭，不辭……」終於最後一朵花瓣飄落，辭！

陶淵明縱聲大笑：天意，真是天意！薅禿了六朵菊花，終於出了辭職的結果啦。在彭澤令的任上，他幹了八十多天，本意是為了五斗米的俸祿，養娃糊口。無奈官場生活實在不符合他的性格，他堅持不下去了。

扔掉手中的光桿菊花，他潤筆磨墨，寫下了人生中或許是最重要的一篇文章〈歸去來兮辭〉。全文大意就是五個字：老子不幹了。

回去吧，回去吧，家中的田園快要荒蕪了，院裡的小路快要被蒿草隱沒了。

那松樹和野菊，那帶著篷的小車，那可愛的小船，還有那裡的安寧愜意的生活，我回來了！

多半連他自己也沒意識到，從這一刻起，中國的詩歌進入了一個新的紀元，不妨稱之為「田園紀元」，或者是「東籬紀元」。這一時代標誌性的詩歌就是陶淵明的「採菊東籬下，悠然見南山」。西元四〇五年，便是中國詩歌的東籬紀元元年。

媒體是無孔不入的。從後門逃出來的陶淵明仍然被記者堵住了，紛紛問：「陶縣令，您為什麼要走啊？說幾句吧！」陶淵明神秘一笑，答：「富貴非吾願，帝鄉不可期。」

記者又問：「是什麼讓您下決心離開的？」「雲無心以出岫，鳥倦飛而知還。」

記者追問：「歸隱之後您打算做什麼呢？」陶淵明露出嚮往而迷醉的神色：「登東皋以舒嘯，臨清流而賦詩！」

言罷，他已一溜煙竄出老遠，走了。

二

就在陶淵明滿心歡喜奔向鄉村的這一年，另一位天才謝靈運做出了完全相反的決定：出仕。

此刻，在京城建康，風光旖旎的秦淮河畔，烏衣巷內。年輕的謝靈運正乘著華麗的車駕[3]，離開了自家大宅，啟程奔向遠方。他邁出了人生仕途的第一步，去琅邪王司馬德文手下做事，擔任行參軍。

這一次少年遊，也將對日後產生深遠影響，並將在未來開闢中國詩歌的下一個新紀元。

倘若把陶淵明和謝靈運的履歷做個對比，就能發現巨大的差異。

陶淵明，四十歲；出身寒門[4]，職業農民；住址為尋陽柴桑山區農村；產業為方宅十餘畝，草屋八九間，後遭火災。

謝靈運，二十歲；出身陳郡謝氏，頂級豪門；住址為烏衣巷，頂級社區；爵位為公爵，襲封康樂公，食邑兩千戶。

真是天壤懸隔。

說一下謝家所在地烏衣巷。東晉是一個門閥士族社會，烏衣巷則是建康城中高門的聚居地，尤其以王、謝兩家最為顯赫。謝靈運就是謝家的第四代人。

晨風吹拂，他的車駛出烏衣巷了。陽光灑在他青春的臉上，灑在他名貴又時尚的衣服上，也灑在了他佩戴的華麗紫羅香囊上，耀眼生花。

他的身前身後簇擁著大群的僕從，光是坐具就有足足三個人幫他拿。

聞訊而來的媒體堵在了烏衣巷口，問謝靈運：「康樂公這一去，才名更要揚於天下了！」「請問當今之世還有誰能和您比文才的？」

謝靈運灑然一笑，說出了那句流傳千古的回答：「假如天下的才華共一石，當年的曹子建可以獨佔八斗，我得一斗，其餘古往今來所有人共分一斗！」

眾人都嘖嘖讚歎。有人問：「聽說有個琅邪人，家境孤貧，也是少年有才，叫作顏延之的，不知道比您怎樣？」

謝靈運淡淡道：「就是那個咋咋唬唬、外號叫作顏彪的嗎？也就那樣吧！」

又有人道：「還有一個尋陽柴桑人，聽說也很有才，叫作陶淵明的，您聽過嗎？」

「陶淵明？」謝靈運這次倒是一呆，「那是誰啊？」聽上去不是很厲害吧。

三

就在烏衣巷裡的謝靈運正侃侃而談的時候，在遠方，一所簡陋的房子裡，另一位青年才俊顏延之莫名連打了兩個噴嚏。

「誰在背後說我？」他嘟囔道。

他就是本篇要出場的第三個人物。在不久的將來，顏延之也將成為一代詩人，他的命運還會和陶淵明、謝靈運發生奇妙的交集。

然而，他不會擁有自己的紀元，注定只是一個過渡的人物。顏延之據說是孔子的弟子顏回的後人，可惜家道沒落了，青少年時的生活無法和謝靈運相比。但有一樣他卻與謝靈運極其類似，就是任性狂狷。

顏延之的偶像是三國時的狂士阮籍。他寫詩標榜阮籍說「長嘯若懷人，越禮自驚眾」，自己也一直學著要「越禮驚眾，特立獨行」。

他的妹妹嫁到了一位高官家，這位高官聽說顏延之有才學，有心提攜，打算先見見他。顏延之大喜，可逮著一個搞行為藝術的機會了，於是閉門謝客：不見！

在文才上，顏延之大體也是誰都不服。有一個大臣叫作傅亮的，善寫文章，還很欣賞顏延之。顏延之卻自命才高，不把傅亮當回事，導致傅亮對他非常記恨。

當然，最大的對手仍然是謝靈運，這可說是顏延之的一生之敵。

西元四〇八年，陶淵明的房子著了火。

「方宅十余畝，草屋八九間」燒了個罄盡，陶淵明一度窮得要飯。

謝靈運也倒了楣，出仕不順。在叔父謝混的安排下，他投靠了一個實力派人物豫州刺史劉毅。怎料沒幾年，劉毅和權臣劉裕爭權失利，兵敗被殺。謝靈運的叔叔也連帶被殺死。

謝靈運可謂掉到坑裡去了。這和後來的李白非常相似，都是在激烈的權爭中選擇了錯誤的一方。

四二〇年，劉裕代晉自立，建立了劉宋朝。謝靈運也改換門庭，依附了劉裕的第二個兒子劉義真，希望謀求發展。前文提到的才子顏延之也依附了劉義真。

因為都有文才，且又成了同事，謝靈運和顏延之二人逐漸齊名，被稱為「顏謝」。劉義真對兩人十分欣賞，經常與之一起作詩談文，還說：「我要是當天子，就要讓謝靈運、顏延之當宰相！」

然而劉義真很快又爭權失敗，被廢為庶人，後又被殺掉。兩個「後備宰相」也都被逐，謝靈運被貶為永嘉太守，顏延之出為始安太守。

接二連三遇挫，謝靈運漸漸消極頹廢起來，從意氣風發的少年變成了心事重重的中年。

比如他的詩：

殷憂不能寐，苦此夜難頹。
明月照積雪，朔風勁且哀。
運往無淹物，年逝覺已催。
——〈歲暮〉

這首詩應該是寫於一個北方的寒夜。[5]「殷憂不能寐」，是來自《詩經》的「耿耿不寐，如有隱憂」。在這首詩裡，他有一種強烈的不安全感，還有一種對時光流逝的哀傷。

最著名的就是「明月照積雪，朔風勁且哀」，自然、博大，不事雕琢，渾然天成，被認為是「古今勝語」。哪怕是後來的唐代，許多詩人一生努力，也都是為了寫出「明月照積雪」這樣的句子。

事實上，謝靈運被貶永嘉，這是又一個歷史性的時刻，它的意義幾乎可以比擬當初陶淵明辭官歸山。

中國詩歌在繼東籬紀元之後，又將迎來一個新的紀元——「山水紀元」，或者叫「春草紀元」，因為標誌性的詩歌就是謝靈運的「池塘生春草，園柳變鳴禽」。

像是故意報復一樣，到了永嘉的謝靈運既不上班，也不辦事，整日帶著大群跟班登山逐水，一消失就是十天半個月，「民間聽訟，不復關懷」，老百姓打官司都找不到官員。親友們寫信勸他也不聽。

他還一邊爬山一邊寫詩，這些描繪山水的清麗詩歌一傳回京城，就引起熱烈的傳抄。不知不覺間他已開創了一個新的詩歌派別——山水派。

工作上，謝靈運再也沒有可靠過。後來宋文帝劉義隆一度徵他做秘書監，他任性地一連兩次不去；勉強就任後，要他寫《晉書》，他只搞了一個粗略的大綱，隨即難產。宋文帝漸漸覺得他不聽話、可惡，這使得他不得不又辭官回家，更是一門心思地只顧爬山了。

為了玩耍，他甚至可以大興土木，帶人鑿山挖湖、砍樹開道，做後來唐代的窮詩人們根本無法想像的事。一次，他居然帶人從紹興的始寧一路伐木開山到臨海去玩，嚇得臨海太守還以為是山賊來了。

謝靈運還研發了一種專業的登山裝備，叫作「謝公屐」，這是一種木頭鞋子，有可以靈活拆卸的前後齒，上山時就拆掉前齒，下山時則去掉後齒。這種鞋子成了謝靈運的專有品牌。李白在〈夢遊天姥吟留別〉中就說要「腳著謝公屐」。

作為曾經的同事，顏延之對謝靈運並不服膺，他們的關係絕對談不上好，多次互相暗中較勁。

在個性上，顏延之的狂誕比謝靈運也有過之而無不及。

他後來的仕途較為順利，多數時間在朝中任職，但卻言行放肆，哪怕在皇帝面前也不更改。有記載說，宋文帝召顏延之覲見，他卻在酒店光著膀子痛飲，「裸袒挽歌」，等酒醒了才去面君。

這種做派會讓人想到唐朝的誰？沒錯，正是李白「天子呼來不上船」的預演。事實上，在後來唐朝許多大詩人的性格和命運之中，就有謝靈運、顏延之這些前輩留下的印記。

顏延之又愛嫉妒，只要鋒頭被人壓過，便會「意有不平」。有一個僧人叫釋慧琳的，頗為宋文帝所欣賞，面君時「常升獨榻」，專門有座，顏延之為此「甚疾焉」，氣不過，藉著酒勁說：這個剃過光頭的刑餘之人怎麼配這樣坐？弄得宋文帝險些當場翻臉。

順便說一句，顏延之只服一個人，就是陶淵明。

顏延之是在尋陽偶然地認識陶淵明的。他小了陶淵明約二十歲，雙方卻很快成了忘年交。顏延之去做始安太守時，路上特意到尋陽待了好些天，和老大哥陶淵明痛飲美酒。因為陶淵明生活清苦，顏延之臨走前還給了他兩萬錢，供其開銷。

結果陶淵明把兩萬錢全拿到酒店去：存起來，給我辦張金卡。

四

謝靈運的人生結局來得很突然。

因為任性妄為，他不斷被人彈劾、舉報，最後居然被扣了一個謀反的罪名。朝廷派人去調查，謝靈運倉皇失措之下，居然把來人扣了起來。宋文帝不免大怒，卻還是先饒了他一命，將其流配去廣州。可據說他又安排人半路劫道，搭救自己，導致罪上加罪。

這些奇葩行為都很讓人疑惑，不明白他怎麼會做這樣低能的事。終於他被判了死罪。宋文帝元嘉十年（四三三），僅僅是在陶淵明病逝六年後，烏衣巷中的一代王孫謝靈運在廣州被處死，時年四十八歲。

顏延之則幸運得多，一直有驚無險地活了下來。他行為乖張，屢屢出口傷人，卻始終沒遭遇大禍。

這可能和他的出身背景有關。他是純粹的草根，沒有什麼政治資本，不像謝靈運出身高門，有一定的政治號召力，還有大量財產和門生童僕，容易遭到當權者的忌憚。

有一件事是顏延之尤其在乎的，便是要當文壇第一，總想壓過了謝靈運。即便是謝靈運死後，顏延之還在糾結此事。他曾問一位詩壇的晚輩鮑照：「我和謝靈運，到底誰的詩好？你只管大膽說，我不記仇。」

鮑照說：「謝靈運的五言詩，就像初發的芙蓉，自然可愛；您的詩就像鋪錦列繡，雕繢滿眼。」也就是說，他的詩富麗錦繡，謝靈運的詩清新自然。

還有一個後輩詩人叫湯惠休的也表達了類似的意思，說：「謝靈運的詩，像芙蓉出水；顏延之的詩，像錯彩鏤金。」

顏延之一聽就不樂意了：我確實不記仇，但是惡意抹黑的除外！

他覺得這些評語是貶損了自己，是暗指自己的詩雕飾、俗氣，審美格調不高。顏延之對此耿耿於懷，後來作為前輩的他便一直和湯惠休過不去，不斷指責湯的詩低俗、媚俗，會教壞年輕人。

顏延之活了七十二歲，在南朝詩人中是罕見的高齡。

俗語說誰活得最久誰就是藝術家。照此理論，顏延之本該是天下第一的。多少詩人都被他熬死了。

可惜此公卻始終無法天下第一。在他的前半生，有陶淵明、謝靈運，難以超越；好容易等到謝靈運被熬死，一位叫鮑照的又崛起了。

顏延之當真可以悲愴地說：你們這些天才，完全覆蓋掉了我漫長的職業生涯。

鮑照正是本文要提到的下一位人物。在陶淵明的田園紀元、謝靈運的山水紀元之後，他將開啟南朝詩歌的下一個紀元——「搖滾紀元」。

五

倘若把詩壇比作樂壇，那麼鮑照必定是抱著電吉他登場的。他比謝靈運、顏延之要晚一個時代。顏、謝都是晉宋之交的人物，而鮑照四歲時東晉就滅亡了，對東晉可說沒有任何記憶。他是第一個完全意義上的南朝詩人。

鮑照的出身，大概是所有南朝詩人裡最貧寒的，早年曾經農耕，這一經歷和後來唐代的高適差不多。

這種底層的出身經歷，讓他的詩也成了同時代詩人裡最好辨認的，那就是不那麼講究矜持、典雅，而是更奔放、激烈，嗓門很大，有一種憤青氣質，並且很偏愛熱情洋溢的的七言詩。

作為出身低的人，說話的聲音就必須很大，這樣別人才能聽得見：

瀉水置平地，各自東西南北流。
人生亦有命，安能行嘆復坐愁？
酌酒以自寬，舉杯斷絕歌路難。
心非木石豈無感？吞聲躑躅不敢言！

——〈擬行路難〉其四

這就是鮑照式的咆哮，是所向披靡的電音。他彷彿隨時都在大吼：看見我啊，你們看見我。

二十歲那年，鮑照聽說臨川王劉義慶愛才，便去謁見，卻沒引起重視。他不肯放棄，又要獻詩。旁人勸他識時務，說道：「你的身分卑微，不可輕忤了大王。」

鮑照大怒：「千載上有英才異士沉沒而不可聞者，豈可數哉！大丈夫豈可遂蘊智慧，使蘭艾不辨，終日碌碌與燕雀相隨乎？」

後來鮑照又輾轉依附了幾個宗室，也沒有得到什麼發展。這就是他為什麼那麼喜歡作〈行路難〉的原因，竟然一口氣作了十八首〈擬行路難〉。

這些詩，完全就是後來李白〈行路難〉、〈將進酒〉的靈感來源：

君不見河邊草，冬時枯死春滿道。
君不見城上日，今暝沒盡去，明朝復更出。
今我何時當得然，一去永滅入黃泉。
人生苦多歡樂少，意氣敷腴在盛年。
且願得志數相就，床頭恆有沽酒錢。
功名竹帛非我事，存亡貴賤付皇天。

——〈擬行路難〉其五

「人生苦多歡樂少，意氣敷腴在盛年」，豈不就是後來李白的「人生得意須盡歡，莫使金樽空對月」？至於「且願得志數相就，床頭恆有沽酒錢」，不就是「天生我材必有用，千金散盡還復來」？

還有這一首更加搖滾的：

對案不能食，拔劍擊柱長歎息。
丈夫生世會幾時，安能蹀躞垂羽翼。
棄置罷官去，還家自休息。
朝出與親辭，暮還在親側。
弄兒床前戲，看婦機中織。
自古聖賢盡貧賤，何況我輩孤且直！

——〈擬行路難〉其六

這首詩中的「對案不能食，拔劍擊柱長歎息」，幾乎就是李白〈行路難〉中「停杯投箸不能食，拔劍四顧心茫然」的原版。下文的「自古聖賢盡貧賤，何況我輩孤且直」，也正是李白「古來聖賢皆寂寞」、「一生傲岸苦不諧」的先聲。

鮑照開闢的短暫的搖滾紀元，是在悲劇中結束的。宋明帝泰始二年（四六六），劉宋宗室爭權，鮑照在一場兵亂中被殺死。

這也是南朝許多詩人躲不開的命運。當時政局動蕩，內亂頻發，許多詩人都捲入了血腥的權爭裡而不得善終。

鮑照生前曾經寫下過一首詠梅花的詩，感歎梅花的堅韌。這首詩在他的作品裡顯得很特別，不那麼硬派，而像是一首抒情搖滾，爽直之中又多了幾分細膩的共情：

中庭雜樹多，偏為梅咨嗟。
問君何獨然？念其霜中能作花，露中能作實。
搖蕩春風媚春日，念爾零落逐寒風，
徒有霜華無霜質。

——〈梅花落．中庭多雜樹〉

他自己便是一株寒梅，只不過被錯當成了雜樹而已。

六

時光穿梭，秦淮河水依舊流淌，唯有朝代和人物在不斷更迭。

西元四七九年，劉宋被滅，齊、梁兩個新的朝代相繼而起，一批新的詩人也陸續登上了文壇。

杜甫後來曾有一句話，是回憶自己學詩的經歷的，叫「頗學陰何苦用心」，詩句裡提到一個

「陰何」，所指的就是這個時代的兩位詩人，一位叫陰鏗，一位叫何遜。他們主要是繼承了謝靈運的風格，能寫一筆描繪山水景物的秀麗的詩。

比如何遜：

林密戶稍陰，草滋階欲暗。
風光蕊上輕，日色花中亂。

這是〈酬範記室雲〉中的幾句。這一首美麗的詩，不但在文字上是美麗的，在聲律上也是整齊和諧的，已經非常像後來唐朝成熟的五言律詩了。

還有陰鏗〈渡青草湖〉：

洞庭春溜滿，平湖錦帆張。
沅水桃花色，湘流杜若香。

同樣只引了幾句，以便使讀者感受一下這種明快秀麗的山水詩。它直接啟發了後來的杜甫。

比如杜甫的這四句：

風林纖月落，衣露淨琴張。
暗水流花徑，春星帶草堂。

不難發現，從遣詞、造句到構思，都明顯是在向陰鏗致敬。當然，無論陰鏗還是何遜，他們的才力都無法和前面的陶淵明、謝靈運幾位相比。他們已經不能開闢屬於自己的新紀元了。中國詩歌逐漸進入了一個「小年」。

至此，我們已簡略流覽了唐朝之前一個時代的幾位詩人。他們無疑是先賢，是傑出的探路者，但同時也往往是有鮮明個性的人，有狂士、憤青，也有刺頭、頑主，甚至是混蛋。

他們的成就參差不齊，各自所開闢的時代也有長有短，但可以確定的是，他們的努力都沒有白費，各自在唐代都有傳承。

陶淵明「東籬紀元」的寶貴遺產，會被後來唐代的王績、孟浩然、王維、杜甫等人繼承。約三百年後，襄陽會誕生出一個偉大的孟浩然，悟到陶淵明的真諦。他將寫出完全符合東籬精神的超凡作品「故人具雞黍，邀我至田家」，作為對陶淵明的致意。

謝靈運「春草紀元」的餘澤，則會深深影響稍晚的後起之秀謝朓，以及唐代的孟浩然、李白、王維等大匠，催生出無數美麗氤氳的山水詩。

李白將把謝靈運作為人生導師，當自己仕運不濟的時候，他就會想到謝靈運，甚至去到謝靈運的舊遊之地，探訪他的遺跡，向這位前輩頑主尋找力量。[6]

至於鮑照的「搖滾紀元」，雖然短暫，卻也絕不是曇花一現。它澎湃的力量將被李白繼承，在盛唐發出更響亮、更震顫的怒吼。至於何遜、陰鏗，乃至後文會提到的王褒、庾信等詩人，也都不會被唐朝的詩人們忽視。

不但杜甫學習過陰鏗，事實上李白也認真學習了他。杜甫曾這樣描述李白：

李侯有佳句，往往似陰鏗。

元代的虞道園說「太白似陰鏗」；清代人陳瑾也說，李白的一些作品「絕似陰鏗」。在李白的許多詩歌裡都能找到陰鏗的影子。這也是對陰鏗最大的肯定。

七

故事是從烏衣巷的謝家開始的，不妨也選擇從烏衣巷收尾。南齊建武四年（四九七），建康城南的秦淮河畔，烏衣巷口，又飄然來了一個詩人。

近百年前，年輕的謝靈運就是從這裡離開，踏上了跌宕起伏的人生。如今來的這一位後輩詩人也姓謝，叫作謝朓。

從先祖謝安往下推算，謝朓是謝家的第五代，是謝靈運的族侄。他這次是回京任職的，之前他在安徽宣城做了兩年太守，如今又返京任中書郎。

謝朓興致勃勃地遊覽了建康。他曾登上了三山，俯瞰了壯麗的京城。他遊覽了鍾山下的東田，還垂涎了一把美味的春酒。所到之處，他寫了不少詩。

他曾用一首〈入朝曲〉，描寫了當時建康城的氣勢和威嚴：

江南佳麗地，金陵帝王州。
逶迤帶綠水，迢遞起朱樓。

飛甍夾馳道，垂楊蔭御溝。
凝笳翼高蓋，疊鼓送華輈。
獻納雲臺表，功名良可收。

有理由相信，有那麼一天，他悄然來到了烏衣巷。作為謝家的子孫，他沒有理由不來瞻仰這個寫滿了祖上榮光的地方。

和百年前相比，烏衣巷已經黯淡了。無論是王家還是謝家，眼下都已沒有了當年的煊赫。朱雀橋邊零落地生出了些野草。薜荔藤爬上了欄杆，雜花侵蝕了路口，一隻燕子孤零零地飛著。眺望烏衣巷，仍然能看見一些巨大宅子的雄偉剪影，但卻也透出一種掩不住的寂寞荒蕪。

最終謝朓默默地離開了，居然沒有留下任何詩句。也許是他寫了詩，後來都亡佚了；也可能是因為感觸太多、太沉重了，使他實在無從描述。

那種繁華漸落的景象，家族那如夢如幻的歷史，還有那種深深的消極感和無奈感，都層層疊疊壓在心頭，讓他居然無法下筆，終致悄悄地去、悄悄地回。

隨著謝朓的這一轉身，烏衣巷終於是落在了歷史的背影裡了。在它淡出時代舞臺的時刻，不免令人想到兩句後人的詩：

江雨霏霏江草齊，六朝如夢鳥空啼。

我們讀唐詩的時候，經常會看到一個詞，叫作「六朝」。唐朝詩人特別愛寫到、提到六朝。

什麼叫作「六朝」？如果從歷史的角度回答，六朝就是東吳、東晉，再加上後來的宋、齊、梁、陳，也就是中國南方連續出現的六個以建康為首都的王朝。[7]

但如果從文學的角度回答，六朝就是陶淵明，就是謝靈運、顏延之，就是鮑照、謝朓、陰鏗，就是明月照積雪、池塘生春草，就是春芳止歇、繁華為燼，就是大鬧一場悄然離去。

回到最初的問題：為什麼在唐詩之前，要先流覽六朝這樣一個時代？因為它和唐朝有扯不斷的血肉情感聯繫，有他們的偶像，也有他們談論不盡的話題。甚至唐朝詩人們後來經歷的愛恨情仇，耍過的帥、扯過的淡、踩過的坑、找過的麻煩，六朝的詩人都提前預演了一遍。謝靈運、顏延之、鮑照等人不就從各個角度把後來李白的人生命運都預演了嗎？

只要一句話，你就能明白六朝之於唐朝是什麼感覺了，那就是：唐朝的人看六朝，就有點像今天的人看民國。

大師和混蛋輩出，風流和動蕩並存，不近又不遠，非古又非今，說近則物是人非，說遠則又血肉相連，可嘆可惋可恨，難說難描難畫，就是這種感覺。

至於那重歸寂靜的烏衣巷，謝朓欠了這裡一首詩。直到若干年後，唐朝詩人劉禹錫來到這裡，才用一首〈烏衣巷〉替他償還了這一筆數百年前的欠帳：

朱雀橋邊野草花，烏衣巷口夕陽斜。
舊時王謝堂前燕，飛入尋常百姓家。

註釋

1 關於陶淵明的名字，記載較亂，異說很多。沈約《陶潛傳》：「陶潛字淵明，或雲淵明字元亮。」蕭統《陶淵明傳》：「陶淵明，字元亮。或雲潛，字淵明。」其中爭論最多的是「潛」字的來歷，甚至還有說「潛」是小名，或者稱「潛」是晚年所改。在本書中都統一作陶淵明。

2 彭澤的管轄歸屬時有變更，當時屬尋陽。楊守敬《水經注疏》：「……彭澤縣西。守敬按：漢縣屬豫章郡，後漢因。……晉仍屬豫章郡，永嘉後屬尋陽郡。」陶淵明是尋陽人，當時任彭澤縣令，上班地點離他的家很近，據陶淵明自述，不過一百里。

3 謝靈運所乘的應不是馬車，而是牛車。東晉以來士族出行都尚乘牛車，覺得悠然怡然，車的制式設計也不斷革新。馬車在當時反而不受追捧。

4 陶淵明出身寒微，少年窮苦。他的曾祖父或為大司馬陶侃，但其家絕非門閥士族。陶侃亦出身寒素，且被路景雲等疑為南方少數民族溪人。《晉書．陶侃傳》稱其「望非世族，俗異諸華」，立軍功後仍然被士族排斥。陶家和門閥士族階層是嚴重隔閡的。陶淵明祖父未襲爵，淵明自小家境敗落，知情人如顏延之等對此都有詳細記載。張婧文《陶淵明的「尋家之路」》將陶淵明稱為「門閥士族外的寒門之士」是比較公允的。

5 這首〈歲暮〉不完整，可能有闕文。關於它的創作年代，顧紹柏《謝靈運集校注》將之系於義熙十二年歲末（四一七），當時劉裕北伐，謝靈運奉詔前往彭城慰勞，此詩應是作於彭城。又有說這是後來作於永嘉，似乎不準確。「明月照積雪，朔風勁且哀」不是永嘉常見風景，更似北方景象。

6 李白人生最後時刻還在走訪謝靈運的舊跡，晚年曾寫下：「謝公池塘上，春草颯已生。」郁賢皓《李白全集注評》將此詩系於寶應元年（七六二）李白臨終之前。謝氏山亭在安徽當塗。

7 六朝並不是自始至終都以建康為首都。如梁元帝承聖元年（五五二）至承聖三年十一月（五五五年一月）就曾都江陵。這節故事後文會提到。

謝朓死後，王勃生前

謝公離別處，風景每生愁。
客散青天月，山空碧水流。
——李白

一

西元四九九年，中國的南方還處於南齊統治時期。在它的首都建康的一所監獄裡，有一個詩人死去了。他就是謝朓。

我們沒有更多介紹他的詩，許多讀者也沒有讀過他的名句「大江流日夜，客心悲未央」，或者是「天際識歸舟，雲中辨江樹」。但只說一點，你就知道他有多牛了，謝朓在後世有一個死忠粉，就是李白。

前文中說了，李白所鍾愛的南朝詩人著實不少。謝靈運是李白的人生導師，鮑照是李白的靈感源泉，然而謝朓不同，他是李白的終生偶像。

李白一生都很崇拜謝朓，無時無刻不在念叨：我真的十分想念謝朓。

李白登上了高樓，會想起謝朓；當風吹起來了，他會想起謝朓；看見美麗的月色，他會想起謝朓；就連別人送他件衣服，他都能扯到謝朓。後人說李白「一生低首謝宣城」，這個謝宣城就是指謝朓，他曾經做過宣城太守。

謝朓是因為捲進了一場政治鬥爭，在獄中死去的，去世時才三十六歲。害死他的庸人們並不知道，他們做了一件多麼糟糕的事——此後整整一百年，中國再沒有出過一個第一流的詩人。[1]

簡單說一下當時中國詩歌江湖的形勢。那時候，南中國最有影響力的詩歌派別叫作「山水派」，這一派歷史悠久，好手迭出，謝朓生前正是這一派的掌門人，也是最後一位撐場面的高手。

他這一死，山水派倒了臺柱，一門絕學再無傑出傳人，另一個詩派則漸漸崛起，數十年間一統江湖，這個派別就是「宮廷派」。這一派的特色，用後來隋文帝的話說，就是「多淫麗」。為什麼說他們「麗」呢？因為這一派詩人寫詩的風格浮華，特別追求辭藻精緻、聲律考究。而之所以說他們「淫」，是因為他們雖然也寫一些樂府詩、山水詩、懷古詩，卻都沒寫出太大的成就來，偏偏在一種詩歌——小黃詩的創作上高潮迭起。

例如宮廷派的開派宗師之一——梁簡文帝蕭綱，就開創了本門裡的一大支派「放蕩門」。這不是我胡謅的，是蕭綱自己說的：「立身先須謹重，文章且須放蕩。」「立身謹重」那是幌子，至於「文章放蕩」，按照他的原意本來是指文章風格率性，大氣不羈，可慢慢地卻變了味道，成了真的「放蕩」了。

這位大宗師的主要詩歌題材是兩個：一是大姑娘，二是姑娘的床上用品。他的幾首代表作的題目[2]，翻譯成現代漢語，就是〈我那正在睡覺的媳婦〉、〈我那正在製作床上用品的媳婦〉，以及〈我那長得像大姑娘一樣的小白臉〉。

舉一首〈夜聽妓〉為例，很多詩人都寫過同題作品，但簡文帝寫得最為色瞇瞇。大家可以看一下這首詩，不用怕難，會有一兩個生僻字，但不算很拗口：

合歡蠲忿葉，萱草忘憂條。
何如明月夜，流風拂舞腰。
朱唇隨吹盡，玉釧逐弦搖。
留賓惜殘弄，負態動餘嬌。

簡單講一下這首詩。「合歡蠲忿葉，萱草忘憂條」，用的是前代詩人嵇康說的一句話：「合歡蠲忿，萱草忘憂」。詩句的意思是說：合歡的葉子能讓人消忿，萱草的嫩條能讓人忘憂，但都不如今晚女子的腰肢那麼使我開心。

整首詩都是在肉慾上下功夫，對舞腰、朱唇等不遺餘力細緻刻畫。在詩的結尾處，還照例出現了一個色鬼形象，就是那個「賓」。有興趣的可以去翻檢一下，當時的宮體豔詩裡往往都會出現這樣一個字。

一個詩歌門派，有了這樣的掌門人帶頭，其他高手們也就紛紛效仿，把放蕩神功發揚光大。詩人們開口閉口自稱「上客」，「上客嬌難逼」、「上客莫慮擲黃金」，大約隨時準備胡天胡地；姑娘則動不動就「橫陳」，「立望復橫陳」、「不見正橫陳」，一不小心就被放倒了。他們約在一起做什麼呢？「托意風流子」、「密處也尋香」……再引下去，我都要捂住眼睛了。

在那些年裡，南中國發生了無數大事，國家戰亂頻繁，權貴互相屠戮，人民流離失所，但是這些內容你在他們的詩裡幾乎看不到。如果只看這些詩，你會以為那時候中國人的生活天天歌舞昇平、花好月圓。

二

大家可能會問：南朝的詩壇那麼慘，那北朝呢？在我們的猜想中，北朝的詩，一定是蒼涼、古直、雄渾的。真的是這樣嗎？他們能不能撐起詩歌的門面？答案是：你想多了，北朝比南朝還慘。[3]

慘到什麼程度呢？後來直到唐朝還流傳著一個段子，說南朝第一才子庾信去北朝出使，人們問他北方文士水準如何，庾信傲然一笑，說：「能夠和我的水準相抗衡的，大概只有韓陵山上的一塊碑文，此外也就只有薛道衡、盧思道這兩人勉強能寫上兩筆。其餘的貨，都不過是驢鳴狗叫、汪汪哞哞罷了！」

北朝詩壇這麼凋零，實在太也難看，那可怎麼辦？北朝的人開動腦筋，終於想出了一個絕妙的辦法，讓人不得不佩服到五體投地：既然我們不出產詩人，那麼把南朝的詩人抓過來不就是了？北朝人說幹就幹。於是乎，南朝三個最牛的詩人——庾信、王褒、徐陵，統統被抓了，一到北朝就被扣住不放。其中徐陵還好，沒過幾年放了回來。另外兩個就慘了，北朝下決心要留他們終老，軟硬兼施，封官授爵，充分進行情感留人、待遇留人，就是不讓回家。

北朝給這兩人的待遇好到什麼地步呢？先看庾信，西魏給他的待遇，是開府儀同三司，做車騎大將軍，名義上就是當年劉備封給張飛做的官，後來又做驃騎大將軍，名義上就是劉備給馬超做的官，「五虎上將」的官他一人幹了兩個。再看王褒，封到太子少保。他原本是打了敗仗、亡了國，被北朝俘虜的，他的君主、同事大多都被殺害了，他卻好端端地被帶到北朝做大官。

兩人就此滯留在北朝多年，不能回還。好不容易等到時局變化，南北兩邊關係和緩，政策鬆動了，開始允許雙方人員互相交流探親。南朝打來了申請：您以前扣留的我們的人，現在可以放回來了吧？北朝爽快地答應了：放！都放！不過只有兩個人例外——庾信和王褒不准放。

現在你大概能夠明白，在唐朝之前，詩壇是個什麼狀況了。

漸漸地，時間來到了西元五八四年前後。謝朓已經死了快一個世紀了，文壇的氣象仍然沒什麼好轉，下一個謝朓還不知道在哪裡。有一個人對當時文壇的風氣看不慣了，大發脾氣：這都寫的什麼玩意！

這個人叫作楊堅。他有一個很酷的鮮卑名字，叫作「普六茹那羅延」，意思是「金剛不壞」。此外，他還有一個更眾所周知的頭銜——隋文帝。

三

當時的隋文帝其實是很忙的。他馬上要完成中國的大一統了，這一年他有許多大事要辦：在西北，他的軍隊正在進攻凶悍的吐谷渾。在北方，他的使者正在出使突厥，給對方的貴女賜予姓氏和封號，希望搞好關係。在南方，陳朝的後主雖然懦弱，但還在憑藉著長江天險苟延殘喘。在內部，楊堅剛剛搬進新的首都大興，當地的河流水量少，不敷漕運之重，需要抓緊修渠。可即便在這麼忙的當口上，楊堅仍然打算抽出時間來，好好整頓文學。

一項更氣象、正文風的工作轟轟烈烈開始了。楊堅下達指示，要扭轉寫作的風氣：「如今的文風，風格太浮豔，太做作，都是些靡靡之音。從現在起，朕要提倡一種新的文風，讓那些浮華虛文都成為過去！」[4]一般來說，皇帝想推動重大改革，不但要做指示、發詔書，還要樹典型，包括正面典型和反面典型。隋文帝要改革文風，就要殺雞儆猴，他很快找到了那隻雞——泗州刺史司馬幼之。

這位老兄其實頗有來歷，是大名鼎鼎的司馬懿的後代，少年時曾經在北齊當過高級官員，後來又在隋朝做地方大員，也算是亂世中的一號人物。《北齊書》裡還專門提到了他，說他為人清廉、高尚，料想不會是個庸蠢之人。

然而這傢伙卻成了文風改革的倒楣蛋。開皇四年（五八四）九月，正是改革文風的關鍵敏感時期。司馬幼之據說是「文表華豔」，估計寫公文有點假大空，套話略多了些，被皇帝當反面教材，居然「付所司治罪」[5]。

抓了反面典型，皇帝又大力樹立了一個正面典型——治書侍御史李諤。

對於皇帝的文風改革，這位李諤先生回應最積極，放炮最猛烈，很快就寫出了多達一千字的長篇心得體會，叫作〈上高祖革文華書〉。

在文中，他猛烈抨擊浮華的文風，說它是「競一韻之奇，爭一字之巧」，連篇累牘，不出月露之形；「積案盈箱，唯是風雲之狀」，而且指出壞風氣的源頭在於南方，是「江左齊梁，其弊彌甚；貴賤賢愚，唯務吟詠」。

李諤還表態說，堅決支援朝廷依法嚴懲司馬幼之的決定，懲治得好，懲治得對，並積極聲明：對這種類似的傢伙，要「請勒有司，普加搜訪」，一旦發現，絕不姑息。

隋文帝看了之後非常高興，當即批示：這封信很好，發群臣學習討論。

除了李諤之外，文帝的改文風運動也得到了一些高層的回應。比如他的二兒子楊廣。

對父親的指示，楊廣是跟得很緊的。在剛剛當了太子的第一年，楊廣就抓住一個機會，積極回應了老爹的文風改革。楊廣到太廟參加祭祀活動，藉機說儀式上的禮樂歌辭不好，「文多浮麗」，要求重新制定一套。

和老爸這一介武夫相比，楊廣在文化上更勝一籌，不但能搞文藝批評，還能親手寫作。他努力地寫著一種新的詩歌，比如後來征伐遼東時寫的〈記遼東〉：

遼東海北翦長鯨，風雲萬里清。
方當銷鋒散馬牛，旋師宴鎬京。
前歌後舞振軍威，飲至解戎衣。
判不徒行萬里去，空道五原歸。

除了這類硬朗的軍旅詩，楊廣還寫有一些清新、空靈的作品。來看他的一首小詩〈春江花月夜〉：

暮江平不動，春花滿正開。
流波將月去，潮水帶星來。

月光照耀下，潮水波光粼粼，好像漫天星斗都撒落在了水裡。詩寫得一點都不油膩，而是晶瑩剔透，空靈中又顯出一種壯闊。這個人真是有一顆詩人的心，比之前那些詩人寫的宮體詩確實是高了一籌。

當然，楊廣支持父親的文風改革，動機很複雜，其中肯定有政治投機的因素。但在他的詩裡，確實湧動著一種新的東西。

四

那麼，這一次改革的成果怎麼樣呢？文壇、詩壇是不是真的振興了？答案卻讓人失望：成果不怎麼樣。

幾年之後，改革的贊助者隋文帝楊堅就死了，並沒有親眼看到所謂「斫雕為朴」的效果。詩壇的新領袖楊廣接了班，搖身一變，成為了中國歷史上著名的昏主——隋煬帝。很快地，朝政日亂，反賊蜂起，天下如沸，煬帝被混亂的時局搞得焦頭爛額，終於在揚州，一群造反的士兵用一條繩子，要了他的命。

一場改革，終於草草地偃旗息鼓。儘管皇帝短時間內三令五申，要改文風、倡新作，結果卻不盡如人意，沒有群眾奔相相告，沒有佳作如雨後春筍，更沒有立刻喚醒一個偉大的文學盛世。謝朓之後，仍無謝朓。

不過，當我們今天回頭來看西元五八四年，看這一場虎頭蛇尾的改革，卻發現它有其特殊之處——在中國歷史上，還很少有這樣的時候，皇帝和他的接班人，都是文學新風的提倡者。

這不禁讓人想起，在隋朝之前三百五十多年，就曾經有過一個帝王父子組合，擎起了中國詩歌的天穹。他們就是傑出的文學天團——「三曹」。而那個了不起的文學時代，叫作建安。

相比之下，楊堅和楊廣這一對父子組合，沒有曹操父子的天分和才華，甚至楊堅搞改革的初衷也不過是為了道德教化，不是真的為了文學好。

但和「三曹」一樣，他們同樣站在了一個偉大文學時代的開端，打算做出一些改變。他們努力推動了那扇門，發出了吶喊。這一年，距離後來的王勃出生只有六十六年[6]，距離陳子昂出生只有七十五年[7]。新的詩歌的種子正在血色、動盪中悄無聲息地孕育，伺機綻放，直到唐詩盛世的來臨。

偉大的時代往往都是這樣開啟的：當門被推開時，並沒有什麼大動靜，大家尚在沉睡。只有光照進來之後，人們才被驚醒，發出讚歎的聲音。

註釋

1 聞一多在《唐詩雜論．宮體詩的自贖》中說：「我們該記得從梁簡文帝當太子到唐太宗晏駕中間一段時期，正是謝朓已死，陳子昂未生之間一段時期。這其間沒有出過一個第一流的詩人。」

2 分別是〈詠內人晝眠〉、〈和徐錄事見內人作臥具〉、〈孌童詩〉。

3 用一個「慘」字概括一個地域和時代的詩歌，似乎顯得簡單粗暴。但誠然如此。宇文所安《初唐詩》：「戰事連綿、政治動盪的北中國對於詩歌是更糟糕的環境……北方詩人不是蹩腳地模仿南方風格，就是寫作笨拙的詩。」

4《隋書．文學傳》：「高祖初統萬機，每念斫雕為朴，發號施令，咸去浮華。然時俗詞藻，猶多淫麗，故憲臺執法，屢飛霜簡。」「鄭衛淫聲，盡以除之。」

5 不知道司馬先生最後受了什麼處分，但他出事的時候是泗州刺史，最後官終眉州刺史，固然沒有升遷，但好像也沒有受太重大的影響。

6 我們很難準確知道王勃是哪一年生人。譚丕模《中國文學史綱》說是六七四年，似乎顯得略晚。鄭振鐸《中國文學年表》則說是六四八年。王勃自己在〈春思賦序〉中說「咸亨二年（六七一），余春秋二十有二」，那麼倒推下來應該是六五〇年出生。這裡暫取這一說法。

7 陳子昂的生年也是個問題，有好幾個說法。鄭振鐸《文學大綱》認為陳子昂生於六五六年。聞一多《唐詩雜論》認為陳子昂生於六六一年。彭慶生《陳子昂生卒年考》認為他生於六五九年。這裡採用六五九年說。南齊已滅亡了五十多年，朝代已經改換為梁，歷史上稱為南梁。

江陵，江陵！

六朝文物草連空，天淡雲閒今古同。

——杜牧

一

說到了隋文帝、隋煬帝父子，唐朝已經很近了。但此時且不忙進入唐朝，讓時鐘稍往回退一點點，在一個特定的時刻留駐幾分，來關注另一件大事。

上一篇文章裡我們曾說到了謝朓之死，那是詩壇的一個重大損失，中國最好的詩人之一沒能活著走進西元六世紀。

這一篇，我們來說謝朓之死後發生的一件事。對於詩歌來說，這是一個需要記住的時刻。

讓我們的目光從建康溯長江而上，來到江陵，也就是今天的湖北荊州市江陵縣。故事發生的年代是西元五五五年，當時謝朓所屬的時代為梁元帝承聖三年十二月，梁朝正遭受敵國西魏的入侵。這一戰的過程十分迅速，戰爭才打了三個月，魏軍就長驅直入，圍困了梁朝當時的都城江陵，滅國已經進入了倒數計時。

這天夜晚，在江陵的深宮之中，四十七歲的梁元帝蕭繹面無表情，瞪著一隻獨眼，枯坐在暗處。

因為之前的一場大病，他盲了一隻眼睛。當然，這件事是誰也不許提的。有一個叫王偉的人曾拿這件事損了蕭繹，結果十分悲慘，蕭繹將王偉的舌頭釘在柱上，開膛剖腹，一刀刀割死。

呆坐了一會兒，蕭繹忽然叫來了一個手下，名字叫作高善寶的，下達了一個命令：

「去，把我的書燒了。」

高善寶答應了，轉身要走，隨即又停住，問：「陛下，燒哪本？」

梁元帝揮揮手：「都燒了。」

高善寶瞠目結舌，不敢置信：「陛下，那可是十四萬卷藏書，多少年辛辛苦苦才積攢起來的……」

梁元帝抬起頭，用僅餘的一隻獨眼死死盯著高善寶，忽然大吼一聲：「書有個屁用！老子讀了那麼多書，到頭來還不是落到今天這個下場。燒，統統給我燒！」

原話是：「讀書萬卷，猶有今日，故焚之！」

當夜，大火沖天而起，珍貴的十四萬卷圖書化為飛灰，史稱「江陵焚書」。這是中國歷史乃至人類歷史上最大規模的焚書案之一，縱火者高善寶，主謀者梁元帝蕭繹，作案時間為西元五五五年。本書提及的絕大多數年代，都是不需要專門去記憶的，包括後來李白、杜甫的生卒年，讀者也不必去刻意記憶。但是唯獨這一個年代，希望大家牢牢記住，因為這是文化浩劫之年，並且也很好記，三個五。

二

有人或許會問：這個梁元帝蕭繹幹嘛縱火焚書？他是一個瘋子嗎？並不是。

要說昏聵和殘暴，南朝歷代帝王中有不少瘋子、昏君、殺人狂。比如宋前廢帝劉子業、後廢帝劉昱、梁東昏侯（廢）蕭寶卷等等，都是有絕對實力競爭前三的。和這幾位「英才」相比，蕭繹還排不上號。

蕭繹也不是個完全意義上的庸蠹之主，絕非一點能力也沒有。他出道時四十歲，坐鎮荊州，面對的是老爹梁武帝蕭衍留下的巨大的爛攤子。當時的形勢，是東有竊國大盜——侯景，已經攻陷了國都建康，囚禁並活活餓死了老皇帝蕭衍；西有兄弟覬覦，就是在蜀中的弟弟武陵王蕭紀，此公實力很強，錢多兵足，一直想找哥哥掰手腕；北有強鄰虎踞，西魏和北齊時刻想尋覓機會南侵。除此之外，蕭繹自家屁股底下還有一個造反的將領陸納，到處點火放炮。在這樣讓人焦頭爛額的局勢下，蕭繹經過一番閃轉騰挪，居然也打開了一個不大不小的局面。

他先是主持平定了「侯景之亂」，收復了建康，然後又借西魏的兵，打垮了弟弟蕭紀。回轉身來，他還打敗了幾個帶兵爭地盤的侄兒，在江陵稱了帝，延續了梁祚。

這其中固然也存在一些操作失誤，埋下了不少隱患，但能做到眼下這一步，蕭繹肯定不是一個草包。[1]

這個人不但有武才，更突出的是文才。後來唐朝人說他「聰明伎藝，才兼文武」，就是蕭繹剛出道時的人設。

他本身就是個詩人。當時的宮廷詩派有兩大高手齊名，後世並稱為「簡文、湘東」，其中「簡文」是簡文帝蕭綱，之前文章裡曾介紹過的，而「湘東」就是梁元帝蕭繹了，因為他曾經做過湘東王而得名。兄弟倆並駕齊驅，寫信互相鼓勵，說好一起把宮廷詩派發揚光大。

蕭繹博學廣才，著作等身。當大官而做學問，往往都是假的，蕭繹卻是玩真的。刀兵四起的亂世裡，他一邊和兄弟侄子們打仗掐架，另一邊堅持用一隻獨眼努力鑽研，發奮著作。

短短四十七年人生中，他名下的主要學術成果有《孝德傳》三十卷、《忠臣傳》三十卷、《丹陽尹傳》十卷、《注漢書》一百五十卷、《周易講疏》十卷、《內典博要》一百卷、《連山》三十卷、《洞林》三卷、《玉韜》十卷、《補闕子》十卷、《老子講疏》四卷等等，此外還有文集五十卷，合計超過四百卷。哪怕他本人只是部分參與，也足以讓許多專家汗顏。

在努力搞課題之餘，他居然還認真教學、帶學生。如今許多教授博導都不好好帶學生，不耐煩給本科生上課，當時的蕭繹卻認認真真教學。《顏氏家訓》裡記載他「召置學生，親為教授，廢寢忘食，以夜繼朝」，多好的一個老師。西魏軍隊打過來了，他還在龍光殿開講座，給大家講《老子》。

誰能想到，這樣一個才子皇帝，在短短幾年後就兵敗國亡，以江陵焚書這一昏庸無厘頭的方式收場？

這就好像戲劇裡的人物，一開始時臨危受命，閃亮登臺，使勁撲騰了幾下，很有點文武雙全的意思，大家都以為他是主角。然後他就崩了，在所有觀眾的愕然之中，領了一份便當下臺，臨走前還一把火把劇院給燒了。就這麼個貨色。

三

他焚燬的這十四萬卷藏書，可謂來之不易。

可以這麼說，在當時，每一部能夠活著到達江陵的書，不管是原版古籍還是抄寫謄錄的，都彌足珍貴，都是穿越了數不清的天災人禍，九死一生，才留存到了西元五五五年。

在《隋書．經籍志》等文獻中，對中國古代圖書的流轉過程有一個大致記載。

秦始皇焚書坑儒，是圖書的第一場浩劫，許多古代經典要麼湮滅，要麼出現錯亂。

到了漢代，幾次向天下搜求遺書，好不容易攢起了一批書，據說有三萬三千多卷。然而王莽篡漢，未幾長安又遭兵亂，宮室圖書被焚燬殆盡。

東漢建立後，國家再一次蒐集圖書，整理遺存，可惜漢末董卓作亂，軍人在洛陽搶掠燒殺，珍貴的書籍被拿來當作帳子、包袱，多年積蓄的珍貴圖書又掃地而盡。

魏晉時期，圖書的蒐集工作又開展起來，有向民間徵集的，有各處發掘的，比如從河南的古墓中就發掘出來一批古書。經過如是累積，藏書好不容易恢復到二萬九千九百餘卷。但很快「永嘉之亂」爆發，劉曜、石勒攻破洛陽，焚殺劫掠，皇家藏書又被掃蕩一空，所謂「京華蕩覆，渠閣文籍，靡有孑遺」。等到東晉建立時，有人對照目錄一核，還剩下的書只有三千零一十四卷了，十成中去了九成。

隨著北方戰亂，衣冠南渡，殘留的書籍也慢慢流到江南。劉宋時期，圖書據說一度達到六萬四千五百八十二卷，可惜到南齊時又大部分毀於戰火。等到南梁建立，重新整理圖書，不計佛經又只有二萬三千一百來卷。

真是斑斑血淚，慘不忍書。難怪有人說，天下最難聚而易散者，莫過於書也。

其後四十年間，南方的政局相對穩定，梁武帝父子幾人也都重視文化，藏書又開始恢復。

比如梁武帝的長子，也就是大名鼎鼎的文學青年、昭明太子蕭統，我們後面會介紹到的，其東宮藏書達到三萬卷。

集大成者是蕭統的弟弟——也就是梁元帝蕭繹。他也是四處搞書，在江陵東聚西搜，巧取豪奪。梁朝有一個大臣張纘，乃是個藏書家，此公本是蕭繹的哥們兒、玩伴，家中有藏書兩萬卷。後來張纘遇禍身死，家立刻被好兄弟梁元帝給抄了，藏書全部掠走。

漸漸地，蕭繹在江陵收聚了七萬卷藏書，規模已經很驚人了。待到「侯景之亂」平息，故都建康被收復，蕭繹又把建康的七萬卷藏書運回江陵。如此一來，他的藏書便達到了十四萬卷之多，號稱是天下傳世書籍的一半，規模之巨，震古爍今。

並且，圖書不是大白菜，並不是蒐集上來、隨便放就可以了，還需要系統地整理、核校。這一工作也是千辛萬苦。

從先秦至南梁，為了保存和整理圖書，無數先輩嘔心瀝血，父死子繼，一卷卷、一字字地用功，不知道出了多少個胡震亨、季振宜的故事。

比如漢成帝年間，國家命謁者陳農向天下徵集遺書。書蒐集上來後，安排頂級專家，分門別類整理核校。

其中，派大學者、光祿大夫劉向整理核校經傳、諸子百家和詩賦方面的書籍，派步兵校尉任宏整理核校兵法戰策方面的書籍，派太史令尹咸整理核校數術方面的書籍，派太醫監李柱國整理核校方技類的書籍，可謂是才子用命，精銳盡出。

每一部書整理出來，大學者劉向就專門撰寫一篇敘錄，對其進行分析評斷，闡述其源流利弊，「論其指歸，辨其訛謬」。

後來劉向去世了，他的兒子劉歆子承父業，父子倆前前後後努力了二十多年，才完成了這項空前偉業。許多先秦的經典、諸子百家的論著由此得到了保存和弘揚。

奈何編書、護書的效率，永遠趕不上禁書、毀書和燒書的效率。

編書、護書的人有知識學問、有毅力決心、有獻身精神，卻不如毀書燒書的人有一樣——權力。數百年後，江陵一夜，十四萬卷，付之一炬。

或許有人仍然會疑惑，蕭繹和嬴政、董卓畢竟不一樣，他好歹是個文化人，是個愛書的，怎麼又忍心幹出燒書的事呢？

大概是因為城要破了，走投無路之下精神失常，遷怒於書。再者，也是不願留給西魏，寧願帶進墳墓。但還有一個根本原因，葛劍雄先生在《江陵焚書一千四百四十週年祭》中說得很透徹：

> 一旦圖書為皇帝所收藏，就成了他個人的私產，不僅從此與民間絕緣，而且隨時有被篡改或銷毀的可能，也會成為一位皇帝或一個朝代的殉葬品。……在他眼中，十四萬冊書與一把寶劍一樣，不過是他的私產，有用時用之，無用時毀之，何罪之有？

這怕才是根源。

在我們今天的觀念中，圖書是文明的象徵，屬於全民族、全人類，毀壞圖書是對人類文明的犯罪。

但對於皇權時代的帝王而言，圖書不過是私產而已，就如同國家、土地、臣民一樣都是私產。既然是私產，就可以聚斂，也可以隨意燒殺，我燒我的書，四萬卷也好，十四萬卷也好，關你屁事？

四

講一下梁元帝的最終結局。

圍城之中，他當時幾乎唯一信任的人，就是大臣王褒。

王褒也是一個大詩人，可惜政治軍事上的才略平平，關鍵時刻拿不出什麼主意。這一君一臣兩個詩人就在江陵城裡大眼瞪小眼。終於梁元帝放棄了抵抗，白馬素衣，出城投降。

做了俘虜後的幾天裡，他備受羞辱。孤苦之中，也許想起了自己是一個詩人，他討了一點酒喝，吟了四首詩。其中一首是這樣的：

松風侵曉哀，霜雰當夜來。
寂寥千載后，誰畏軒轅臺？
——〈幽逼詩〉

不久，他被敵人用土囊壓死，結束了一生。

梁元帝死了，他手下的將領重臣也紛紛被戮，然而也不知西魏是出於什麼考慮，他最信任的這個王褒卻倖免於難，活了下來，被擄北上。

在北朝，王褒居然受到重用，做了大官，只是終生不允許回南方。後來他寫了很多懷念故國、表達羈旅愁思的詩，其中最動人的一首，是做了俘虜北上時寫的〈渡河北〉：

秋風吹木葉，還似洞庭波。
常山臨代郡，亭障繞黃河。
心悲異方樂，腸斷隴頭歌。
薄暮臨征馬，失道北山阿。

在北朝，王褒還見到了另一個老熟人——大詩人庾信。同樣也是南朝人，同樣被北朝扣留，同樣也是在北朝做了大官，卻不讓回故土，最後終老北方。當這兩個人在長安回憶起南朝，想起建康、江陵，追思起過去的日子，不知是什麼樣的心情？

當然，關於「江陵之變」，我們在痛惜珍貴的圖書、感慨詩人無常命運的同時，還不能忘了一群人，就是失陷的江陵城裡居民。他們的遭遇和那些書一樣悲慘。

城陷之後，西魏軍隊從居民中挑選了男女數萬人，分為奴婢，押送回長安，剩下的老弱幼小則全部殺光，只有三百多家得到倖免。此事在《南史》中只有六個字：小弱者皆殺之。

這無盡的鮮血、極度的恐怖，在史書上不過濃縮成六個字而已。這些苦難的人民，他們自己不能記錄寫作，也沒有地方去發表。他們當時是什麼心情，是何等的痛苦和恐懼，母親是怎樣徒勞地想保護嬰兒，少年是如何掙扎著想救下妻子，我們一個字也無法讀到。

而梁朝沒有杜甫，也就沒有人能為他們寫詩。

註釋

1《梁書》記載：「梁季之禍，巨寇憑壘，世祖時位長連率，有全楚之資，應身率群後，枕戈先路。虛張外援，事異勤王，在於行師，曾非百舍。後方殲夷大憝，用寧宗社，握圖南面，光啟中興，亦世祖雄才英略，紹茲寶運者也。」唐朝虞世南也稱他「聰明伎藝，才兼文武，仗順伐逆，克雪家冤，成功遂事，有足稱者」。對他的能力還是給予了部分肯定。

為了唐詩，有人在做準備

調與金石諧，思逐風雲上。
——沈約

一

讀了前幾篇文章，大家可能覺得南朝簡直糟糕透了，詩寫不好，還把書給燒了。就不能靠譜點嗎？

沒錯，南朝很爛，其殺戮之慘，民生之苦，讓人不忍卒讀。詩歌也是空洞浮靡，千篇一律。江陵焚書更是讓人扼腕浩歎。

然而，再黑暗的時刻，也有人在努力發出微光。有人燒書就有人編書，有人猖狂毀壞，就有人默默耘植、延續和繁榮文化。南朝一百六十多年中，有那麼一群人對後來唐詩的繁榮做了大貢獻，甚至可說是偉績豐功，是應該給他們發獎的。

本文就來發一發獎。其中有三個人應該領最高獎。他們分別是一位詩人、一位主編、一位學者。

第一個獎，不妨發給謝朓，他就是其中的那位詩人。這個獎頒出來，南朝的文化巨頭們應該都沒有意見。

梁武帝蕭衍肯定沒有意見，他曾經說，三天不讀謝朓的詩，就覺得口臭。簡文帝蕭綱、梁元帝蕭繹也應該沒有意見。他們曾說謝朓是「文章冠冕，述作楷模」，推崇備至。

作為一代山水詩大家，謝朓對後來唐朝詩人的影響太大了。比如李白，他的許多詩和謝朓活像是一個導師帶出來的，風格一脈相承。

謝朓說好詩要「圓美流轉」，寫詩的風格也是「語皆自然流出」，而李白主張寫詩要「清水出芙蓉，天然去雕飾」，幾乎一致。謝朓寫「餘霞散成綺，澄江靜如練」，李白就寫「漢水舊如練，霜江夜清澄」；謝朓寫「大江流日夜，客心悲未央」，李白就寫「山隨平野盡，江入大荒流」、「仍憐故鄉水，萬里送行舟」，處處向謝朓致敬。假如世上沒有謝朓，李白的詩還會不會是現在這個樣子？這都是個問題。

除了李白，王維、杜甫、孟浩然、錢起、孟郊、白居易等不同階段的唐詩大佬也都受到謝朓的影響。明朝胡應麟就說，謝朓是「唐調之始」。這個唐詩貢獻獎，他當之無愧。

二

第二個獎，我們要發給另一位文化人——蕭統。他就是「菁英三人團」中的那位主編。

蕭統是何許人也？齊梁的文藝界人才濟濟，為什麼偏偏發獎給他？主要就是因為他主編的一部書《文選》。

如果說謝朓是替唐朝詩人示範寫滿分作文的，那麼蕭統就是替所有唐朝詩人編《滿分作文大全》的。

為了講清楚蕭統其人，我們先介紹一下他出身的蕭氏。

蕭統是南梁的太子。他出身的蕭氏皇族有個特點——文藝，一家子個頂個都是詩人、學者。[1]他父親梁武帝蕭衍就是一個詩人、書畫家，甚至在圍棋上都很有造詣。他的三弟是簡文帝蕭綱，七弟是梁元帝蕭繹，也就是江陵焚書的那位，都是詩人、學者。二弟蕭綜、六弟蕭綸、八弟蕭紀等也都善詩能文。

而在所有這些兄弟中，要說最純粹、最典型的文學青年，當屬大哥蕭統。

蕭統在政治上沒能有什麼建樹，因為太短命，三十歲就去世了。可他把有限的生命放在了文藝事業上，組織編就了一部《文選》，光照後世，意義深遠。金庸武俠小說裡有一個人叫作黃裳的，著了一部秘笈《九陰真經》，被稱為「天下武學之總綱」。蕭統的《文選》便可稱為「天下文學之總集」。

三

讓我們來細看這個詞——文學。問一個問題：文學是什麼？

對於這個問題，今天的人大概都會有一個籠統的概念。文學就是李白、杜甫，就是曹雪芹，就是莎士比亞、托爾斯泰。作為一樣工作，搞文學的，和單位裡搞材料的、搞教材的不是一回事。

然而這是今天的人的觀念。在一千多年前的古代，人們還並沒有一個完全清晰的概念：文學是什麼？到底什麼才能算作文學？哪些作品才是好的文學？那些作品都長什麼樣，能不能編一個集子，給我們找齊了？

而蕭統和他的《文選》，正是回答了這個千古文學之問。

事實上，文學這樣一個精靈般的存在，自古以來就在我們的文明中孕育、誕生了。自先秦以來，中國的先民就開始自覺不自覺地搞文學創作了，《詩經》就是典範。

一批批傑出的文學家相繼誕生。戰國時代，屈原橫空出世，中國有了第一位真正意義上的詩人。到了漢代，辭賦開始繁榮，賈誼、司馬相如、班固、揚雄等交相輝映。

與此同時，優秀的樂府民歌不斷湧現，五言詩、七言詩也漸漸成熟。

魏晉之際，「三曹」、「七子」卓絕一時，阮籍、嵇康、陸機、左思、劉琨等風流未沫，東晉更是湧現了陶淵明這位一代宗師。

進入南北朝，謝靈運、謝朓以山水詩前後相繼，鮑照、江淹、顏延之等也或詩或賦，各有所長。

注意，因為歷代的筆桿子實在太多、太厲害了，他們不只是能寫詩歌辭賦，還把詔令、表文、書札、序文、檄文乃至墓誌等等都寫出了花，寫成了頂級的文學。

李斯〈諫逐客書〉、賈誼〈過秦論〉、諸葛亮〈出師表〉、嵇康〈與山巨源絕交書〉、李密〈陳情表〉、丘遲〈與陳伯之書〉等等，或文采斐然，或感人至深，都是名篇。

然而，遺憾的是，自先秦而至南梁，千百年來，面對這文學的累累碩果，還從來沒有一部已知的、專門的文學總集誕生。從來沒有人把這些文學作品專門地精挑細選、整理收錄，並且成功地傳世。注意，未必沒人幹過，但卻未能成功傳世。

直到西元六世紀，文學青年蕭統大吼一聲：「我來幹！」

這個當太子時以仁厚著稱的年輕人，昂首走到了歷史的前臺，要承擔起這一關鍵的使命。

一個聲音問他：「你打算用什麼標準來選擇文學作品？是政治正確，還是詞藻華美？寓教於樂，還是符合梁武帝的治國思想？」

蕭統只回答了兩個字：典麗。

既典雅，又美麗。文學應該只有一個標準，那就是文學本身。在我這裡，沒有別的干擾。

蕭統交出了他的選擇，於是《文選》誕生了。

這部恢弘的集子裡，收錄了從先秦至南梁的上百個作者的七百多篇文學作品。由於蕭統的審美水準高，眼光犀利獨到，所選的絕大多數都是精品，可謂把近千年來中國文學的代表作彙聚一爐。我們上面提到的那些名篇都是《文選》中的作品。

對於唐詩，《文選》的影響極大。唐朝詩人大概沒有不學《文選》的。它等於是詩人們的示範教材、作文大全。李白就曾經三次摹擬《文選》寫作。杜甫也念念不忘學《文選》，給兒子宗武過生日時還要特地叮囑兒子「熟精《文選》理」──小子，給我把《文選》學好！

《文選》還有一大功勞，就是搶救保護了許多文學經典。

前文說過，中國圖書經歷了多次浩劫，江陵焚書就是一例。因為有《文選》在，許多名篇逃過一劫，得以保留下來，讓我們今天的人還能夠讀到。

比如今天還能讀到的「古詩十九首」，就是被《文選》保留下來的。這是其中著名的一首描寫愛情的：

迢迢牽牛星，皎皎河漢女。
纖纖擢素手，札札弄機杼。
終日不成章，泣涕零如雨。
河漢清且淺，相去復幾許。
盈盈一水間，脈脈不得語。
——〈迢迢牽牛星〉

這樣美麗的詩，被《文選》給保留了下來，這是多大的功勳！倘若沒有文藝青年蕭統和他的《文選》，我們也許永遠也沒有了「迢迢牽牛星」、「青青河畔草」、「行行重行行」，沒有了「人生天地間，忽如遠行客」、「晝短苦夜長，何不秉燭遊」，那又是多大的損失！你說這「唐詩貢獻獎」該不該發給昭明太子蕭統一尊？

四

聊完了蕭統，我們該揭示最後的第三位獲獎者了。

主持人還未開口呢，臺下一個人忽然大搖大擺上來，劈手奪過了獎盃：這個獎，就該我得！此人叫作沈約。

他這一搶，臺下頓時一片竊竊私語。之前兩位獲獎，南朝文藝圈裡大概沒什麼爭議，可到沈約這兒就有爭議了。

沈約的長官、梁武帝蕭衍就說過一句話：「生平與沈休文群居，不覺有異人處。」換成今天的話意思就是：沈約這人，看上去平平無奇嘛。

也難怪會有爭議。沈約作為南朝宰相，地位高華，搞文藝也是一代大家。但要說整體成就，他卻又顯得太平均，單項不夠突出。

論寫詩，他沒有謝朓的成就高。要說修史，沈約固然成果斐然，著有《晉書》、《宋書》，但前面畢竟還有一個范曄的《後漢書》在，只能仰望。

要說搞文學理論，他後面又還有一個更出色的晚輩劉勰。那麼憑什麼沈約拿獎？又不是比賽鐵人三項！

臺上的沈約洋洋得意，毫不謙遜地說出了自己的獲獎理由：「因為我發現了一個關於詩歌的天大的秘密！這個秘密，自從屈原老祖以來都沒有人察覺過，唯獨我給發現了。就說該不該我得？」[2]

全場寂然無聲，無法質疑。

因為沈約所說的雖略有浮誇，總體上卻是實情。必須承認，他對唐詩的貢獻不遜於前面兩位獲獎者，足以登臺獲領殊榮。

他的功勳，一句話概括之，就是把詩歌從二維引向了三維的時代。

來簡單解釋一下。過去詩歌的二維，是詞藻、章句。那麼後來多出來的一個維度是什麼呢？是聲律。這就是他所發現的詩歌的秘密。

漢字的聲律之秘，很長時間都沒有被系統地破解開。同樣的一句話，同樣的字數，為什麼有的讀起來就朗朗上口、聲調和諧，有的讀起來就彆扭拗口？

為什麼「影映碧湖柳戲水」讀來感覺很不順暢，而「二月春風似剪刀」就覺得那麼絲滑？又比如乾隆爺的詩句「不一蓋已屢」、「數典忍忘爾」[3]，讀來為啥就讓人那麼難受？

在南朝時，有一批聰明的研究者漸漸發現了聲律的秘密，沈約一般被認為是破解這個秘密的關鍵人物，或者說，是他老人家拿出了密碼本。

沈約所破譯出的這個密碼，叫作「四聲八病」。所謂「四聲」，就是將漢字分成平、上、去、入這四類聲，其中第一類作為平聲，後三類作為仄聲。

我們今天經常聽到的「平仄」就是這麼來的。沈約等人提出，寫詩應該講究四聲之間的和諧，形成一種流暢的音律美，不能胡搞。

現在可以回答之前的問題了，「二月春風似剪刀」為什麼讀來那麼順口？因為它是「仄仄平平仄仄平」，屬於律句，所以優美動聽。而乾隆爺的「不一蓋已屢」為啥這麼難聽呢，因為它是「仄仄仄仄仄」，五連仄，容易讓人讀了胃疼。

如果你還有興趣再往下聽，咱們再說說所謂「八病」，就是沈約總結出來的寫詩的八種聲律上的禁忌，一旦違反，詩句就往往拗口難讀，非常不美。

這「八病」的名字非常有趣，和我們今天的冠心病、糖尿病不一樣，而是叫作平頭、上尾、蜂腰、鶴膝、大韻、小韻、旁紐、正紐。

當然，由於古代著作大量亡佚，加之古人寫書往往很任性，言簡意賅，惜墨如金，導致我們今天已然讀不到齊梁時的任何一本書、一篇文章是清清楚楚完整講明白了「八病」的，沈約沒有，旁人的也沒有。關於「八病」究竟指什麼，具體是不是這八種，一直都有不同說法。

但不管怎樣，正是因為聲律的理論被系統提出來，才讓詩歌多了聲律這一個維度，後世的詩歌才可能出現一個輝煌的門類——格律詩。

這個意義相當深遠。今天，我們上學時老師所講的五言律詩、七言律詩、五言絕句、七言絕句，都屬於格律詩。每個孩子都耳熟能詳的「白日依山盡」、「春風不度玉門關」、「朝辭白帝彩雲間」等，也都是格律詩。唐詩的輝煌，有一半以上是格律詩的輝煌，而它無論如何都離不開沈約，或者說以沈約為帶頭人的學術團隊的貢獻。

所以，請沈約先生理直氣壯地領取這個獎項吧，這是他應該得的。

剩下的鍾嶸、劉勰、庾信、鮑照、江淹等先生也不必失落。我們今天的「唐詩開創貢獻獎」固然只頒給了三個人，其實也是頒給了整個南朝的文化群體。

南朝的文藝，尤其是詩文，經常是被輕視和冷落的。對於後來的唐詩的評價，人們幾乎沒有爭議，都認為是文學的一座高峰。但對於南朝的詩文，批評一向很多，就好像一個家庭裡的兄弟倆，弟弟太優秀了，哥哥便處境不好，壓力很大。

後世對南朝詩文的評價有時也很矛盾。人們常常說它一無是處。陳子昂說「文章道弊五百年矣」，說此前五百年都是荒腔走板，其中最刺眼的就是南朝的一百六十年。李白說「自從建安來，綺麗不足珍」，也是全盤看不上。

然而在一片鄙棄之中，又不乏有人力排眾議，對南朝表示喜愛和推崇。明代楊慎便說：「詩之高者，漢魏六朝。」魯迅也說，魏晉南北朝是一個文學自覺的時代。評價之高下，大相徑庭。

那麼這個時代的文學究竟好不好？大概只能這樣說，毛病是毛病，貢獻是貢獻，該批評批評，該發獎還是要發獎。唐詩是巔峰，這個巔峰不是平地冒出來的。李白、杜甫、王維、白居易都是站在巨人的肩膀上的，這些巨人中固然包括了更早的屈、宋、班、馬，也應當包括了南朝的蕭統、沈約。

都說南朝「文藝」，都說六朝「風流」。事實上，一個生靈塗炭的血污亂世有什麼文藝和風流可言？這都是文化給政治掙了面子，是文明給野蠻掙了面子。在一個至暗的時刻，有人努力發著微光，照亮了身後人的行路，好像後來一首詩說的：「月黑見漁燈，孤光一點螢。微微風簇浪，散作滿河星。」

註釋

1 清人趙翼《廿二史札記》：「創業之君兼擅才學，曹魏父子固已曠絕百代。其次則齊梁二朝，亦不可及也。……至蕭梁父子間，尤為獨擅千古。」

2 這自負的心態不是我杜撰。《梁書・沈約傳》：「（約）又撰《四聲譜》，以為在昔詞人，累千載而不寤，而獨得胸衿，窮其妙旨，自謂入神之作……」他的確是驕傲地自認為發現了一個別人千載未悟的大秘密。

3 燕園乾隆詩碑有詩：「苑西五尺牆，築土卌年矣。昔習虎神槍，每嘗臨蒞此。木蘭斃於菟，不一蓋已屢。土牆久弗拭，數典忍忘爾。得新毋棄舊，可以通諸理。」這裡卻並非專門嘲弄乾隆。事實上杜甫也有詩句作五連仄。

楊廣：我差一點就紅了

一

廿四橋邊草徑荒，新開小港透雷塘。
畫樓隱隱煙霞遠，鐵板錚錚樹木涼。
文字豈能傳太守，風流原不礙隋皇。
量今酌古情何限，願借東風作小狂。

——鄭板橋

這一首詩，是清代的鄭板橋寫的〈揚州〉七律四首之一。

揚州那麼多美景，瘦西湖如詩如畫，還有十里長街、禪智山光，無不佳秀。鄭板橋卻偏要拿一首詩來寫一個「雷塘」。

這無非是因為雷塘和一個帝王有關，那便是隋煬帝。隋煬帝楊廣殞命在揚州，他的墓地就在雷塘。

「風流原不礙隋皇」，在我們印象中，隋煬帝是個大大的昏君，和「風流」能扯上什麼關係呢？大概除了各類風月韻事，以及「春風舉國裁宮錦」之類的鋪張舉動外，能沾上「風流」二字而又正面一點的，無非就剩一件事了，那就是詩。

隋朝只有短短的不到四十年歷史，非要說詩壇的領袖，看來看去，居然只有昏君楊廣。此人之昏暴，固然是讓人震驚，但他的才情，又確實有些讓人歎憐。唐代的魏徵讀了楊廣的詩，也不禁發出一聲感歎：「亡國之主，多有才藝。」

舉一個例子。後來宋代的大詞人秦觀有名句「斜陽外，寒鴉萬點，流水繞孤村」，歷來為人傳誦。這一句事實上就是借用楊廣的詩作〈野望〉：

寒鴉飛數點，流水繞孤村。
斜陽欲落處，一望黯消魂。

「寒鴉飛數點，流水繞孤村」，作為詩的開頭是有點問題的，略顯得突兀，這使得整首詩不像是一個完整的作品，而像是從一首長詩裡截取出來的零句。

但假如只看句子本身，卻是毫無疑問的佳句，寥寥十個字，便使一種靜美和孤寂爬上你心頭。薄暮下，幾隻寒鴉在飛舞，耳畔似乎還傳來陣陣鴉啼。忽而水聲潺潺，蜿蜒的小河如一隻蒼白的臂膀，環繞住了小小村莊。你好像還能看見一些凋零的樹木、散落的屋頂，還有在風裡變得破碎的炊煙。

這樣優美的句子，也難怪秦觀會忍不住拈取而來，化用到自己的詞裡面。事實上我覺得楊廣的「寒鴉飛數點」要比秦觀的「寒鴉萬點」更佳。「萬點」顯得誇張而沒有餘味，不如「寒鴉飛數點」有詩趣，更顯得寥落、淒清。

接下來我們便來聊聊這個寫出了「寒鴉飛數點」的楊廣，一個短暫時代的詩壇領袖。

二

西元六〇四年，楊廣在仁壽宮繼位，從父親隋文帝手中繼承了一個龐大的帝國。據說在臨終時刻，隋文帝是不情不願地交班的。

在彌留之際，他突然察知了楊廣的一些醜聞，猛然意識到這不肖子的真面目，不由得恨悔交集。隋文帝惦記起了另一個兒子廢太子楊勇，一度掙扎著想召喚楊勇來到身邊，委託以大事。但楊廣已經不給他機會了。

有人說楊廣遣人毒殺了父親，也有人說他遣人以利刃弒父，「血濺屏風」。不管怎樣，他贏得了勝利。

坐上了最高權力的寶座，楊廣長舒了一口氣。在這之前，他一直努力在扮演一個好孩子，恭謹待人，輕車簡從，不近女色，連家裡的樂器都落滿了灰塵，似乎極度地艱苦樸素。父親提倡搞文學改革，他也立刻附和，緊跟步子不掉隊。天下都稱讚他的賢能，父母也一度被他蒙蔽。而這一切的做作，都是為了眼下這一天。

演了那麼多年，現在終於可以開始做自己了！

登基后，這個精力旺盛的傢伙開始報復性地反擊，瘋狂地折騰了起來。

當了皇帝的楊廣主要折騰了三件事，其中第一件，就是趕緊送所有的兄弟和侄子下地獄。

殘酷地清洗皇族內部的潛在競爭者，是南北朝的「優良」傳統。楊廣很好地繼承了這個傳統。他的哥哥楊勇，弟弟楊秀、楊諒，或被賜自盡，或遭幽禁而死。幾個侄兒楊儼、楊筠、楊嶷、楊恪、楊該等亦全部處死。

在殺盡兄弟侄子的同時，他還順便殺掉了父親遺下的名臣高熲、宇文弼、賀若弼，並且大行株連之風。

此前，楊廣曾在偽造的父親遺詔中聲稱，如果讓兄長楊勇繼位，「必當戮辱遍於公卿」——假如我哥當了皇帝，你們都沒好下場。結果他替哥哥很好地做到了這一點。

楊廣折騰的第二件事，就是搞工程，並且要搞超級大工程。

一般的小工程楊廣是看不上的，他中意的都是能把國家拖垮的大工程。僅僅一年時間裡，楊廣就開始了營建東京、營建西苑顯仁宮的大工程，並且年年再開新工，年年有驚喜。

光是一個營建東京，便役使了壯丁二百萬，其中近半數人疲病而死，裝載屍體的車輛連綿不絕。為了搜求天下的奇花異石、珍禽異獸，並將之運到洛陽供自己賞玩，楊廣又役使了河南、淮北民夫百萬人，再次造成大量的死亡。總之是不惜天下騷然，也要玩得痛快。

作為一個非專業的內河航運家，楊廣還乘龍舟幾下江南，為此開運河、造龍舟，動輒役人以百萬計。他的船隊出來一次，拉船的民夫據說能達八萬人，舳艫相接上百里，沿途五百里的州縣都苦不堪言，要進獻飲食、保障供給，為此不得不大行搜刮。而飲食送上去後，又存在驚人的浪費。

除了搞大工程之外，楊廣折騰的第三件事就是打仗了。

他驅使數百萬軍士和民夫去打高句麗，還一連打了三次，最後以雙方都耗不起了而告終，又是造成駭人的死傷。

在楊廣治下的隋朝，從遼東到河南，從榆林到江淮，乃至到遙遠的五嶺，幾乎每時每刻都有數百萬人民被驅趕著，拋妻拋夫，不事經營，停止生產，不是在前方的死亡線上掙扎，就是在趕往死亡線的路上。

剩餘僥倖苟活的人還要逃過楊廣神經質般的屠殺。有一次，他的政敵開倉賑濟百姓，結果楊廣不忿地命令，將所有領過米的人統統坑殺。

讀到這裡，你也許會困惑：這樣一個瘋狂又暴虐的傢伙，怎麼會寫出冷清、寂寞的「寒鴉飛數點，流水繞孤村」這樣的詩呢？好像完全不是一種氣質啊！沒錯，楊廣就是這麼分裂。

三

對於詩，楊廣確實可謂鍾情。

早在他當晉王、坐鎮揚州的時候，楊廣就羅致了一批文人，搞起了一個詩歌俱樂部。就連後來的唐朝名臣、書法家虞世南當時也在其中。

登基之後，楊廣身邊文學人才更盛，一時之間，大隋朝詩歌俱樂部好不熱鬧。

但這個俱樂部可是不好混的。楊廣公佈的俱樂部第一條規則就是：不許有人寫得比我好！倘若誰的詩句一不小心寫得太精彩，搶了楊廣的風頭，便可能大禍臨頭。

有一個廣為流傳的故事：詩人薛道衡很有才華，是當年文壇大家庾信少有地給予好評的幾個北朝詩人之一，寫了一句很有名的「空梁落燕泥」，結果被楊廣給殺了。據說楊廣一邊殺還一邊變態地問：「更能作空梁落燕泥否？」

按說楊廣的「寒鴉飛數點，流水繞孤村」足夠匹敵薛道衡的「暗牖懸蛛網，空梁落燕泥」了，不知道何以非要殺人。

另一位詩人王胄，因為寫了句「庭草無人隨意綠」，也被楊廣殺了，殺了還念叨：「庭草無人隨意綠，復能作此語耶？」

當然，薛、王二人都是大臣，是政治人物，他們的死也都牽涉政治上的原因。寫詩招嫉，大概只是加速了自己的死亡。但若說楊廣心虛、妒賢吧，他又是極度地自負，並不把他人放在眼下。

他「自負才學，每驕天下之士」，曾得意洋洋地對下屬說：「設令朕與士大夫高選，亦當為天子矣。」——你們以為我是會投胎才當上皇帝嗎？錯了！就算我和諸位比文采，我也該當皇帝！

四

必須承認，他的自負不是全無根據。楊廣真是一個頗有才情的詩人，和後來我們會說到的李世民形成了鮮明對比。

來看一首〈夏日臨江〉：

夏潭蔭修竹，高岸坐長楓。
日落滄江靜，雲散遠山空。
鷺飛林外白，蓮開水上紅。
逍遙有餘興，悵望情不終。

這並不是楊廣最佳的作品。要說缺陷的話，它的主題缺乏新意，抒情也顯得老套而敷衍。「逍遙有餘興，悵望情不終」，這是當時詩歌裡常見的「今天真開心啊，我真不捨得離開這裡」式的俗套結尾，能看出詩人情感不足，內心空虛。

但也恰恰因為這是一首普通「習作」，我們才能從中看出一樣東西來，就是作詩的基本功。這首詩，楊廣完全不用典故，也不刻意搜求奇怪刁鑽的景物，而是用樸素簡單的語言和意象為詩，但並不顯得詞藻貧乏，反而是生動可喜。

在遣詞上，「高岸坐長楓」，一個「坐」字，顯得既端莊，又新巧，讓首聯別開生面。「日落滄江靜，雲散遠山空」，意境悠遠。詩中所寫的「日落」、「雲散」、「鷺飛」、「蓮開」等景物，彼此之間動靜相宜，顏色也繽紛錯落，明麗如畫。

尤其難得的是，詩人握筆時有一種輕鬆之感，儘管看得出錘鍊，但卻不顯得雕飾，沒有才力不足所致的吃力感。

何謂基本功？就是像這首詩一樣，哪怕沒有靈感湧來，也能交出及格線以上的作品，並且還能具備一定的亮點。這就是基本功。

楊廣寫詩，是很提倡「氣高致遠」的。[1]之前的宮體詩人們和他相比，都像是佝僂著寫詩的，是俯著身寫詩的，目光所見有限，尺幅逼仄，一味雕琢。而楊廣更像是站著寫詩的。他懸著肘、提著筆，觀察著景物，自由地揮灑，所以畫面顯得更深遠開闊，筆法也更為舒展輕鬆，有一種「雲散遠山空」的恢弘。

五

在個別時候，當神奇的靈感湧來之時，楊廣能夠寫出更佳的句子，比如一首〈春江花月夜〉：

暮江平不動，春花滿正開。
流波將月去，潮水帶星來。

什麼是「流波將月去」？便是詩人看到的月亮是倒影，映在奔流的江水中，所以說「流波將月去」。同樣地，大江中波光粼粼，宛若滿天的星斗都撒在了江水裡，隨波湧動，所以叫「潮水帶星來」。

這詩確實是一點都不油膩，而是晶瑩剔透，讓人不禁想到後來唐初張若虛的〈春江花月夜〉，也讓人想起更後來杜甫的「星垂平野闊，月湧大江流」。

推崇它的人說「即唐人能手，無以過之」，認為達到了唐代的一流水準。楊廣確實是比同時代的絕大多數詩人都高了一籌。

楊廣作詩，並不是閉門造車。他精力旺盛，極其愛好出遊搞事，所以還留下了許多風格豪壯的塞外軍旅詩作。

他在位十二年多，只有約五、六年時間待在長安和洛陽，剩下的大多數時間都在各地狂浪，所謂「二平江南，三下江都，三巡突厥，一討渾庭，三駕遼澤」，到張掖，到遼東，到長城，到大海，這個肝火旺盛的中年人馬不停蹄地巡遊著他的帝國，足跡所至，每有吟詠。

北行到了榆林，他走進了突厥啟民可汗的虜帳，在那裡舉杯酣飲，留下了詩篇。一句「呼韓頓顙至，屠耆接踵來」，生動活畫出了草原民族首領絡繹朝拜的情景，寫不盡自己的得意豪情。

西征來到渭源，面對險峻的地勢和澎湃的渭水，他又寫下「驚波鳴澗石，澄岸瀉岩樓」，一路上的車馬勞頓似乎完全不必提起，筆下只有他的風光奇絕的神州。

難怪楊廣在文壇上睥睨自雄：從南朝至今，那麼多邊塞詩人裡，哪一個走得比我遠，體驗比我深？就算走得夠遠的，又有誰自信心比我足，氣魄有我高？朕作為詩人，是不是該大紅大紫？

六

誠然，他差一點就紅了，然而終究沒有紅。

要說對詩的貢獻，楊廣不可抹煞。在當時瀰漫詩壇的卑弱和靡麗之中，他顯得很朗潤，堪稱一股清流，所謂「焯有氣調，稍救齊梁之靡」。

但要說他自己的詩歌作品，弊端也是很明顯的。他長篇的作品相對更完整，但大多是豪言壯語的充斥，少了「詩」的細節與情感。

短篇的詩固然字句玲瓏，意境不俗，但又往往不夠完整，〈野望〉和〈春江花月夜〉都像是截取出來的零句，不是首尾完整的作品。似乎是楊廣妙手偶得，有了這麼幾句，卻沒有足夠的耐心去好好延展成篇，就這麼團在草稿紙裡了。

他留下來四十多首詩，數量不能說少了，但要問哪一首適合當代表作，能代表他的成就和最高水準，能代表隋朝幾十年間的詩壇水準？基本上一首都沒有。

楊廣的詩作裡還最缺一樣東西——人情味。

這也是歷代各種「帝王詩」裡最缺的，氣魄格局、雄言壯語都不難，乃至過剩，卻唯獨沒有人情味。在楊廣的詩裡也一樣，「人」要麼是擺設道具，要麼不足一提，看不見人的日常情感。

詩，說到底是人心的藝術。那些最打動我們的詩篇往往都是關乎人心的，而不是漠視人心的。歷代的帝王詩人之中，成就最高的一個是曹操，一個是李煜，他們最好的作品無不指向人心，只不過一個外發，一個內向而已。

「對酒當歌，人生幾何」，慨嘆的是人生短暫；「老驥伏櫪，志在千里」，說的是人的奮發與不甘；「白骨露於野，千里無雞鳴」，是同情和悲憫。

至於李煜更不用提了，「問君能有幾多愁」、「自是人生長恨水長東」、「別是一般滋味在心頭」，字字句句都是人心上的血淚。

相比之下，楊廣筆下的「萬里何所行，橫漠築長城」，壯闊倒是壯闊了，但一筆掩蓋和抹煞了的，是數十萬人的悲慘死亡。

那可憐的「丁男百餘萬」，築城時「西距榆林，東至紫河，一旬而罷，死者十五六」，半數的人橫死他鄉，楊廣看到了沒有？關不關心？半點也沒有，似乎都不值一提，反正他一個人豪邁了就夠了。這種所謂的「壯闊」能有多少真正的文學價值？

所以他的詩終究無法讓我們靈魂共鳴，無法登上更高的殿堂，答案便在於此：第一，不完整；第二，沒人味。

有趣的是，楊廣志在當文壇領袖，但在整個隋朝，流傳最廣、影響後世最大，也最震撼人心的文學作品是什麼？很諷刺，恰恰是討伐他老人家的檄文〈為李密檄洛州文〉，其中兩句判詞可謂深入人心：

罄南山之竹，書罪未窮；
決東海之波，流惡難盡。

如今一說起隋煬帝，都說不可「以人廢文」，這固然是沒錯的，但是也不必反過來「以文美人」。

一個古代帝王，拚命荼毒和迫害人民，「外勤征討，內極奢淫，使丁壯盡於矢刃，女弱填於溝壑」，徒然作得零星幾句詩，那也沒有什麼好粉刷和美化的。在帝王的考核班裡，混蛋就是混蛋，黑板報出得好，那也是混蛋。

註釋

1《隋書・王胄傳》：「帝……因謂侍臣曰：氣高致遠，歸之於胄；詞清體潤，其在世基；意密理新，推庾自直。過此者，未可以言詩也。」

唐詩的崛起，還是沒半點徵兆

焰聽風來動，花開不待春。

——李世民

一

時光飛逝，中國王朝的年號，轉眼間從隋朝的「開皇」、「大業」變成了唐朝的「武德」。

前文說了，隋煬帝楊廣是個喜歡寫詩的人，曾經搞起過一個詩歌俱樂部。他讓人搬來了沙發，放上了椅子，請來了客人，自己親自主持，熱鬧了那麼一陣子。

可是後來，天下大亂，國家一度又陷入動盪之中。俱樂部主席楊廣去了揚州，然後沒有活著回來。從此，詩歌俱樂部很久都沒人光顧，大門緊閉，冷冷清清，桌椅上都是灰塵。

然而這一年，在已經不知道被遺忘了多久之後，俱樂部門外的樓道裡，忽然響起了雜亂的腳步聲。一群工作人員跑了過來，摘下舊招牌，打開鎖閉了很久的大門，開始手忙腳亂地打掃衛生。

「快！都快點！秦王說了，這裡要最快速度開張！」

瞬間，這裡重新粉刷了牆面，換上了新沙發，鋪上了華麗舒適的地毯，添置了鮮花、茶具，還噴了香氛。

驗收的主管來了，一臉嚴肅地指示：「秦王說了，隋朝已經過去，現在乃是大唐。一個新的時代，必須要有新的文藝！他要來親自主持俱樂部，指導我們的創作，開創新局面！」

一塊碩大的燙金桌牌，被工作人員鄭重放在了會議桌的上首：「大唐詩歌俱樂部主席——李世民」。

二

一年前的十一月，隆冬。

在山西龍門關外，北風凜冽，交河的河水已經結冰。一位二十一歲的青年，英氣勃發，正帶著一支軍隊在寒風中行進。他要開赴前線，討伐來犯的梟雄宋金剛和劉武周。[1]他就是李世民。望著眼前的雄壯景色，李世民心潮澎湃，想要寫詩。他選擇的題目，就叫作〈飲馬長城窟行〉。

這是當時非常流行也非常符合他身分的樂府詩題。在他之前的幾十年間，中國曾有兩位著名的帝王，都寫過同樣題目的詩。第一位，是陳後主陳叔寶，有名的亡國之君，生活很奢靡，詩歌也寫得軟綿綿。陳叔寶所交出的〈飲馬長城窟行〉很合乎他一貫的風格：

征馬入他鄉，山花此夜光。

離群嘶向影，因風屢動香。

為了減輕大家的閱讀負擔，我只引了前四句。你瞧，哪怕是行軍的題材，他注意到的也是花草和香氣。對於這類柔美的東西，陳後主有一種天生的敏感。

陳後主的美好生活沒有持續多久。幾年之後，一位強悍的北方皇子率領大軍，勢如破竹，攻破了陳後主的首都，俘虜了躲在井裡的亡國之君。

這位來自北方的皇子就是楊廣。他驕傲地俯視著陳後主這手下敗將，躊躇滿志。打仗，你不是我的對手；寫詩，我也不輸給你。楊廣也驕傲地交出了自己的一首〈飲馬長城窟行〉：

肅肅秋風起，悠悠行萬里。

萬里何所行，橫漠築長城。

同樣只引前四句。和陳後主一比，楊廣的作品硬朗多了。即便只對比這兩首詩，也能一眼看出誰是綿羊、誰是虎狼。

然而故事到這裡還沒有結束。楊廣仍然不是最終的勝利者，他很快也成了亡國之君。取代他的人，正是前面提到的那位青年——秦王李世民。

陳後主，還有楊廣，我李世民不但要在武功上碾壓你們，還要在文學上把你們拋在身後。李世民也交出了他的〈飲馬長城窟行〉：

塞外悲風切，交河冰已結。
瀚海百重波，陰山千里雪。

他還寫道，自己要打敗敵人，刻碑勒石，以記錄這個偉大時代的功勳。他要高唱凱歌，浩浩蕩蕩地進入周天子的靈臺：

荒裔一戎衣，靈臺凱歌入。
揚麾氛霧靜，紀石功名立。

數十年間，三首〈飲馬長城窟行〉，記錄了豪傑的起落、時局的變遷。

李世民要在武功上勝過楊廣，我們信了。但要在文學上超越楊廣，是否只是說說而已？作為一個在亂世中成長起來的馬上皇子，他對文學真的會有很大興趣嗎？

李世民用實際行動證明他的宣言。和宋金剛的這一仗，李世民大勝，把敵人打得倉皇逃竄。就在此戰獲勝之後不久，也就是西元六二一年，他就搞起了文學俱樂部，取名「文學館」，搜羅當時一流文學高手，要掀起一場創作的高潮。

那麼，誰來充當領軍人物呢？李世民微笑了：就是孤王。

三

在一片熱烈的掌聲之中，「文學館」熱鬧開張了。

十八位當代文壇高手被羅致入館，團結在李世民周圍，擔任了他的導師。他們個個大名鼎鼎，乃是房玄齡、杜如晦、虞世南、許敬宗、褚亮、蘇世長、陸德明、孔穎達、顏相時、李守素……一時間群賢畢至，要開創大場面。

李世民試了試話筒，而後發表了熱情洋溢的開館講話：

「這個俱樂部，以前是楊廣當主席。他是怎麼管理的呢？一個字：殺。只要寫詩比他好的，他就給殺掉。像薛道衡、王胄就都被這個變態殺掉了。這些情況虞世南虞老師你應該了解吧，當時你也在的嘛。

「現在楊廣已經死了，孤王來做這個主席。孤王的作風和他是不一樣的，一句話：海納百川，唯才是舉。請大家安心搞創作，都拿出好作品來，輝映我們大唐的盛世吧！」

「啪啪啪……」房玄齡、杜如晦帶頭拍手，現場一派歡快的氛圍。

聲明一下，李世民以上講話內容，只是我的揣測和杜撰。

有人說，他搞的這個「文學館」，是掛羊頭賣狗肉，主要不是搞文學的，而是搞政治的，是專門研究怎麼搞掉太子李建成的。誠然有這種因素。但我們可不要小看李世民在文學上的志向。讀讀他的詩——「移步出詞林，停輿欣武宴」，他從來都是自詡要文武雙全的。

眼看萬事俱備，導師齊集，雄心勃勃的李世民要在詩壇大顯身手了。他親筆寫下了自己的文藝創作總綱：

予追蹤百王之末，馳心千載之下，慷慨懷古，想彼哲人。庶以堯舜之風，蕩秦漢之弊；用咸英之曲，變爛漫之音……[2]

什麼意思呢？簡而言之就是：詩文不行已經很久了，靡靡之音已經受夠了，現在該輪到朕出手了！

某種意義上說，這等於是重啟了數十年前隋文帝的改革。

李世民還提出了他的文風改革總目標：「去茲鄭衛聲，雅音方可悅。」[3]——我要告別那些浮豔的東西，讓真正典雅莊嚴的文藝發揚光大。

文學館——那個被認為「掛羊頭賣狗肉」的文學機構，在李世民當上皇帝以後，不但沒有被裁撤，反而擴充壯大了。即位之後，作為對文學館的延續，李世民又立即開設了弘文館，繼續吸納頂尖文士。

這些詩人是招來作擺設、唱讚歌的嗎？不是。他們都要值班輪崗，以備皇帝召喚。李世民上班再忙，一旦有空，都要拉著他們討論典籍，吟詩作賦，「日昃夜艾，未嘗少怠」。

巍峨的太極宮裡，許多個夜晚，都留下了李世民在燈下寫作、吟哦的身影。

李同學不但努力，而且謙虛。每寫了新詩，他常常要拿給文學導師們看。這些導師並不好伺候，不少都是些自負的道德家，給鼻子上臉，動不動上綱上線地對李同學一通批評。但李世民一般都心平氣和接受，抱著詩稿回去就改。

有一次，李世民寫了一首宮體詩風格的作品，大概自我感覺不錯，開心地拿給大臣虞世南看，讓他唱和。

沒想到虞世南抓住機會，板起臉，對李同學一頓教訓：「陛下寫的詩嘛，倒是挺工整的。但俗話說：上有所好，下必甚焉。我怕陛下這種詩歌一旦流傳出去，天下效仿，把風氣都搞壞了。這首詩誰愛和誰和，反正老臣我是不和的。」

李世民討了個沒趣，忙給自己打圓場：「老虞啊，你不要緊張，朕就是和你開個玩笑的。」

另一名大臣魏徵也一樣。有一次，李世民在洛陽宮開派對，多喝了幾杯，興致高漲，作了一篇賦《尚書》的詩。

按理說，這首詩主題不錯，只是有幾句稍微流露出了一點善惡報應的佛家腔調，和儒家正統思想不很符合。魏徵就抓住機會，馬上賦了一篇〈西漢〉來說教：「皇上啊，你要像漢朝推崇儒家一樣去作為，才能受到真正的尊敬啊！」

李世民同學又大度地表示：「朕明白，你這是為我好。」

不但導師的意見他要聽，就連前朝亡國之君楊廣的詩，他都要學習。

在我們的印象裡，李世民是大明君，楊廣是大昏君。前者總是把後者當反面教材，做事處處要和楊廣相反。

楊廣奢靡，李世民就節儉；楊廣驕矜，李世民就納諫；楊廣殘暴，李世民就「寬律令」、「囹圄常空」；楊廣用人很猜忌，李世民就標榜自己用人不疑，還有意重用一些敵對陣營的人，包括他哥哥李建成的舊部，處處表現自己寬宏大量。

甚至在「玄武門事變」裡，那些曾帶兵幫著哥哥火拚自己的人，李世民居然都能任用。比如將領薛萬徹，玄武門事敗後藏到深山裡，李世民把他找出來，加以安撫，提拔他做右領軍將軍。這些做法，都幾乎是楊廣的反面。

然而，唯獨在一件事上，李世民卻是楊廣的擁躉，那就是詩歌。剛即位不久，他就在朝堂上大談楊廣的詩歌，還給了《隋煬帝集》四字評語：文辭奧博。他甚至還把楊廣的詩譜成曲，請來樂官一起唱和。

一個新王朝的宮殿裡，居然大唱著舊王朝末代皇帝的作品，也算是少見的一景。

李世民同學活了五十二歲，在位二十三年，除了做皇帝之外，一直是個勤勤懇懇的詩人。整個貞觀朝的宮廷詩壇裡就數他最高產，留下的詩歌有近百首，比全部「十八學士」現存的詩加起來還多。

朕，應該無愧於一代詩壇領袖了吧？可是不少後人回答說：呸。

四

李世民大概怎麼也不會想到，他會被後世罵得那麼慘。

有人給了他的詩八個字的評價：「遠遜漢武，近輸曹公。」[4]還有人把他的一些詩句挑出來批判，表示慘不忍睹：「『圓花釘菊叢，蒼了個天』，這麼醜的字眼他是怎麼寫出來的啊！」[5]

還有更刻薄的，比如北宋有學者說：「唐太宗這個人啊，功業是很卓著的，但是寫的詩文太爛了，都是些靡靡之音，好像是婦人和小孩子鬧著玩的東西，太配不上他的功業了。」最後此人給出定論：「李世民寫的這些浮浪文辭太糟蹋人了！」[6]李世民要是聽到了，估計要氣得從昭陵跳起來。

他的詩真有這麼不堪入耳嗎？他到底是一代文壇領袖，還是「淫辭」的寫作者？他引領詩壇、改革文風的志向實現了沒有呢？在這裡，我想講一講我自己的看法。

如果仔細看一下他留下來的近百首詩，會發現大概可以分成三類。其中第一類，我把它叫「雄主詩」。

李世民要寫這類詩，不難理解。作為開國的皇子帝王，總是要說幾句漢高祖「大風起兮雲飛揚」之類的豪言壯語的。更何況，李世民半輩子南征北戰，戎馬倥偬，這些句子也不能說是裝腔作勢，大多還是有真情實感的。

比如〈還陝述懷〉，這首詩不長，我引在這兒給大家看一下：

慨然撫長劍，濟世豈邀名。
星旆紛電舉，日羽肅天行。
遍野屯萬騎，臨原駐五營。
登山麾武節，背水縱神兵。
在昔戎戈動，今來宇宙平。

這就是一首標準的雄主詩。雖然它木直呆板，缺了點靈氣，一味發狠，但氣勢挺足，倒也有種一往無前的勁頭。我認為這算是李世民同學的詩歌中相對稍好的一種。

當然，由於才能的局限和基本功的缺乏，李世民這類詩的構思、立意都不出眾，甚至不如簡文帝蕭綱的紙上談兵，比如：

貳師惜善馬，樓蘭貪漢財。

前年出右地，今歲討輪臺。
魚雲望旗聚，龍沙隨陣開。
冰城朝浴鐵，地道夜銜枚。
將軍號令密，天子璽書催。
何時返舊里，遙見下機來。
——〈從軍行〉

無論是構思、措辭，還是在意象的選擇和編排、用典的嫻熟與自然上，蕭綱都勝過了李世民。真將軍居然寫不過偽將軍。

除了這一類雄主詩之外，李世民的第二類詩，我把它叫作「萎靡詩」，是描寫宮廷裡的風花雪月。該同學後半生不打仗了，主要在宮裡陪陪武媚娘、見見唐僧什麼的，他因此就寫了不少講宮裡安逸生活的詩，佔到了他集子的一半以上。他被後人嘲諷得最多的也是這一類詩。試舉一例。比如〈採芙蓉〉，是寫小宮女的。大家也不用細讀，感受一下就可以了：

結伴戲芳塘，攜手上雕航。
船移分細浪，風散動浮香。
游鶯無定曲，驚鳧有亂行。
蓮稀釧聲斷，水廣棹歌長。

除了憨笨得讓人哭笑不得的「結伴戲芳塘」之外，描寫也算挺細緻，但卻是一堆陳言的拼湊，諸如什麼「細浪」、「浮香」、「游鶯」、「驚鳧」之類，許多都是前人用濫了的，句式也缺少變化，沒有什麼詩味。

在寫這一類詩的時候，李世民很像是一個缺乏天分的攝影愛好者，拿了一部高級相機去逛公園，興奮地拍了一大堆花花草草，回家一看，卻挑不出一張打動人的片子。類似楊廣舉手可得的「日落滄江靜，雲散遠山空」這樣的詩，李世民一聯都作不出。

李世民的第三類詩，叫作「分裂詩」。

什麼意思呢？就是李同學寫這類詩的時候是分裂的，他既擋不住宮體詩的誘惑，本能地想寫一些鶯鶯燕燕、穠麗纖巧的詞句，但卻又被儒家的道德規範束縛著，擔心這不是「雅音」，不符合君王身分，於是往裡面塞一些政治正確的表態性的口號，搞得整首詩很精神分裂。

舉一首〈詠風〉為例。一開頭是「蕭條起關塞，搖颺下蓬瀛」，挺有氣勢，如果只看這兩句，你還以為會讀到一首霸氣的雄主詩呢。

可是前兩句豪言擲過，後文不知怎麼地就忽然萎了，急轉直下，變成了標準宮廷詩的調調：

> 拂林花亂彩，響谷鳥分聲。
> 披雲羅影散，泛水織文生。

最後，李世民似乎擔心路子不正，有偏離「雅音」軌道的嫌疑，結尾處重新拔高詩意，硬塞上一句雄主的口號：

勞歌大風曲，威加四海清。

整首詩都給人一種分裂的感覺。

又比如一首〈春日登陝州城樓〉，一開始照例堆砌美麗景致：

碧原開霧濕，綺嶺峻霞城。
煙峰高下翠，日浪淺深明。
斑紅妝蕊樹，圓青壓溜荊。

但當詩歌快要結束時，在完全沒有鋪墊的情況下，李世民同學又彷彿忽然從迷夢裡睡醒了般，突兀地來了一個大轉折，喊起了口號來：

巨川何以濟，舟楫佇時英。

又是兩句硬塞進去的帝王語言，表示自己是多麼渴望海納百川，五湖四海選人用人。打個不恰當的比喻，就像是中學生作文，前面堆砌一些描寫風景的成語，什麼「今天風和日麗、萬里無雲，公園裡繁花似錦」等等，最後看看要結尾了，突兀地來一句：「啊！我要為了這一切奮鬥終生。」

李世民的內心真的很糾結，也真是不自信。在詩才上，他確實不如漢武帝，也不如楊廣，更不要提曹操了。

可是，李同學真是一個「沉溺淫辭」的人嗎？倒也不是。這樣一個人怎麼會「慨然撫長劍」呢？怎麼會「志與秋霜潔」呢？

五

到此，我們已經專門花費了一篇講唐太宗李世民，還有他領導的那個詩壇。快到了要和李世民、魏徵、虞世南等人告別的時候了。平心而論，他們還是挺努力的。在貞觀一朝，詩人很少，又不太給力，只能靠這些政治家偶爾的一點作品撐場面。

但即便這樣，魏徵、虞世南們在很低的產量之中，也交出了一些好詩，即便放在整個唐代來比，也是有希望拿優秀詩歌獎的。比如虞世南的〈蟬〉，有些人評價不高，但我覺得可以進入唐代一流詩歌之列：

垂緌飲清露，流響出疏桐。
居高聲自遠，非是藉秋風。

後兩句「居高聲自遠，非是藉秋風」，不正像後來王之渙的「欲窮千里目，更上一層樓」嗎？

魏徵也用詩歌傾訴過他的才華和抱負：

季布無二諾，侯嬴重一言。

人生感意氣，功名誰復論。

——〈述懷〉

他的「人生感意氣，功名誰復論」，不也就是杜甫的「由來意氣合，直取性情真」嗎？

李世民、魏徵、虞世南們的問題，都是看得見舊文學的毛病，卻找不到新文學的出路。

數十年後，當陳子昂橫空出世，徹底掃蕩浮豔文風的時候，是從古代尋找到的力量源泉——建安風骨。

可是眼下的李世民卻還找不到自己力量的源泉。他空有改革文風的抱負，卻不知道到底什麼樣的詩歌才是真正第一流的。他的確是注意了不要寫淫詩，哪怕描寫宮女，風格也總體比較清麗，不像齊梁的帝王老抓住「朱唇」、「舞腰」之類的身體部位猛寫。

但他自己畢竟又被包圍在一群陳隋遺老、宮廷文人之中，大家陳陳相因地寫宮廷詩已經近百年了，你要李世民完全拋開這個傳統，像後來的陳子昂一樣去復古，他也做不到。

於是，他就在一味發狠的雄主詩和萎靡無聊的宮廷詩之間搖擺著，一會兒「慨然撫長劍」、「志與秋霜潔」，一會兒又「只待纖纖手，曲里作宵啼」，深一腳、淺一腳地走下去。

到了晚年，他的文學導師從虞世南變成了上官儀，後者是宮廷詩的大家。李世民把自己的詩都交給他改，大家又都沉迷在你儂我儂、花花草草中。

李世民去世的時候，是七世紀中期。當時的詩壇是什麼情況呢？是宮廷詩依舊大行其道，「詩人承陳、隋風流，浮靡相矜」[7]，柔美而空洞的作品仍然充斥。他曾經豪邁的改革願景，幾乎一句都沒有變成現實，「慷慨復古」的衝動似乎已被遺忘了。最後，做一個簡單的總結吧：

從隋文帝到唐太宗，兩次以帝王主導、以高官為主力的文風改革都宣告失利。不管帝王怎麼發詔書、設機構，甚至親自撰寫詩歌示範，可最終都偃旗息鼓。

唐朝建立快四十年了，還沒有任何跡象表明，一個偉大的詩時代要到來。

然而，就像唐太宗的兩句詩一樣：「焰聽風來動，花開不待春」。帝王將相們的努力失敗了，但這一切卻並沒有結束，掀起詩歌大爆發的重任，悄悄落在了幾個小人物的身上。

註釋

1《資治通鑑》卷一百八十八：「秦王世民引兵自龍門乘冰堅渡河，屯柏壁，與宋金剛相持。」

2 李世民〈帝京篇序〉。《帝京篇》是李世民嘗試寫作的組詩，一共十首。詩的內容似乎承載不起序言中的宏偉文學願景。

3 李世民《帝京篇》之四。

4 明王世貞在《藝苑卮言》裡說：「唐文皇手定中原，籠蓋一世，而詩語殊無丈夫氣……可謂遠遜漢武，近輸曹公。」

5 清賀裳《載酒園詩話》：「『螢火不溫風』，真為宮體之靡。『圓花釘菊叢』，何來此醜字！」作者能從太宗詩裡選出這樣一個醜怪的句子來，也算是夠用心。

6 古人詩歌評論往往毒舌，不遜今人。《全唐文紀事》載北宋鄭毅夫云：「唐太宗功業雄卓，然所為文章，纖靡浮麗，嫣然婦人小兒嘻笑之聲，不與其功業稱。甚矣，淫辭之溺人也。」

7 見《新唐書》列傳第一百二十六，對唐朝初年的詩歌評價不高。

引爆！唐詩的寒武紀

王楊盧駱當時體，輕薄為文哂未休。
爾曹身與名俱滅，不廢江河萬古流。
——杜甫

一

在前文裡，已經有幾位詩人登場了。他們的身分職位如下：

楊廣：皇帝
李世民：皇帝
魏徵：宰相
許敬宗：宰相
上官儀：宰相

虞世南：禮部尚書

…………

他們不是皇帝王子，就是宰相大臣。他們的詩寫得怎麼樣呢？當然也各有特色，但和過去的一百多年相比，沒有大的突破。

直到西元六五〇年前後，有一波新的詩人陸續出現了。下面把他們的身分職位也列一下，和前面一組詩人做個對比：

王勃：高級伴讀書僮

楊炯：文員、縣令

盧照鄰：調研員、小兒麻痹重症患者

駱賓王：反賊

這一對比，你大概會發現：這不是一個天上、一個地下嗎？怎麼後面這一幫詩人大部分位階這麼低、混得這麼慘？

是的，他們的仕途都不怎麼成功，大多是些書僮、文員之類的基層幹部和群眾，只有一個楊炯當了縣令。和早先登場的魏徵、上官儀等宰相尚書之類的詩人相比，他們都是些小人物。

但在唐詩的歷史裡，他們一點也不「小」。事實上，正是這幾個身分低微的人，組成了一個現象級的偶像團隊，那就是大唐詩壇上的第一個男子天團——「初唐四傑」。

在生物學上，有這樣一個演化事件，叫作「寒武紀大爆發」。在大約五億多年前，有一個被稱為「寒武紀」的地質歷史時期，地球上在那個短短的時間裡，突然爆炸般湧現出各種各樣的生物，他們飛速地進化，讓這個星球呈現出一片生機勃勃的景象。

唐詩的歷史上也經歷過這樣一場「大爆發」。詩壇突然從沉悶、封閉變成開放、繁榮。而這爆發正是從這幾個小人物開始的。

二

如果在西元七世紀的六〇年代，問一個唐朝士人：如今誰的詩天下第一？

答案可能會是：上官儀。

上官儀是宰相，大詩人。他擅長的作品叫作「宮體詩」，顧名思義，題目大都是〈記一次盛大的早朝〉、〈記一次精美的宴會〉、〈記一次愉快的出遊〉之類。這些詩精緻典雅，江湖人稱他是：「玉階良史筆，金馬掞天才。」他的詩也被稱為「上官體」。

能用自己的名字來命名一種詩體，這是一個很高的榮譽。隋唐以來，還從來沒有哪個詩人有過屬於自己的「體」，上官儀是第一個。

他一生精華的代表作，是一首〈入朝洛堤步月〉：

脈脈廣川流，驅馬歷長洲。
鵲飛山月曙，蟬噪野風秋。

詩的題目「入朝洛堤步月」是什麼意思呢？就是在凌晨上早朝之前，詩人騎著高頭駿馬，踏著月色，緩緩經過洛堤所看到的風景。這首詩寫得大氣雍容，寫出了帝國宰相的超凡風儀。

宰相這首詩吟出來，旁邊文武百官都拚命鼓掌：「太讚了，大人的詩真了不得，音韻清亮，真是美啊！這樣棒的詩，再配上您這麼個人，簡直是活神仙一樣啊！」[1]

上官儀的詩，影響了詩壇很多年。但漸漸地，有一些人不服氣了。

話說，西元六六九年，在京城一處私家花園裡，有一個二十歲[2]的年輕人，正在讀上官儀的詩。

花園很大，草木蔥蘢，樹蔭遍地。年輕人的相貌也挺清秀，眉目間還帶著三分桀驁。他讀了幾首詩，臉上露出不以為然的表情，不停搖頭唏噓：可惜啊，可惜！就憑上官老兒這幾下子，居然也成了當年天下第一高手！哼哼，只可惜我的叔祖父——「東皋劍客」王績王無功先生故去太早。不然，以他那一套獨步天下的「田園狂歌詩」，上官儀老兒未必是他的對手。

年輕人想及此處，雙眉一軒，兩眼中射出異樣的神采，一聲清嘯衝破雲天：「有朝一日，我必定……」

話還沒說完，只聽急促的腳步聲響，一個秘書帶著幾個警衛衝進來：「王勃呢？王勃在哪裡？叫他快滾出來！」

年輕人一愣：「我在這裡……」

秘書一把揪住他：「你老實交代，昨天到底在網上發了什麼鬼文章！」

「沒……沒發什麼啊！」年輕人王勃搔著頭，「哦對了，咱們王爺不是喜歡和隔壁的英王[3]鬥雞嗎，我就幫王爺寫了一篇〈英王，小心你的雞雞〉……」秘書大怒：「說的就是這個！這篇鬼東西，誰讓你寫的？這文章影響十分惡劣，造成了難以挽回的後果，殺了你都不算多！當年你一進王府，我就看出來你不靠譜了……」

警衛一掌把王勃推出大門。隨即，「嘭」的一聲，一床鋪蓋砸到他身上。

「拿上你的鋪蓋，走人！」

三

這個寫文章闖禍的年輕人，就是我們要介紹的男子天團的第一位成員——王勃。

王勃的人生起點，應該來說是不低的。他從小就才氣過人，名聲在外，十六歲時就被授了「朝散郎」[4]。這叫作文散官，並不負責什麼實際事務，但品級不低，是從七品銜。

當同齡人還在翻牆蹺課泡網吧的年紀，王勃就成了副調研員了。

接著，小王勃來到了他參與政治活動的第一站——沛王府，擔任高級伴讀書童。如果放到今天，他的經歷足夠攢出幾套《哈佛男孩》之類的暢銷書。

王勃的老闆沛王李賢大有來頭。他是武則天的第二個兒子、太平公主的親哥哥。這個人頗有見識和能力，後來一度還做了太子，幾次監國，離當皇帝就差一步了。

少年王勃能夠跟著他做事，應該說是很有前途的，一幅美好的人生畫卷正在他面前展開。

但是王勃偏偏有一個毛病：不講政治。

沛王有一項個人愛好——鬥雞，經常和弟兄諸王比賽。唐代的王公貴族常有這些鬥雞走狗的小愛好，本來也不足為奇。當時不要說皇子們了，許多外戚、豪門都不惜血本地買雞、鬥雞。

十九歲的王勃跟著主子玩樂，一時手癢，便寫了一篇文章發表，叫作〈檄英王雞文〉。這是一篇開玩笑的惡搞文，沒有什麼惡意，不外乎是為了逗主子開心，順便也炫耀才能而已。

不幸的是，據說有一個最不該看的人偏偏看到了這篇帖子，他就是當朝皇帝唐高宗李治。李治還生著病，心情本來就不好，聽說這事後勃然大怒：這寫的什麼玩意？這個王勃怎麼這麼混蛋，敢挑撥我兒子們的關係？

一篇少年人的惡搞戲謔文章，何至於惹皇帝發這麼大的火？

因為在那個時代，皇子之間的競爭是高度敏感的政治話題。當年唐太宗就是殺了一個哥哥、一個弟弟後登上皇位的。唐高宗自己上臺之前，也曾經和兄弟魏王李泰有過一番激烈鬥爭。這種事，是絕不能拿來公開調侃的。

何況王勃調侃的兩個人——沛王和英王之間的關係尤其敏感。這兩人之中，唐高宗喜歡沛王，而武則天卻偏偏和沛王關係緊張。宮廷裡一度有傳言說，沛王不是武則天親生的，是唐高宗和武則天姐姐的愛情結晶。你說這事兒敏感不敏感。

王勃不知避諱，反而拿來開玩笑，幫一個皇子討伐另一個皇子，自然犯了大忌。他文章裡講的那些話，在唐高宗看來尤其刺激，什麼「兩雄不堪並立，一啄何敢自妄」、「羽書捷至，驚聞鵝鴨之聲；血戰功成，快睹鷹鸇之逐」，這不是胡說八道嗎？我大唐諸皇子之間，都是親密友愛和睦融洽的，你怎麼能寫成這樣子？

唐高宗批示：「叫王勃這個傢伙滾蛋！不許他帶壞我兒子！」就這樣，少年王勃被迫從王府捲鋪蓋走人了。

可以想像，一個不到二十歲的年輕人，揹著包袱，站在長安的大街旁，繁華的城市突然變得無比陌生，本來光明的前途瞬間幻影般破滅，他該有多麼茫然。

難道就這麼結束了嗎？一篇文章，就讓我施展才華的抱負、振興家門的希望、出將入相的夢想，都統統結束了？

還有那個高宗皇帝，我曾經精心撰寫了那麼多大塊文章來歌頌你、巴結你啊，我寫了〈乾元殿頌〉、〈宸遊東岳頌〉、〈拜南郊頌〉、〈九成宮頌〉……都是滿滿的正能量啊，可就因為一篇鬥雞文，就變成壞分子了？

也許，這是詩神的故意安排，要讓王勃經歷眼下的處境。他彷彿在告訴王勃：少年，不要留戀這裡，做一個宮廷筆桿子不是你的歸宿。你還有更重要的使命。

四

幾個月之後，在長安通往蜀地的褒斜道上，出現了王勃的身影。

已經無處可去的他開始了四處遊歷。翻越秦嶺，穿過漢中，踏著崎嶇的蜀道，他來到了一片新的土地——四川。

王勃為什麼會想到入蜀，個人一直搞不明白具體原因。他既不是蜀人，在這裡似乎也沒有親眷，父親又不在此任職。唯一的可能，大概是四川有一幫可以接濟他的朋友，再加上風景壯麗，讓王勃打算「采江山之俊勢，觀天地之奇作」，於是揹起行囊、邁開腳步就來了。

在當時，詩歌江湖的中心是京城，那裡聚集著數量最多的詩人，每天產著最多的作品。王勃這一去，等於是主動脫離主戰場了。他要去尋找新的綠洲。

在蜀地，王勃走遍了梓州、劍州、益州、綿州。他看到了大自然的美景，所謂「江山俊勢」、「宇宙絕觀」，也體會到了羈旅遊子的心情。

他的氣質慢慢變了。過去王府裡高級伴讀書僮的洋洋自得、意氣風發，現在已經漸漸磨平，他身上多了一絲幽憂孤憤、耿介不平之氣。

王勃發現了一件事：過去大家在宮廷裡所寫的那一類詩，到了這裡都顯得平庸了。那些空洞的辭藻、無病呻吟的句子，根本無法表現自己眼前雄奇的山川，也無力抒發胸中的浩歎。

我要寫一種新的詩，一種用心靈寫出來的詩。

他開始直抒胸臆，感慨「悲涼千里道，淒斷百年身」；他還開始描寫更廣闊的社會現實：「塞外征夫猶未還，江南採蓮今已暮。」這些都是在宮廷裡寫不出來的。

他得到了新生。如果王勃還留在王府和宮廷，繼續當他的高級伴讀書僮，大概只能留下一堆〈記一次盛大的早朝〉、〈記一次隆重的宴會〉、〈記一次愉快的出遊〉之類。他的成就不一定能超過上官儀，而唐詩中卻將永遠沒有了「海內存知己，天涯若比鄰」、「寂寞離亭掩，江山此夜寒」。

今天回頭來看，王勃的入蜀，是唐詩江湖的一次非凡的開闢之旅。在初唐的詩壇上，有著特殊的在蜀地的「一入」和「一出」。所謂「一出」，是我們後來會講到的陳子昂出蜀；而這「一入」，就是西元六七〇年前後的王勃入蜀。

這一年的秋天，九月九日重陽節，王勃來到梓州的玄武山上旅遊，想看看這一帶的景色。在這裡，他遇到了一個人。

此人比王勃年長，大約三十多歲年紀，[6]雖然不是高官，但談吐不俗，能看出一股世家大族的風範，以及掩飾不住的才氣。

他和王勃同遊玄武山，一起寫了許多詩。這個人就是初唐男子天團組合的第二位：盧照鄰。

五

盧照鄰的少年經歷和王勃很像。如果放到今天，也是夠出版幾本《牛津男孩盧照鄰》之類的暢銷書。

他也是出身望族——范陽盧氏；也是很早成名——才十幾歲，就被人比喻成是漢代的大才子司馬相如；他也早早地遇到了自己的伯樂——王勃的老闆是沛王李賢，盧照鄰遇到的則是鄧王李元裕。老闆對他很賞識，兩人很談得來。

盧照鄰跟著老闆輾轉了幾個地方，最後在長安定居。他在王府裡得到了一份工作，叫作「典籤」，大致相當於圖書館管理員。眾所周知，圖書館管理員這個崗位深不可測，前程可大可小，做大了有無限可能。

可我們的盧照鄰同學卻偏偏做小了，他大概是所有做過圖書館管理員的中國文化名人裡結局最不幸的一個。前文說了，王勃的毛病是不講政治，而盧照鄰的毛病是不識時務。

用他自己的話說就是：上頭重視什麼，他就偏偏不搞什麼；等他開始搞了，上頭已經不重視了。就好像上頭喜歡民歌的時候，他偏要搞搖滾；上頭喜歡爵士了，他偏去搞嘻哈；等上頭決定不拘一格選秀了，他偏偏身體垮了，沒有機會上舞臺，只能和病魔鬥爭了。

就像他後來總結的：「自以當高宗時尚吏，己獨儒；武后尚法，己獨黃老；後封嵩山，屢聘賢士，己已廢。」

盧同學人生的第一階段，是在長安快樂地做著詩人，「下筆則煙飛雲動，落紙則鸞迴鳳驚」，顧盼自雄，談笑風生。但好景不長，人生中的第一個沉重的打擊來了，他在長安最大的支柱鄧王去世了，盧照鄰失去了照拂。

老闆在的時候，一切都好說；可當賞識你的老闆走了，生態環境就立刻惡劣起來。後世的李商隱等也都遇到這樣的問題。盧照鄰不好再待在王府，通過一番運作，在四川謀得了一個新職，便即揹上書囊，向蜀地進發。

攀登著險峻的山道，盧照鄰氣喘吁吁，發出了「蜀道難」的感慨：「傳語後來者，斯路誠獨難！」比李白早了數十年。

他在四川做的官不大，是一個縣尉，相當於正科級或副縣級的事務官。就是這份工作，盧照鄰也沒幹多久就秩滿去職，改退二線。在這裡，他的老脾氣仍然不改，依舊傲驕不群。

他寫了一首詩，說自己是：

一鳥自北燕，飛來向西蜀。

……

不息惡木枝，不飲盜泉水。

也不知他是遇到什麼不開心的事，或遭到什麼詆毀，會聯想到「惡木」和「盜泉」。最後，他表示總有一天要實現人生理想的：

誰能借風便，一舉凌蒼蒼。

這首驕傲的詩的題目很有趣，叫作〈贈益府群官〉。它很容易引起誤會，讓人聯想到一句流行語：抱歉，我不是針對誰，我是說在座的各位，都是人渣。

在四川，似乎只有兩個人給了他一點慰藉：一個是位姓郭的姑娘。我不知道他們有沒有結婚，但想必感情不錯，共度了一段快樂纏綿的時光。另一個就是王勃。

這兩個當世才子很談得來。他們之間實在是太互補了，一個善寫七言詩，一個善寫五言詩，一個辭藻華麗，一個典雅雄渾。四川大地上，從玄武山到成都曲水，到處都留下他們的同遊詩文。

這一年，忽然有一個好消息傳來：朝廷要搞「選秀」了，讓各地搜羅選拔有才能的人士，為朝廷效力。[7]

王勃和盧照鄰對視了一眼，彼此都看出了對方眼中的期盼：以我倆的才能，一定有機會的。說不定仕途從此會有起色呢。

他們分別準備去了。[8]王勃回家去借錢，寫了一篇有趣的文章，叫作〈為人與蜀城父老書〉，感謝大家資助他。盧照鄰則去和姓郭的女友告別。

「不要忘了有我在這裡等你。」郭姑娘看著他瘦削的身影，眼中滿是不捨。盧照鄰怎麼回答她呢？不知道。我猜想他大概點頭答應了：「等我搬到長安去，開著大車來接你。」自古以來，男的哄姑娘都是這一套。

而此時此刻，在長安，有一個人正等著和他們相會，讓初唐第一男子詩歌天團的力量更加壯大。這個人，就是「四傑」裡的楊炯。

六

在唐詩的歷史上，有一個人曾留下過一聲著名的大吼：「我想當連長！」

因為這一聲大吼，此人躋身「四傑」，名垂史冊。他就是楊炯。他的原話是這樣的：

烽火照西京，心中自不平。
牙璋辭鳳闕，鐵騎繞龍城。
雪暗凋旗畫，風多雜鼓聲。
寧為百夫長，勝作一書生。

他想當百夫長，可不就是當連長嗎。這一首詩，就是唐代五言律詩的傑作〈從軍行〉。

可能你有些好奇：這個想當連長的楊同學，到底是唐朝哪一支部隊的？羽林軍？還是神策軍？還是野戰部隊的？然而楊炯同學並不是當兵的，他的真正職務是個文員。

楊炯是個天才，這是一句多餘的話，「四傑」裡沒有一個不是天才。他十歲就被當成神童，待制弘文館，等於是到高級藏書室兼教研室進修。

可是，「四傑」似乎都注定官運不會太順。楊炯這一進修就是整整十六年，人生的三分之一就此過去了。直到三十二歲那一年，仕途漸有起色，被推薦為弘文館學士、太子詹事司直。

這裡閒敘一句，我曾看到有專家說，這個「太子詹事司直」是總攬東宮事務的大官，很了不得，楊炯的權力大得很。其實這是個好心的誤會。真正勉強能稱得上「總攬東宮事務」的，是太子詹事，而非詹事司直。

為了搞清楚楊炯到底是多大的官，我們再詳敘一下：在詹事府這個機構裡，有詹事一名，是大主管，正三品；少詹事一名，正四品上，也算是主管；還有丞二名，正六品上，算是中層主管；此外還有主簿一人，從七品上，以及太子司直二名，正七品上，最後這個才是楊炯擔任的職務。

所以楊炯應該是正七品上，大致是個處長，具體職責有可能是負責紀檢、監督一類的事務。三十歲出頭的正處，升遷已不能說慢了，但權力很大是談不上的，每天仍然不過埋首文牘、弄材料而已。

儘管楊同學一生與案牘為伍，卻有著一顆不安分的心。讀他的詩，你看不出他是一個資深文案，而會以為他是一個江湖俠客。比如這首〈夜送趙縱〉：

趙氏連城璧，由來天下傳。
送君還舊府，明月滿前川。

在一個夜晚，作者送別了一個叫趙縱的朋友。這首詩像流水一樣乾淨、自然，不沾染半點綺麗，每一個字都浸潤著月色的光輝。

不妨多聊幾句這首詩。事實上，這是自從有唐詩以來，色彩最通透、明亮的詩篇之一。它用瑩潤的和氏璧開頭，用光輝的明月結尾，可謂從光明始、從光明終，說是「夜送」，但詩人的心境卻比最好的晴天還明朗。

你看王勃著名的那一首〈送杜少府之任蜀州〉，已經夠豁達了，都還要說上一句「無為在歧路，兒女共沾巾」。楊炯這首詩裡卻根本不必說類似的話。所謂「明月滿前川」，朋友的前程人生一片光明，哪裡用得著哭濕手絹呢。

書歸正傳。西元六七一年，王勃、盧照鄰來到長安參加銓選，和楊炯相會了。「初唐四傑」，這時已經集齊了三個。

有人說：楊炯看不起王勃，理由是他說過一句話，叫「恥居王後」。這大概也是個誤會。楊炯這人有個特點：對於自己真看不上的人，哪怕是同事、同僚，也是不大給面子的。他曾經直接打臉自己鄙視的同僚，管人家叫「麒麟楦」，什麼意思呢？就是徒有其表的草包、木頭疙瘩。

但對於王勃、盧照鄰，他特別推崇。他怎麼評價王勃的呢？是「海內驚瞻」。他又怎麼說盧照鄰呢？是「人間才傑」。

三大才子聚首長安城，洵為盛事。按說這已經值得大書特書了，但歷史注定要讓六七一年的冬天顯得更加不平凡——就在王勃、楊炯、盧照鄰齊會的時候，在西域來京的古道上，漫漫風雪之中，有一位壯士，也向長安進發了。[9]

他比王勃等三人的年紀都要大，[10] 臉上帶著風霜之色，看得出來經歷了勞苦的軍旅生活，但卻精神很好，盼顧生輝。

在馬上，他長吟著詩句「風塵催白首，歲月損紅顏」、「別後邊庭樹，相思幾度攀」，充滿豪邁之氣。這條大漢，就是駱賓王，「初唐四傑」男子天團的最後一位。

在此，我不得不又重複一句：「初唐四傑」都是天才。駱賓王據說在七歲的時候，就寫出了唐詩之中流傳最廣的超級熱門之作：

鵝鵝鵝，
曲項向天歌。
白毛浮綠水，
紅掌撥清波。

後來杜甫據說也是七歲作詩，詠的是鳳凰，但他的鳳凰詩沒有流傳下來。駱賓王的〈鵝〉詩則流傳千古。

這一年，王、楊、盧、駱在京師會齊。有一位武俠小說家叫溫瑞安的，曾經寫過「四大名捕會京師」。而唐詩的歷史上，令人激動的「四傑會京師」的一幕出現了。有學者說，「初唐四傑」的名號，就是由這一次齊聚京師而來。

也不知道他們有沒有一起組個局，短暫聚會，把酒言歡呢？如果有的話，那真是讓人神往的場面。

接下來，我們回到主題：「四傑」都熱情滿滿地來參加這一次朝廷的選秀，可結果怎麼樣呢？答案是：很悲慘。

七

關於這一次選秀，流傳著這樣一個段子：

據說這一天，在選秀的後臺，兩位評委——大唐王朝組織部的兩位副部長碰頭了。兩人拿著「四傑」的檔案，商量了起來。

一位副部長提議說：「你看看這四個人——王勃、楊炯、盧照鄰、駱賓王，最近在文壇可火得很啊，寫東西相當不錯，你覺得怎麼樣？有培養價值沒有？」

另一位副部長聽了，卻只是淡淡一笑，是那種組織部門幹部固有的矜持笑容：

「年輕幹部，第一要看政治水準，第二要看意志品質，第三才看業務能力。這四個人，業務能力當然是不錯的，但是這個……呵呵……」

「但是？但是什麼？裴部長[11]你有話就說。」

裴部長嘆了口氣，給出了結論：「我看王勃這四個人啊，做事浮躁淺露，[12]太愛出風頭。除了其中那個楊什麼來著……哦，楊炯，以後培養培養，說不定能當個縣長。其餘三個人，哼哼，我看多半不得好死啊。」

說完，他把「四傑」的檔案隨手放在一邊：這次就先不考慮他們啦，以後再說吧。

於是「四傑」命運就這麼注定了——落選。

這個段子流傳很廣，可真的是事實嗎？這位裴部長對「四傑」的成見真的這麼大嗎？不一定。今天我們還能看到不少詩文，都表明這位裴部長和王勃、駱賓王等關係不壞，很願意關照、提攜他們。

廣為流傳的裴部長批評「四傑」的這一個段子，聽起來很像是後人的附會。因為「四傑」命運多舛，人們就根據他們的遭際，事後諸葛亮地附會了這麼一段故事出來。

那麼，「四傑」為什麼又這麼難出頭呢？大概是他們個性太突出，做事又乖張，「浮躁淺露」雖然未必，但恃才傲物多半是有的；「華而不實」雖然未必，但好出風頭、遭人嫉妒大概也是有的。

在西元六七一年這一次短暫的相聚之後，「四傑」的人生命運開始呈現出一種雪崩般的跌落。

王勃差點被殺了頭。這個案子有點離奇：據說他先私自藏匿了一個有罪的官奴，不久又後悔了，擔心走漏風聲，便把這個官奴殺了。很快事情敗露，王勃獲罪，還使他父親也受到牽連而被降職。

盧照鄰則殘廢了。他患了嚴重的「風疾」，後來不少詩人比如白居易晚年也得過這種病，只是程度較輕而已。我曾經一度以為「風疾」是中風，因為盧照鄰的症狀——不能行走，半邊癱瘓，手足蜷曲，都像是中風的後遺症。但詳細了解之後才知道，他的病更像是小兒痲痹症一類。這使他窮困潦倒，直到要向朋友乞討買藥。

楊炯看上去還算好，一直在官場中等待機會。但他也有自己的弱點。前文中說了，王勃的毛病是不講政治，盧照鄰的毛病是不合時宜，而楊炯的弱點，是出身不好。

他在詹事府當上了處長沒兩年，忽然接到一個晴天霹靂般的通知：

「楊炯！你弟弟牽扯到了一場叛逆活動，你已經是逆賊的家屬了！」

當時，遠在千里之外的揚州爆發了一場叛亂，楊炯的弟弟參與了。楊炯就此躺槍被牽連。他被請出了詹事府，貶到四川，擔任一個梓州司法參軍的職務。

楊炯是出身不好，那麼駱賓王的毛病又是什麼呢？更嚴重，是徹底反動——坑了楊炯的那一場揚州叛亂，就是駱賓王和人合夥幹起來的。

駱賓王造反，直接原因不是很明確，但大致是對現實不滿，「失官怨望」。他早年受了不少磨難，居無定所，仕途不太順利。後來年紀漸長，到長安做了侍御史，卻又因為寫文章、提建議，觸怒了當權者，被人誣陷，以貪贓的罪名關起來。

放出來之後，駱老師變成了一個徹底的老憤青。在他看來，世道黑暗，報國無門，正滿肚子怨氣呢，恰好趕上揚州有一夥人反對武則天，領頭人叫徐敬業，是唐朝開國功臣徐懋功的孫子。他向駱賓王發出了號召：來吧，老駱，我的創業團隊需要你。

駱賓王就這麼報名入股了。

眾所周知，凡是起兵造反，都需要一篇響亮的檄文。大家的目光不約而同落在駱賓王的身上：咱們這個創業團隊就數你最能寫，你來吧。

駱賓王慷慨陳詞：感謝大家把這麼光榮的任務交給我。他毫不推辭，揮筆落紙，寫了一篇檄文，叫作〈討武曌檄〉。

文章寫好後，大家一看，集體陷入了沉默之中。過了半晌，才有人抬起頭來說：老駱，你這是要紅啊。

話說，我國的造反史源遠流長，檄文歷史也隨之十分精彩，有所謂的「三大檄文」（沒有根據，我給封的）。一篇是東漢末年陳琳寫的〈討曹操檄〉，一篇是隋朝末年討伐隋煬帝的〈為李密檄洛州文〉，第三篇就是駱賓王同學的這篇〈討武曌檄〉。

這一篇檄文問世最晚，但要說音調的鏗鏘、氣勢的雄渾、用詞的精妙，這篇是三文中的第一名。所以後來才有了那個傳說：武則天拿著這篇檄文去找宰相，問他為什麼遺漏了駱賓王這個人才。

選取一段，大家不妨朗誦一下，來體驗下這磅礴的氣勢與飛揚的文采吧：

> 是用氣憤風雲，志安社稷。因天下之失望，順宇內之推心，爰舉義旗，以清妖孽。南連百越，北盡三河，鐵騎成群，玉軸相接。海陵紅粟，倉儲之積靡窮；江浦黃旗，匡復之功何遠？班聲動而北風起，劍氣沖而南鬥平。喑嗚則山岳崩頹，叱吒則風雲變色。以此制敵，何敵不摧；以此圖功，何功不克！

也是由於這篇檄文的水平實在太高，傳播實在太猛，給人留下的印象太深刻，駱賓王居然一不小心成了揚州起義的標誌性人物，甚至比造反的幾個主謀還出名。

後來明朝大思想家王夫之說起這次起義，一開口就是「起兵討武氏，所與共事者，駱賓王、杜求仁、魏思溫……」你看，不自覺地就把駱賓王排在了第一。一個寫檄文的公關，居然排在了造反團隊的軍師、大將前面。

可見寫文案這種事情，差不多糊弄兩句能交差就得了，不要寫得太好，否則就像駱賓王那樣，稀里糊塗把自己寫成了反動派的標杆，那就划不來了。

最後，這場造反行動堅持了多久呢？只有兩個月。很快地，反叛的軍隊被打敗，骨幹統統被殺，駱賓王從此失蹤。

有人說他是被抓獲處斬了，也有人說他隱姓埋名逃亡了。唐代有個小說家叫張鷟，和駱賓王是同時代的人，他說駱賓王兵敗後投水死了。《資治通鑑》裡也說叛軍「餘黨赴水死」。這兩個說法比較接近，駱賓王有可能是在亂軍中落水而死。

「四傑」離世的方式，都很讓人唏噓。

王勃是溺水受驚而亡，駱賓王可能是落水而死。盧照鄰則長期受到病痛折磨，乾脆給自己挖好了墓室，每天僵臥其中，等候死神的召喚。最後因為死得太慢，他無法忍受了，便和家人做了最後的訣別，投向了滔滔的潁水。也許，那一刻他腦海中還浮現了遠在巴蜀的郭姑娘。對不起，我終於是辜負你了。

人們常常說「三賢同歸一水」，指屈原、李白、杜甫的死都和水有關，一個懷沙投江、一個入水捉月、一個自沉而死。這個說法沒什麼憑據。但「初唐四傑」中的三位卻很可能是真的「三賢同歸一水」了。

八

回顧這「四傑」的一生，你會發現一個特點：

他們最渴望幹的事，大聲嚷嚷、主動折騰的事，都沒有幹成。而他們無意間隨手幹的事情，卻有了了不起的成就。

王勃經常標榜自己想幹的事，是弘揚儒學、傳播正能量。他時常諄諄告誡別人要文以載道，不能一味追求文藝辭藻之美。結果呢？自己反而搞文藝搞得最出色。

楊炯恥於做書生，想當連長，可一輩子也沒機會去前線，反而因為做書生，在文壇留下了顯赫聲名。

駱賓王平時寫作，特別愛作大文章，寫長篇辭賦，堆砌繁多的典故，寫詩時還喜愛用許多數位，被人調侃稱為「算博士」。可他最為後人所傳誦的，卻是短篇的討武則天的檄文。他最為人們所熟悉和喜愛的詩，也偏偏多是一些精悍的小詩。比如：

城上風威冷，江中水氣寒。
戎衣何日定，歌舞入長安。
——〈在軍登城樓〉

又如：

此地別燕丹，壯士髮衝冠。
昔時人已沒，今日水猶寒。
——〈於易水送人〉

最讓我感動的，是盧照鄰。

他的外號叫「幽憂子」，一輩子的標籤，是「窮」、「苦」兩個字。他晚年得病等死，過程之淒涼，後人簡直都看不下去了。明代有一位學問家叫張燮的，就對盧照鄰有過這樣一段感慨，很典型，原文錄在這裡：

古今文士奇窮，未有如盧昇之甚者。夫其仕宦不達，則亦已耳，沉痾永痼，無復聊賴，至自投魚腹中，古來膏肓無此死法也。[13]

意思就是說：古往今來的窮苦文人那麼多，可是苦到盧照鄰這個份上的，真是從所未有。你說他做官不順吧，那倒也罷了，可是後來病成那個樣子，長年累月起不來床，面容毀了，身體殘了，甚至投水自殺，葬身魚腹，這也太慘了一點吧！

在病中，盧照鄰曾經像寫博客一般，對自己的症狀做了很細緻的描述。當我們翻開它時，總有不忍卒讀之感：

骸骨半死，血氣中絕，四肢萎墮，五官欹缺。皮襞積而千皺，衣聯篝而百結……神若存而若亡，心不生而不滅。[14]

形半生而半死，氣一絕而一連。[15]

「余羸臥不起，行已十年，宛轉匡床，婆娑小室。未攀偃蹇桂，一臂連蹃；不學邯鄲步，兩足匍匐；寸步千里，咫尺山河。」[16]由於兩腿殘疾，連移動很短的距離，都好像隔了百里千里那麼難。

他平生寫的大量文章，〈悲窮通〉、〈悲才難〉、〈悲昔遊〉、〈悲今日〉、〈悲人生〉，都是一個「悲」字。後世以悲苦聞名的詩人不少，比如孟郊，也算是人生困厄了的，但他困苦的程度和盧照鄰一比，真是小巫見大巫了。

讓人感到驚訝的是，這樣一個極度悲苦、極度困厄的詩人，留給世人的最成功的作品，卻是一部自有唐朝以來所出現的最華美、最豐贍、最冶豔的詩篇。那就是〈長安古意〉。

這首詩略長，但是為了讓大家了解盧照鄰，展現這一篇詩的宏偉冶豔，把它全文列在下面：

長安大道連狹斜，青牛白馬七香車。
玉輦縱橫過主第，金鞭絡繹向侯家。
龍銜寶蓋承朝日，鳳吐流蘇帶晚霞。
百丈游絲爭繞樹，一群嬌鳥共啼花。
啼花戲蝶千門側，碧樹銀臺萬種色。
復道交窗作合歡，雙闕連甍垂鳳翼。
梁家畫閣天中起，漢帝金莖雲外直。
樓前相望不相知，陌上相逢詎相識。
借問吹簫向紫煙，曾經學舞度芳年。
得成比目何辭死，願作鴛鴦不羨仙。
比目鴛鴦真可羨，雙去雙來君不見。
生憎帳額繡孤鸞，好取門簾帖雙燕。
雙燕雙飛繞畫梁，羅幃翠被鬱金香。
片片行雲著蟬鬢，纖纖初月上鴉黃。

鵶黃粉白車中出，含嬌含態情非一。
妖童寶馬鐵連錢，娼婦盤龍金屈膝。
御史府中烏夜啼，廷尉門前雀欲棲。
隱隱朱城臨玉道，遙遙翠幰沒金堤。
挾彈飛鷹杜陵北，探丸借客渭橋西。
俱邀俠客芙蓉劍，共宿娼家桃李蹊。
娼家日暮紫羅裙，清歌一囀口氛氳。
北堂夜夜人如月，南陌朝朝騎似雲。
南陌北堂連北里，五劇三條控三市。
弱柳青槐拂地垂，佳氣紅塵暗天起。
漢代金吾千騎來，翡翠屠蘇鸚鵡杯。
羅襦寶帶為君解，燕歌趙舞為君開。
別有豪華稱將相，轉日回天不相讓。
意氣由來排灌夫，專權判不容蕭相。
專權意氣本豪雄，青虯紫燕坐春風。
自言歌舞長千載，自謂驕奢淩五公。
節物風光不相待，桑田碧海須臾改。
昔時金階白玉堂，即今惟見青松在。
寂寂寥寥揚子居，年年歲歲一床書。

獨有南山桂花發，飛來飛去襲人裾。

好一個「得成比目何辭死，願作鴛鴦不羨仙」，好一個「弱柳青槐拂地垂，佳氣紅塵暗天起」，真乃是李白所說的「陽春召我以煙景，大塊假我以文章」！

這是一幅長安行樂圖，也是一幅盛世來臨前的破曉圖。我經常很困惑，盧照鄰這麼潦倒、苦悶的一個人，怎麼寫出這樣華美冶豔、煙視媚行的長安呢？怎麼寫出那些炫目的寶蓋和流蘇、游絲和嬌鳥、妖童和娼婦、「日暮紫羅裙」和「俠客芙蓉劍」的呢？

有很多學者都評點過這首詩，說得最好的是聞一多。他說，這首詩是以市井的放縱改造宮廷的墮落，以大膽代替羞怯，以自由代替局縮。

看起來這麼裘馬輕狂的一首詩，但它鋪展在我們面前時，一點也不輕浮，一點也不猥瑣。

我覺得盧照鄰大概是寫這首詩太用力了，他把一生的綺麗風流都攢積起來，在這一首長詩裡一把耗盡了。這一首魔鬼般的詩抽乾了他的生命能量，所以後半生只剩下軀殼，成了一個活死人。

九

到了七世紀的最後幾年，「四傑」裡的盧、王、駱三位都相繼去世，只剩楊炯健在。

似乎是上天有意把他留下來，作為一個總結者，在「四傑」團隊退場前，做最後的歷史發言。

楊炯深吸了一口氣，站在了麥克風面前。那一刻，歷史在靜靜聆聽，因為他所說出的每一個字，都將成為「四傑」文學地位的呈堂證供。

他終於開口了。這一篇重要的發言稿幸運地流傳了下來，就叫作〈王勃集序〉。

他是一邊流著熱淚，「潸然攣涕」，一邊留下這篇講演的。在王勃生前，他們也許是有較勁的，楊炯曾說自己「恥居王後」，存心要比拚個高下。但在王勃身後，楊炯卻用了最熱情洋溢的字眼，來讚頌這個早逝的故人。

在文中，他對比了前後兩個時代的文學：

前一個時代，他覺得是柔靡的、浮華的、空洞的——「龍朔初載，文場變體，爭構纖微，競為雕刻。糅之金玉龍鳳，亂之朱紫青黃……骨氣都盡，剛健不聞。」

後一個時代，是「四傑」崛起之後的時代，他認為是振奮的、開闊的、充滿希望的——「長風一振，眾萌自偃。遂使繁綜淺術，無藩籬之固；紛繪小才，失金湯之險。積年綺碎，一朝清廓。」

他表揚的固然是王勃，但這一份功業，這一股「長風」，不也有他和盧、駱等同時代詩人的努力在內嗎？

葉嘉瑩曾說王勃等是「小詩人」。[17]的確，在後來盛唐、中唐的那些巨擘之前，他們是顯得有點單薄、消瘦。

但他們卻是唐詩大爆發的開端。就像地球生命的進化史上，忽然之間，在寒武紀，你也說不清楚為什麼，物種的數量就猛然爆炸性增加，一片生機蓬勃了。

在他們之前，詩是那麼狹窄，那麼侷促。而在他們之後，詩變得愈發闊大，愈發深沉。在他們之前，是一群高級幹部、宮廷貴族在寫詩。在他們之後，是越來越多的底層官僚和文人，甚至是窮苦困厄之士在寫詩。

在他們之前，沒有人能看得出「唐詩」這個文學嬰兒有什麼特別的前途。但在他們之後，人們驚訝地發現，多麼嘹亮的啼聲啊，怕是有一些偉大的事情，將要在這個嬰孩身上發生。

最後，讓我們再看一眼王、楊、盧、駱這四個「小人物」的模樣吧：

「衫襟緩帶，擬貯鳴琴；衣袖闊裁，用安書卷。」——這是王勃。

「日下無雙，風流第一……輕脫履於西陽……重橫琴於南澗。」——這是楊炯。

「提琴一萬里，負書三十年。晨攀偃蹇樹，暮宿清泠泉。」——這是盧照鄰。

「落魄無行，好與博徒遊。」「讀書頗存涉獵，學劍不待窮工。」——這是駱賓王。

懷著一絲不捨，讓我們向這四尊雕像揮手告別。在唐詩的路上，我們還會迎來更壯麗的風景。

註釋

1《大唐新語．文章篇》：「高宗承貞觀之後，天下無事，上官儀獨為宰相，嘗凌晨入朝，循洛水堤步月徐轡，詠詩曰……音韻清響，群公望之，若神仙焉。」百官覺得他「若神仙」，大概還不完全是因為詩，還因為他「獨為宰相的緣故」。

2 按河北大學楊曉彩《王勃任職沛王府考論》：「王勃被高宗逐出沛王府，成為沛王與周王遊戲爭鬥中的犧牲品。此事當發生在總章二年（六六九）五月。」王勃出生年本書從六五〇年說，所以被逐出沛王府是十九、二十歲之間。

3 當時英王其實應該是周王。按照《舊唐書》，到了後來的儀鳳二年（六七七）八月，才徙封周王為英王，名字也從李顯改為李哲。在西元六六九年的時候王勃如果作文，不該是〈檄英王雞文〉。可能是記錄這一事件的史料出源有誤。

4 小王勃做的究竟是個什麼官？《隋書．百官志下》：「吏部又別置朝議、通議、朝請、朝散……等八郎……其品則正六品以下，從九品以上。」唐朝沿用了這一職官制度，《舊唐書．職官志一》：「朝議郎、承議郎，正六品；通議郎、通直郎，從六品；朝請郎，宣德郎，正七品；朝散郎、宣義郎，從七品……併為文散官。」

5 一說是高宗應該並未看到全文，只是王勃因受嫉而遭讒。駱祥發先生認為：「王勃為人，本來恃才傲物，少年得志，鋒芒畢露，這難免招來妒忌者的『側目』。於是以檄雞文為口實，在高宗面前進讒。」

6 盧照鄰生卒年不確，但比王勃大是肯定的。聞一多《唐詩雜論》：「盧、駱一組，王、楊一組，前者比後者平均大了十歲的光景。」

7《全唐文》卷十三，咸亨二年（六七一）十月丙子詔曰：「其四方士庶，及丘園棲隱，有能明習禮經，詳究音律，於行無違，在藝可錄者，並宜令州縣搜揚博訪，具以名聞。」有研究者認為，盧照鄰參加的就是這一次銓選。

8 王明好有《初唐四傑交遊考論——以盧照鄰為中心》，很有趣味。文中云：「咸亨二年十月，朝廷又一次大規模選拔人才……於是等王勃籌集到旅資之後，盧、王便一道離蜀返京，參加銓選。」

9《初唐四傑交遊考論——以盧照鄰為中心》：「咸亨二年冬，駱賓王自西域歸京。」、「四傑齊聚長安參選。」我真心希望它發生過，「四傑」齊聚京師，一件多麼讓人神往的事。

10 駱賓王出生年份不確，早至六一九年、晚至六三八年等說法都有。但不管是哪一說，一般都認為他是「四傑」裡最年長者。

11 他叫作裴行儉，唐代名臣。《說唐》等小說中小將裴元慶的原型就是他的哥哥裴行儼。

12 裴行儉批評「四傑」浮躁淺露故事，見《贈太尉裴公神道碑》、《大唐新語》、《舊唐書》等。是否真實發生過，歷來說法不一。但讀來像是後人根據「四傑」的人生命運附會出來的東西。

13 明張燮〈幽憂子集題詞〉，對盧照鄰的遭遇極為感慨同情。

14 盧照鄰〈悲窮通〉。

15 盧照鄰〈悲昔遊〉。

16 盧照鄰〈釋疾文序〉。

17 見《葉嘉瑩說初盛唐詩》，其中稱王勃等為小詩人，意即成就和才力不大。

站在曹植的肩膀上

城闕輔三秦，風煙望五津。
與君離別意，同是宦遊人。
海內存知己，天涯若比鄰。
無為在歧路，兒女共沾巾。
——王勃

不用多介紹，這一首詩，就是王勃著名的〈送杜少府之任蜀州〉。語文課本上一般都會學到這首詩，它是送別詩裡的神品，是唐詩中的絕唱。

尤其是「海內存知己，天涯若比鄰」，自從在青年王勃的筆下誕生後，就成了無數人在分別時刻或是思念朋友時的共同語言。這兩句詩，深情，開闊，明亮，豪邁，它彷彿是一束陽光，一句心靈的密碼，溫暖了千萬人的離別，鼓舞了棲棲遑遑中的無數人心，溫柔了暮暮朝朝的無數歲月。

當親愛之人遠別之際，人們想起這一句詩，便會收起淚水，露出了微笑，心存著暖意，期待未來的相見。因為王勃告訴了我們，哪怕遠隔天涯，只要彼此心照，對方也會像在身邊一樣。

不過，王勃這偉大的詩句，也是有一個源頭與出處的。在他之前四百多年的三國曹魏時代，另一位天才曹植寫下過這樣兩句詩：

丈夫志四海，萬里猶比鄰。

兩相對比，不難發現，王勃的「海內存知己，天涯若比鄰」與之非常相似，無論措辭還是立意都非常接近。那麼問題來了：王勃這是剽竊了曹植嗎？難道他是個抄襲狗？

本文便來說說這件事。

上述的曹植兩句詩，出自一首長詩〈贈白馬王彪〉的第六部分。這是一首很傷感的送別詩，其中部分的內容是這樣的：

心悲動我神，棄置莫復陳。
丈夫志四海，萬里猶比鄰。
恩愛茍不虧，在遠分日親。
何必同衾幬，然後展殷勤。
憂思成疾㾊，無乃兒女仁。
倉卒骨肉情，能不懷苦辛？

詩當然寫得非常好。從題目可以看出，詩是寫給「白馬王彪」的。注意此處可不是指一個騎著白馬、名叫王彪的人，而是指曹植的弟弟曹彪。他當時被封為「白馬王」，故此叫「白馬王彪」。

這首詩寫於黃初四年，也就是西元二二三年，曹植當時被封為雍丘王。他的心情是很抑鬱的，因為一直都受到哥哥曹丕的猜疑和防備。眾所周知的「七步詩」故事，就反映出兄弟倆關係之緊張。

那一年五月，曹植和兩個兄弟白馬王曹彪、任城王曹彰一起去洛陽朝拜皇帝，也就是兄長曹丕。兄弟幾人心情複雜地上路了。到達洛陽後，曹彰就突然病故了，有傳言說是被毒殺的，但消息並不確切。

三個兄弟出門，忽然就只剩下倆，曹植作為一個倖存者和旁觀者，可想而知內心是多麼壓抑和惶懼。

等朝拜活動結束，曹植、曹彪返回封國。兄弟二人平時難得團聚，所以此次打算一路同行，說點貼心話之類。但當時中央政府對諸王的控制極為嚴苛，派有專門的「監國使者」，跟教導主任一樣，一路上定要把兄弟倆隔開，吃住都不允許在一塊兒，以防二人串通搞陰謀。

在這種兄弟相忌、骨肉分離的痛苦下，曹植寫下了〈贈白馬王彪〉這首極沉痛的長詩。

在詩裡，他努力地寬慰著兄弟：「丈夫志四海，萬里猶比鄰。」——離得遠又如何？「恩愛苟不虧，在遠分日親。」——只要情分在，小別勝新婚，一天是兄弟，一輩子都是兄弟，沒啥大不了的！

話說得通透，可事實上呢？他連自己也寬慰不了，最後仍然痛陳：「倉卒骨肉情，能不懷苦辛？」一肚子的辛酸。

令曹植痛苦的不僅是兄弟分離，還有未來叵測的命運。白馬王也好，雍丘王也罷，未來結局都是不可預料的，是好死還是賴活，全看皇帝大哥的心情。事實上，儘管後來諸王的處境一度有所好轉，曹彪最後卻仍以悲劇收場，他最終因捲入一樁謀反案被魏明帝曹叡賜死。

以上這些就是〈贈白馬王彪〉的創作背景了。從中我們能讀出生於帝王之家的無奈和唏噓。說完了曹家的事，讓我們暫停慨嘆，回到本文的主角王勃——他的名句「海內存知己，天涯若比鄰」和曹植的詩句到底是什麼關係？真的是抄襲嗎？

應該這樣說，王勃幾乎可以肯定是借鑑了曹植的，但卻不是抄襲剽竊。在詩歌創作裡，這種現象有一種專門說法，叫作「偷語」。

中唐詩人皎然有一部著作，叫作《詩式》，其中專門講了三種「偷」的方法，分別稱為「偷語」、「偷意」、「偷勢」。所謂「偷語」，就是把別人的詩句拿來化用到自己的作品裡面。皎然說「偷語最為鈍賊」，彷彿很不地道，但事實上這是詩歌創作上一種常見的手法，並非全都不地道。

之前曾講過宋朝詞人秦觀的「斜陽外，寒鴉萬點，流水繞孤村」，是「偷」自隋煬帝的「寒鴉飛數點，流水繞孤村」。類似的例子比比皆是。宋代詞人晏幾道的名句「落花人獨立，微雨燕雙飛」，是出自五代翁宏的〈春殘〉詩：「又是春殘也，如何出翠帷？落花人獨立，微雨燕雙飛。」一個字都沒改。

為什麼這種「偷句」不屬於剽竊，反而被說成是一種藝術手段呢？難道真是大詩人作案可以法外開恩嗎？非也。我個人認為，是因為它符合兩個條件：

一者，它不是以欺瞞讀者、竊取別人之成果為目的。

王勃化用曹植的詩，秦觀化用楊廣的詩，難道是冀望親朋好友乃至全天下的士人都沒文化，統統沒讀過曹植、楊廣的原句，好悄悄據為己有嗎？明顯不是的。

這些「偷」顯然不是以欺瞞為目的，而是在天下皆知的情況下的一種光明正大的引用，或者說是一種致敬。白居易便經常被朋友元稹公然偷語，所以白居易戲稱「每被老元偷格律」，就是一種光明正大的借用。

這和今天一些作者欺瞞編輯、欺瞞讀者，據他人成果為己有的抄襲行徑不一樣，主觀目的完全不同。

第二，它有藝術上的改造和昇華，讓原句煥發了新的光彩，別開生面。

對比曹植、王勃兩個大才子的詩句，表面上措辭、意思一樣，但氣場和意境是不一樣的。曹植詩句的整體調子是哀怨、傷感的，全詩在短暫的豁達之後，最終仍舊回到「倉卒骨肉情，能不懷苦辛」上去了，依然是永遠看不到盡頭的憂傷。而王勃的詩句則更為燦爛明亮，意興昂揚。兩代才子，同樣送別，一個是目中有淚，一個是眼裡有光，並不相同。

誠然，王勃是站在巨人曹植的肩膀上的。倘若沒有「丈夫志四海」，便多半不會有「海內存知己」，這首詩的確應該寫上：鳴謝曹植。但另一方面，王勃並不是簡單地重複曹植，而是青出於藍，以一己的才情把送別詩寫出了一個新的高度。

這就涉及一個文學和藝術上的規律了：高峰，從來都不是憑空出現的。天才總是站在天才的肩上，巨人總是接過巨人的火炬。每一位貌似不世出的英才，其實都是能追溯源頭的，都承接著前人，同時又啟迪著後人，就好像曹植之於王勃。

我們還可以看到許多例子。屈原寫出「惟天地之無窮兮，哀人生之長勤。往者余弗及兮，來者吾不聞」，啟迪出了陳子昂的「前不見古人，後不見來者。念天地之悠悠，獨愴然而涕下」。

李白寫出「請君試問東流水，別意與之誰短長」，啟迪出了後世李煜的「問君能有幾多愁，恰似一江春水向東流」。這些巨人都是站在巨人的肩上。

說到這裡，再閒敘一個問題：

對比「丈夫志四海，萬里猶比鄰」和「海內存知己，天涯若比鄰」這兩組詩，有沒有發現前者誦讀起來有些拗口，不夠暢快，而後者更為順口好讀，聲調也更為鏗鏘悅耳？原因是什麼呢？

這就關乎此前所講的聲律的秘密了。「丈夫志四海，萬里猶比鄰」，其句式是「仄平仄仄仄，仄仄平仄平」，不是律句。非要嚴格說來，它其實還犯了聲律上的忌諱，叫作「犯孤平」，所以讀來拗口。

而王勃的「海內存知己，天涯若比鄰」，句式是「仄仄平平仄，平平仄仄平」，是標準的律句，讀來便覺朗朗上口，聲韻鏗鏘，易於傳誦。而事實上，這兩句詩也就確實遠比曹植的傳播得更廣，更為膾炙人口，婦孺皆知。

這並不是曹植的失誤，不代表他才華不如，只不過兩人隔了四百多年，這漫長的四百多年裡，詩歌在前進，寫詩的技巧更純熟，人們對聲律的了解更進步。

在曹植寫詩的時代，詩人們基本沒有聲律的概念，全憑著感覺去寫。而到了王勃落筆的初唐，沈約等人早已總結出「四聲八病」，詩人們已經開始系統地注意聲律，開竅了。這是曹植等上古詩人所未能了解的。

常聽見有人質疑：聲律真有實際價值嗎？不就是小部分專業人士用來裝腔作勢唬人的嗎？在此順便借機回答，它還真不是沒用的東西。

王勃英年早逝了，只活了二十七歲。在「初唐四傑」裡，他的成就毋庸置疑是最高的。關於「四傑」的成就排名，有人說該是「王楊盧駱」，也有說該是「王駱盧楊」，但沒有不把王勃排在第一的。假如只算二十七歲前的成就，他甚至還超過了李白、杜甫，畢竟後兩者青少年時期的詩歌沒有太多流傳下來。

可惜王勃過早地離去了，在他的思想還遠未深刻、風格還遠不成熟的時候就撒手人寰了。如果多給他三十年時間，讓他在這秀麗人間多馳騁體味一番，對詩歌再錘鍊一些年，他能達到什麼成就？能給出什麼樣的傑作？這已無法預測。或許是因為他太英秀、太傑出了，上蒼無法容忍，便將他早早地召了回去。

就如同一百多年後的李賀一樣。

有趣的王家人

一

說完了「四傑」，讓我們的節奏稍微放緩，來講一個有意思的插曲。

我們來聊一聊唐初挺好玩也很重要的一家人——山西龍門的王家。唐詩的歷史裡，有必要說一說這一家人。

先來想像這樣一幅畫面：在隋末的亂世之中，藏著一個僻靜美麗的地方，叫作白牛溪。每天清晨，在清澈的水邊，如茵的綠草地上，總有一位先生正襟危坐著，門人弟子圍了好幾圈，聽他慢條斯理地講述學問。

這一位嚴肅的先生，就是我們今天要聊的王家的族長，名叫王通。他大約比隋煬帝楊廣小十五歲，比唐太宗李世民大十四歲，正好是他們中間的人物。

如此隆重地介紹他出場，你大概要以為這位王通先生定是位大詩人了？錯。王通先生如果聽到這一稱謂，一定會大怒：你才是詩人，你全家都是詩人。

他不但不是詩人，反而特別嫌棄詩人，這個我們下文中會細聊。他的真實身分，是隋末的教育家、儒學家。他曾立志要續寫儒家的六經——《詩》、《書》、《禮》、《易》、《樂》、《春秋》，據說還曾見過隋文帝，投過簡歷，沒有受到重用，這才回家專心做起學問來。

也不知道是因為求職不順，還是確實學問太高，王通和他的學生們都有一點狂人的味道。王通自號「王孔子」，徒弟們也分別取了些誑誕的外號，有的叫「子路」，有的叫「莊周」，個個都很牛。

此外，王通還有一個特點，那就是前面講的，他特別不待見一種人：詩人。

據說有一年，有位叫李百藥的大詩人慕名而來，主動要了王通的帳號，想找他聊天，談論詩歌。[1]

李百藥不是泛泛之輩，他不但會寫詩，搞研究也頗有水準，是一位家學淵源的史學家，曾經參與編修過二十四史之一的《北齊書》。何況，他還長期在朝廷裡做官，政治地位比王通高多了。這樣一位著名學者型官員主動搭訕、求聊天，王通多少要給點面子，敷衍一番吧。可王通的表現卻讓李百藥驚呆了。

兩人開聊了。李百藥：「王先生，您看看這首詩，我覺得真的有點意思。」

王通：「呵呵。」

李百藥：「王先生，您覺得現在的詩歌真的需要改革嗎？」王通：「嘿嘿。」

眼看這天都被王通給聊死了，李百藥心有不甘，還想再聊五塊錢的，卻發現系統提示：資訊發送失敗，您聊天的對象已經把您拉黑！

李百藥忍無可忍，拉住了一個朋友——「十八學士」之一的薛收來吐槽：「你倒是給評評這個道理：我算有點名氣吧，身分也不算低，學術成就也不算小，好心找王通聊天，他居然是這個態度，他是看不起我還是怎麼的？」

薛收只好勸他：「王夫子的脾氣，你又不是不知道。在他看來，寫詩作對、玩弄辭藻，是最上不得檯面的事（「營營馳騁乎末流」），他平常最討厭這個，當然要不搭理你了！」

事實上，被王通鄙視的詩人還遠不只是李百藥。王通堪稱是隋末唐初評詩第一毒舌，曾經拋出過一段驚人語錄，把晉代以來百年間的大詩人、大文士損了一個遍：「謝靈運？小人！他寫東西太傲慢！沈約？小人！他寫東西很浮誇！鮑照、江淹？『古之狷者』也，他們的文章『急以怨』。吳筠、孔珪？是『古之狂者』，他們的文章『怪以怒』。謝莊、王融？是『古之纖人』，他們的文太瑣碎。徐陵、庾信？是『古之夸人』，他們的文太怪誕。劉孝綽兄弟？是鄙人也，他們的文章太淫。湘東王蕭繹兄弟？是貪人也，他們的文章太繁。謝朓？是淺人也，他的文章太膚淺。江總？是詭人也，他的文章太虛……」總而言之，他老人家一個都看不上眼。

你大概很難想像，在以詩歌著名的唐朝初年，一位大儒對待詩人竟會是這個態度。

二

這位王通如此毒舌，有人敢唱反調嗎？有的。有趣的是，這人不是別人，正是他的弟弟。

下面我們有請王家的第二位人物——王績出場。他號「東皋子」，和王通是親兄弟，管王通叫三哥。

我常常覺得，王通給自己的定位，有點像是武俠小說裡的中神通王重陽。他不但名字叫作

「通」，自稱「文中子」，最有名的著作叫作《中說》，而且他老人家總是一臉正氣，以江湖正統、天下聖王自居，很有點中神通王重陽的意思。

而他的弟弟王績則有點像東邪黃藥師。這位老兄走的完全是和王通相反的路子，不但名號叫「東皋子」，而且還是一代狂士，放誕不羈，吃起酒來常常豪飲五斗，還寫過〈五斗先生傳〉、〈酒經〉、〈酒譜〉等作品。

後人評價他的詩：「真率疏放，有曠懷高致，直追魏晉高風。」

這不就是一個活脫脫的黃藥師嗎？

做哥哥的王通這麼討厭詩人，可他沒想到，親弟弟王績卻偏偏哪壺不開提哪壺，成為了有唐以來的第一位名詩人。

今天，到書店隨便找一本唐詩選，翻開第一頁，很有可能就是王績的〈野望〉。當今流行語把排第一的叫「沙發」，〈野望〉堪稱唐詩的「沙發之王」。這首詩是這樣的：

東皋薄暮望，徙倚欲何依。
樹樹皆秋色，山山唯落暉。
牧人驅犢返，獵馬帶禽歸。
相顧無相識，長歌懷采薇。

一首相當漂亮的詩。寫的是很普通的鄉村傍晚景色——秋色浸染了層林，落日的柔光披覆著山尖。這一邊，牧人驅趕著牛犢回來了。那一邊，獵人們騎著馬，帶著山禽也回來了。

在西元八世紀任何一個中國北方的鄉村，也許都有這樣的景色，實在不能再平常了。但在王績優秀的組織調度下，它比同時代絕大多數人寫的那些宮廷詩都清新美麗。

再來看一首〈秋夜喜遇王處士〉：

北場芸藿罷，東皋刈黍歸。
相逢秋月滿，更值夜螢飛。

在一個秋天的晚上，詩人勞作一天回來，見到了朋友。皎潔的秋月下，他們散著步、聊著天，草叢裡偶爾還有螢火蟲飛來飛去，更添加了情趣。

它讓人想起很多年後，另一位唐代詩人韋應物的一首詩：

懷君屬秋夜，散步詠涼天。
山空松子落，幽人應未眠。
——〈秋夜寄丘二十二員外〉

都是在秋夜，都是在散步，兩首詩的味道很像，只不過王績是歡喜地遇到了朋友，而韋應物是單身一人而已。

前文中我們曾經講過李世民，說他像一個缺乏天分的攝影師，拿著高級單反，在豪華花園裡轉，卻就是拍不出美麗的畫面來。而王績呢？他買不起單反，也沒有高級花園，但他是一個慧眼獨具的畫家，一個畫夾，幾枝鉛筆，隨便找個地方支開了一畫，就是一幅漂亮的風景。

你或許會說，從這幾首詩看，王績的風格很淡雅啊，很溫和啊，為什麼還說他很狂呢？

事實上，王績寫了不少狂詩，我們在後面的文章中會提到。

即便是他的代表作〈野望〉，貌似很清靜、很柔和，也是暗含著孤標傲世之意的。

想像一下吧：夕陽之下，詩人放眼四望，身邊的人要麼是驅趕著牲口的牧人，要麼是拎著山禽的獵人，詩人「相顧無相識」，慨嘆沒有一個人是知音，沒有一個人可以交流，這豈不正是一種孤傲和誑誕嗎？

此前我們說了，作為王績的大哥，王通對詩歌是很不待見的，他苦口婆心，惇惇告誡世人，要以文載道，要禮樂教化，傳播儒家經典才是正道。至於寫詩，吟風弄月之類，都是「末流」。

對於哥哥王通的這一套理論，做兄弟的王績是什麼態度呢？非常有趣。

他首先是高度肯定：「我家那三哥啊，可不得了，學問是大的，我是非常佩服的！他的著作我可是經常讀呀！」

原話是：「昔者，吾家三兄，命世特起，先宅一德，續明六經，吾嘗好其遺文，以為匡扶之要略盡矣。」

然而他真的是很看好三哥的學問，要繼承三哥的事業嗎？才不是呢。下面他話鋒一轉：

「只不過呢，我哥那一套理論固然是好，但也得遇到合適的人，才能付諸實踐嘛。我的情況你們大家都是了解的，一個在野的閒人，要說承繼我哥的學問，實在不是那塊料啊！」

接著，他開始大肆為自己開脫，歪理一套接一套：

「一個人如果不過江，要船做什麼呢？如果不想上天，要翅膀做什麼呢？以我現在這個情況，連周公、孔子等大聖人的學問都不學了，何況諸子百家啊。」

說了這麼一大通，王績同學對他老哥那一套東西的真正態度，就是八個字：不明覺厲，興趣缺缺。雖然我深感震撼，但是我看不懂！

他到底想過什麼樣的生活呢？答案是：「屏居獨處，則蕭然自得……性又嗜酒……兀然同醉，悠然便歸，都不知聚散之所由也。」簡而言之就是作閒詩，喝大酒！

唐初這一對截然不同的兄弟倆，宛如一對活寶般的存在，互相唱反調。哥哥說「聖人在上者，未有若周公」，弟弟卻寫詩說「禮樂囚姬旦，詩書縛孔丘」；哥哥說「必也貫乎道」、「必也濟乎義」，弟弟卻說「百年何足度，乘興且長歌」。

我想不明白，一個老是板著臉、很難打交道的王通，怎麼偏偏有一個這樣放浪形骸的老弟？一個那麼嚴肅的大儒，怎麼弟弟偏是一個大狂士呢？一個那麼討厭詩人的人，怎麼親弟弟偏偏就是一個大詩人呢？

三

更妙的是，王通不但有個大詩人弟弟，還有一個更大的詩人孫子。

這位孫子就是王勃。一聽名字你就恍然了，何止是大詩人，簡直是初唐詩壇的旗幟，在「四傑」裡坐了第一把交椅的。王通先生如果知道了孫子的職業選擇，是會搖頭苦笑呢，還是歎息痛恨，甚至要拚老命呢？

王勃對這個古板嚴肅的祖父是什麼態度？答案是：相當分裂。

在對外的口徑上，王勃是一副乖孩子口吻，口口聲聲要繼承祖父的事業，以弘揚儒家思想為己任。

比如他給當時人事部門的長官寫信，洋洋灑灑講了自己的文學理想，很大一套冠冕堂皇的話，諸如：「聖人以開物成務，君子以立言見志。遺雅背訓，孟子不為；勸百諷一，揚雄所恥。苟非可以甄明大義，矯正末流，俗化資以興衰，家國由其輕重，古人未嘗留心也。」

什麼意思？就是說寫詩作文要注重教化，要文以載道，不能只追求文藝之美，而要傳播正能量。這和他祖父的思想貌似是高度一致的。

王勃公開宣稱自己的主要使命又是什麼呢？聽上去一派正氣，乃是「激揚正道，大庇生人，黜非聖之書，除不稽之論」。總而言之，就是要掃除一切不符合儒家規範的論著和觀點。在他看來，屈原、宋玉、枚乘、司馬相如等都該批判，因為他們過於追求文學之美，引發了「淫風」，導致「斯文不振」，違背了儒家的文學正道。

王勃是口是心非嗎？倒也真不是。在短暫的人生中，他確實曾花了很長一段時間來埋頭整理祖父王通的著述，梳理儒家經典。他寫了《續古尚書》，給祖父的《元經》、《續詩》、《續書》都作了傳、寫了序，還撰寫了《周易發揮》《次論語》、《唐家千歲歷》等著作。

從這一點上看，王勃算得上是王通的好孫子，為乃祖著作的流傳做了很大貢獻。可有趣的是，一到了寫詩的時候，王勃就把爺爺的那一套拋之九霄雲外，興高采烈地「營營馳騁乎末流」了，彷彿是上課時滿臉認真，可下課鈴一響就第一個衝出教室的頑童。

他寫「畫棟朝飛南浦雲，珠簾暮捲西山雨」、「鷹飛凋晚葉，蟬露泣秋枝」，是激揚了什麼正道呢？他「徘徊蓮浦夜相逢，吳姬越女何豐茸」，承載的又是什麼正道呢？

翻開王勃現存的詩歌，完全看不出他投身儒家道德說教的真誠，反倒卻證明了他追求文藝美的天賦。[2]他最能打動我們的，是他的文采和真性情。他比有唐以來任何一個前輩詩人都更能發現自然界蕭疏遼闊的美——「亂煙籠碧砌」、「山山黃葉飛」，人人眼中有此景，卻人人筆下無此詩。這些都和他自己標榜的「激揚正道」沒有半點關係。

不但在詩中看不出「激揚正道」，王勃的為人處事也看不出「激揚正道」，反而給人的印象是輕狂率性，不講政治，荒誕不經。

他和朋友一起聚會，寫文章吹牛，說曹植、陸機這樣的人可以車載斗量，前輩大才子謝靈運、潘岳來了也得「膝行肘步」，就是說要兩膝跪著、用手肘爬行。

他在沛王府做事的時候，給主子起鬨，寫鬥雞的檄文，惹出政治事件來。後來他又搞出了一個至今都讓人看不懂的殺人案，據說先是藏匿了一個有罪的官奴，又擔心事情敗露而殺死了他，導致自己獲罪。

王勃，是用一種陽奉陰違的方式造了他爺爺的反。

在理智上，他覺得爺爺那一套是對的，他也確實有弘揚爺爺思想的強烈使命感。但在天性上，他和爺爺那一套不合拍，而是愛文藝、愛搞事，離經叛道，樂此不疲。

這就是有趣的王家人。祖孫三個，華茂一時。然而三個人中，弟弟不待見兄長那一套，孫子也不待見爺爺那一套，可他們又分別在各自的時代、各自的領域裡登上了高峰。

從這一家子的人生選擇，我們能窺見唐初的氣象：開放的選擇，多樣的可能，羊頭各自掛，狗肉隨便賣，這才有可能不經意間攪出一個文藝的大盛世來。

註釋

1 李百藥來訪故事見王通《中說》。當然有可能是撰著的人為了抬高王通而編造的。

2 陳弱水先生《唐代文士與中國思想的轉型》：「事實上，王勃自己的文章內容和風格也大多與文學功用主義渺不相涉。」

我家滄海白雲邊

我家滄海白雲邊，還將別業對林泉。
不用功名喧一世，直取煙霞送百年。
——王績

上一文說到王績，他著實是一個特有個性的詩人。

王績，字無功，大概是出自莊子所說的：「至人無己，神人無功，聖人無名。」這個瀟灑的字，也奇妙地成為了他一生的寫照。

他是一個極出名的隱士。《舊唐書》和《新唐書》都有「隱逸傳」，開頭第一人都是王績，堪稱唐朝隱者之首。

但他也並非自始至終都歸隱不肯上班，也是出過仕、做過官的，只不過幾次職業生涯都很短暫，來得飄忽，去得突然。

隋唐兩屆朝廷倘若有人力資源部，王績便是頭一個讓人資部門頭疼之人。

早在隋煬帝大業年間，王績便出仕過一陣子，但很快就不耐煩了，「出所受俸錢，積於縣城門前」，相當於是把工資卡給掛在了城門口，「託以風疾，輕舟夜遁」，找了個生病的理由，晚上乘船跑路。

到了唐高祖武德年間，朝廷下詔選才，此公把過去隋朝的工作履歷拿出來，前往應召，又謀到一個待詔門下省的差事。

他弟弟王靜關心他，問他工作感覺如何。王績揚言：別的無足可取，只有一項每天給三升酒的福利不錯。

這話傳到了上級耳中，上級半是愛才、半是湊趣，說三升哪夠王績喝的，特批每天給一斗。於是王績便得了個外號叫「斗酒學士」。然而斗酒也未留住他，過不多時又稱足疾而罷歸。

貞觀年間，王績第三次出仕，目標明確，非要到太常寺太樂署上班不可，因為太樂署有一個人叫焦革，很會釀酒，去了那裡可以蹭酒喝。後來焦革去世，酒蹭不著了，王績很快又離職而去，徹底歸隱田園。

此公不但履歷有趣，寫詩亦有趣，之後我們還會介紹他的一些詩作。這裡只單說一件有意思的事——寫詩徵婚。

徵婚，一般被認為是近現代的事。八九十年代的報刊雜誌上便常見徵婚，稱某男某女，體健貌端，欲覓何等樣伴侶云云。卻不想王績這個隋唐時代的人也徵過婚。

他寫了一首詩叫〈山中敘志〉，意思是：我在山裡說一說我的想法。什麼想法呢？徵婚。這首詩還有另一個版本，題目叫〈未婚山中敘志〉，意思就更明顯了。

全詩是這樣的：

物外知何事，山中無所有。
風鳴靜夜琴，月照芳春酒。
直置百年內，誰論千載後。
張奉娉賢妻，老萊藉嘉偶。
孟光儻未嫁，梁鴻正須婦。

起句「物外知何事，山中無所有」，上來就講我這個山裡什麼都沒有。真有趣，全不是常規的徵婚套路。一般人徵婚都得說自己什麼都有，有房子、有戶口、長得端正之類。王績卻上來便說自己什麼都沒有，沒有百萬年薪和長安戶口，房子倒是有一套，位置卻有點偏，在山裡，交通不便，家裡還沒車。

說完了不好的方面，接下來要說自己好的方面了：「風鳴靜夜琴，月照芳春酒。」意思是我有琴，當風吹過的時候，琴會發出聲音；我有酒，在月下斟來，芬芳誘人。王績這是在自陳興趣、愛好，雖然沒有錢，也不做官，但是我有琴有酒，我文藝。這個王績還挺瀟灑，挺自信。

在詩裡，男主人接著說，真誠地希望有人能和我一起生活，相伴百年：「張奉娉賢妻，老萊藉嘉偶。孟光儻未嫁，梁鴻正須婦。」

這裡涉及幾個古人。張奉是東漢名士，娶了太傅袁隗的女兒，妻子在他的影響下生活儉樸，不事奢華，並偕同丈夫歸隱，兩人感情不錯。老萊是春秋時的人，本要做官，被妻子勸阻後放棄了，夫妻倆躲在江南，家庭和睦，過著平靜的生活。

梁鴻、孟光則是古代一對很出名的模範夫妻，梁鴻是丈夫，孟光是妻子。據說孟光貌陋，

「肥醜而黑」，力氣還大，能「舉石臼」。梁鴻卻極欣賞她。成婚後二人在山裡隱居，耕田織布為生。成語「舉案齊眉」就是自他倆這出來的。在當時人們的觀念中，上述幾個人物都是夫妻和睦、安貧樂道的正面典型。

王績這詩，是把自己比喻成梁鴻，希望尋覓到孟光，意思是在說：我人生中的孟光，你在哪裡呀？石臼已經給你準備好啦，你快來嫁了吧！

這一首詩，是唐詩裡保存到了今天的第一首徵婚詩。王績這個人可以說是非常有創意，也非常坦率。

那麼他徵婚成功了嗎？應當是成功了。在他後來的詩歌裡出現了一位妻子，二人組成了家庭。當然，這位「孟光」具體是誰，叫什麼名字，相貌如何，我們都不知道，但能確定的是他們過得很幸福。

什麼鍋配什麼蓋，王績娶到的這位妻子也很有個性，甚至很「野」。王績在詩裡把太太叫作「野妻」、「野婦」。

為什麼說她「野」呢？其中一點就是王太太也喜歡喝酒，喝嗨了也很瘋，甚至會靠著酒壇子，暈暈乎乎，晃晃悠悠，所謂「野妻臨甕倚」，很可愛，和丈夫王績很像。

哪怕很多年過去，都有了孩子了，兩口子依然不少喝酒。王績寫詩說「老妻能勸酒，少子解彈琴」，就是說太太很會勸酒，孩子則喜歡彈琴。

不過，王績這位太太除了很野之外，還有另外一面，就是很賢慧。光喝酒不勤勉那也不太好。據說王太太很會烹飪，朋友來了，她能做得一手好飯菜招待，而且還很勤勞，經常織布補貼家用。

王績在一首詩〈田家〉中就寫道：「倚床看婦織」。所謂「婦織」就是妻子織布，王績在旁邊看得津津有味。一家人真是其樂融融。

說到這裡你便會發現，王績這人怎麼總是把生活裡一些瑣碎小事諸如老婆孩子之類寫到詩裡去？

沒錯，這便是他的一大特點，就是把家庭生活入詩。王績是唐朝第一個認真描寫家庭婚姻生活的詩人。在他保留到今天的數十首詩裡，寫家庭婚姻生活的居然有多達十五首。

切莫小看了這一點，這在當時可是不容易的。那時候宮體詩流行，王公貴族們所寫無非是宮廷中的花花草草、歌舞飲宴，王績偏偏反其道而行之，你們珠簾玉篋，我就煙火人間，專寫家裡的生活，寫太太做飯、織布、喝酒、帶娃這些小事。婚姻家庭，在他的筆下非但一點不乏味，反而充滿了意趣。

這對孩子們的作文也是一個啟示：別人都寫高大上、寫假大空，你就寫接地氣，寫實實在在的生活，只要寫得真實有味，便是一種了不起。

王績其實平時也很孤獨。他隱居在山裡，「相顧無相識」，四周沒什麼可以交心的朋友。他的兩個好友，一個河南董恆，一個河東薛收，都是大忙人。薛收受到李世民器重，尤其忙碌。加上二人也都去世得早，不可能來山中多陪伴他。王績的內心其實也很寂寞。

幸運的是，他還有「野妻」，也就是太太，作為身畔伴侶和知音。二人隱居在世外桃源中，喝酒、彈琴，開心地過了一輩子。我們應該為王績高興。

當初，他在辭去隋朝的揚州六合縣丞一職歸山的時候，曾寫過一首詩〈解六合丞還〉：

我家滄海白雲邊，還將別業對林泉。
不用功名喧一世，直取煙霞送百年。
彭澤有田唯種黍，步兵從宦豈論錢？
但願朝朝長得醉，何辭夜夜甕間眠。

他把自己比作陶淵明、阮籍，陳述了自己人生的真正歸宿，那就是滄海、白雲、煙霞、美酒，其實此外還有一樣——愛情。這些都是他生命的支柱。

大唐的詩酒風流，便是這個不靠譜的職場人暈乎乎地開啟的。

宋家的長子

春分自淮北，寒食渡江南。
忽見潯陽水，疑是宋家潭。
——崔融

一

閒話完了有趣的王家人，讓我們回到唐詩征途的正路上來，看看接下來會有哪些精彩的人物和故事登場。

西元六五六年，王勃出生六年後，在長安城一戶官宦人家的住宅裡，響起了一聲清脆的兒啼。一位叫宋令文的驍衛軍官迎來了自己的長子。

這裡閒敘一筆，宋令文先生雖然是一名武官，卻也有文才，是當時頗具影響力的社會名流，不久後便跨界做了東臺詳正學士。

看見「東臺」這個名稱，我們就知道，那代表著一個特殊的時代——武則天掌權的時代。由於她特殊的審美趣味，朝廷裡幾套班子的名稱統統被改了，變得文藝浪漫了許多。尚書省、中書省、門下省被分別改名為「中臺」、「西臺」和「東臺」，侍中被改為「左相」，中書令改成「右相」，僕射被叫作「匡政」，左右丞被叫作「肅機」。

後來名聞遐邇的大詩人王維，就曾做過尚書右丞。如果他早生一點，活在高宗和武后時代，大概就不會被叫「王右丞」了，而應該被叫作「王肅機」。

而此刻，我們的宋令文正抱著他的長子，看著懷中那稚嫩通紅的臉蛋，十分欣喜。「等他長大了，我要把自己最拿手的本事教給他，讓他有出息。」宋令文心想。

這個孩子，就是我們今天故事的主人公，唐詩歷史上的一代宗匠——宋之問。

你可能會說：宋之問？這是誰啊，是個小人物吧，怎麼從來都沒聽說過。實則他可不是小人物。列舉他三點特別不凡的地方你就明白了：

第一是他的詩很好。譬如我們許多人都讀過的一首〈渡漢江〉：

嶺外音書斷，經冬復歷春。
近鄉情更怯，不敢問來人。

這是描寫遊子返鄉之情的。一句「近鄉情更怯，不敢問來人」，把那一份遊子獨有的牽腸掛肚、惴惴不安寫得尤其動人。

直到今天還有學者說，西元八世紀的中國詩壇，是「沈宋的世紀」，其中這個「宋」就是宋之問。他還有一個更尊貴的稱號，叫作「律詩之祖」[1]，我們後文會談到。

其次，宋先生不但會寫詩，據說還擅長很多絕技，如舉報、告密、宮鬥之類，倘若去演宮廷劇一定所向披靡。

唐代的大詩人裡有些是很不擅長宮鬥的，比如李白，進宮沒幾天就被對手給鬥趴下了，謠誹纏身，皇上對他各種嫌棄，最後乾脆轟走了事。

但宋之問先生卻堪稱宮鬥高手，百鬥百勝，比李白不知道高到哪裡去了。

第三，也是最厲害的一點：膽大包天，敢於追逐愛情，甚至敢泡最難泡的妞。

唐朝的風流詩人不少，白居易、元稹、杜牧、李商隱都很風流，而且還各有特長：元稹愛結交才女，杜牧愛逛青樓，李商隱則據說暗戀人家的丫頭，據傳連女道士也與之曖昧。但宋之問老師卻與眾不同。他的目標據說是整個唐朝最難得手的一位。

是誰？太平公主？玉真公主？都不是，比這還更難些，他的目標是——武則天。

你大概會以為他瘋了：這個女人也能下手的？可是我們的宋之問先生據說當真勇敢地出手過。

我猜現在你對宋之問必定已充滿好奇了。下面就讓我們一起了解他那不平凡的一生吧。

二

時光飛逝，在父親的悉心呵護中，宋之問和他的兩個弟弟都漸漸長大了。

某天，父親把兄弟三人鄭重叫到面前。他要完成自己當初的心願：把最擅長的本事傳給孩子。

「你們都長大了，該學點東西了。爹這一生最拿手的有三門本領：一是武功，二是書法，三是文學。你們一人選一樣學吧！」[2]

孩子們紛紛做出了選擇。老二宋之遜選了書法，後來成為一代草隸名家；老三宋之悌則選了武功，後來成了一名頗有戰功的勇士。最後，父親把殷切的目光投向了老大宋之問。他雖然還沒成年，但已出落得高大英俊，一表人才，口齒便給，像個明星。[3]「你選什麼呢，孩子？」

「我要學文學。」宋之問堅定地說。什麼武功、書法，我都不感興趣。我一定要學好文學，成為一名大詩人，書寫我的壯麗人生。

定下目標後，宋之問刻苦學習，天天讀書寫詩，忙得連洗臉刷牙都顧不上。

父親勸他：「孩子啊，刻苦學詩當然很好，但牙還是要刷的，不然早晚要吃大虧。」

宋之問卻不以為然：「刷一個牙，至少要五分鐘，多浪費時間啊。少刷牙怎麼會吃虧呢！」說著，他又埋頭到了書本之中。

漸漸地，小宋同學在各大報刊雜誌上不斷發表作品，開始有了一些名氣，尤其是五言詩寫得最得心應手。隨著聲譽漸起，小宋也很得意。

有一天，他忽然收到一首詩，是外甥劉希夷發來的。「小舅，你看我這兩句詩怎麼樣，能不能發表？」外甥興沖沖地問。

宋之問點開一讀，不禁吃了一驚。詩中有兩句是「年年歲歲花相似，歲歲年年人不同」，這太棒了，要是發表出去，定然流行啊！

宋之問不動聲色：「外甥，這兩句詩的水準我看也就一般般，就算發出去效果也不會太好。

這樣如何，這兩句詩署我的名字，小舅幫你發怎樣？」

劉希夷又不傻，很快反應了過來：「什麼？你是要剽竊？我不幹……」

宋之問怒了，敬酒不吃吃罰酒，我弄死你。

怎麼弄死呢？話說《水滸傳》裡曾記載了一種害人的辦法，叫作「土布袋」，把一個口袋裝滿土，壓在人身上，一時三刻就死。

有記載說，宋之問就做了一個這樣的土布袋，壓在了劉希夷身上。可憐的外甥便這樣死掉了。宋之問得到了外甥的這一句詩，發表之後，風行一時。

有不少學者考證說，這事不靠譜：首先，劉希夷到底是不是宋之問的外甥，就要打個大大的問號；其次，劉希夷的年紀也應比宋之問大，怎麼會反被壓死呢。

可這個段子也不是我編的，在唐朝就有人這麼傳。[4]其中有一個名頭響亮的傳播者，就是後來的大詩人劉禹錫。他曾經和友人聊天，講到過宋之問壓死親外甥的事，說得唾沫橫飛，被同事的孩子記了下來，寫成了書，傳到今天。

再說了，宋之問家不是武林世家嗎，會武功的，或許真能壓死劉希夷也說不定。

不管怎樣，宋之問的人生第一場鬥爭大獲全勝。

三

漸漸地，靠著帥氣的長相和出眾的才華，宋之問越來越紅了。他考中了進士，後來又進入朝中做事，擔任高級書僮，代號九五二七。

辦公室裡，一個同事熱情地迎上來和他握手：「你好，我是九五二八，我們以後就是同事啦！我叫楊炯！」[5]

這個同事的名字是否有點熟？沒錯，此人正是「初唐四傑」裡的楊炯。想到這一幕，很難不令人感慨：唐朝詩壇是怎樣地藏龍臥虎，在長安的一間小辦公室裡，居然便齊聚著兩個大詩人。

你或許會有點擔心：和腹黑的小宋做同事，楊炯到底安不安全？會不會也因為寫出一句好詩來，比如「寧為百夫長，勝作一書生」之類，被宋之問眼紅盯上，用布袋給壓死？

放心，沒有發生這種事。壓死同事不是這麼容易的。何況楊炯性格孤傲，人緣不太好，仕途一直沒有起色，對一心向上爬的宋之問基本構不成什麼威脅。

後來宋之問不斷躥紅，直至陪侍武后，風光無限，楊炯卻一直在當文員，晚年做到最大的官也就是個縣令。小宋根本犯不著去撕楊炯。他們維持了終生純潔的友誼。

長話短說。憑藉著優秀的表現，小宋在職場步步高升，最後擔任了一個了不得的職位——武則天的高級伴讀書僮。他春風得意，夾著小筆記本，跟著老闆到處視察。

高處的競爭是激烈的，一場大戰也隨之來臨了。這次的對手很強大，叫作東方虬。

在武俠小說裡，凡是複姓的往往都是高手，比如令狐、西門、慕容之類。尤其是姓東方的，更是高手中的高手。

東方虬當時的職位叫作「左史」。請注意，這個官並不大，不要誤會成明教的「光明左使」那樣，是教主之下的二把手。當時的「左史」只是個在御前服務的筆桿子而已。

不過，這個職位由於親近主子，分量也不輕。何況東方虬的詩才很高，尚在劉希夷之上。比如一首〈春雪〉：

春雪滿空來，觸處似花開。
不知園裡樹，若個是真梅。

從這首詩，能看出東方同學舉重若輕，功力深厚，堪稱是小宋的勁敵。可我們的小宋毫不懼怕：爾要戰，便來戰！

戰鬥發生在洛陽。是日，武則天帶隊浩蕩出遊，眼看著一片山明水秀、柳綠花香，不禁心情大悅，命手下寫詩助興。

東方虬持筆應聲而出，一揮而就，果然文采斐然。武則天很高興，當場給他頒發最高獎：一件豪華時裝。

東方虬得意洋洋，斜眼看著宋之問，意思很明顯：我左青龍、右白虎，你一個小小書僮，敢和我作對嗎！

可他的新衣服還沒穿暖，就聽武則天大喊一聲：「好！這一首更好！」

東方虬如遭雷轟。因為武則天手裡拿的正是宋之問的卷子。

小宋這一次交上去的詩，名字叫作〈龍門應制〉，又名〈記一次隆重的考察活動〉。詩很長，這裡就不全引了，它的大意是：春雨初霽啊，花紅柳綠，長官出行啊，多麼壯麗。仙樂鳴響啊，千乘萬騎。這可不是來遊山玩水啊，而是來關心老百姓種地。

辭藻十分華麗，語句十分精緻，政治完全正確，大大拔高了女皇出遊的性質，武則天越看越高興。她當場下令：「來人呀，把東方虬的時裝扒了，給我小宋穿上！」

這一事件便叫作「奪袍」。東方虬當時一定很悲憤。用文章來諂媚人，就是這麼殘酷的，它換不來真正的體面。

四

一戰告捷之後，宋之問愈發鞏固了在武則天身邊的地位。他漸漸贏得了一個外號——詩家射鵰手！

如果金庸那時候寫《射鵰英雄傳》，主角應該是我們的宋老師。

這時，宋之問已制訂了下一階段的五年計畫，他要繼續向武則天進攻，乃至奪取女主的歡心。光靠給女主寫詩已經不能滿足他了，他還決心要給武則天當男朋友。

你可能覺得這有點荒唐，我也覺得有點荒唐。但這些事兒也不是我編的，確有前人這麼記述。您就存疑往下看吧。

此時宋之問年紀已不算輕了，邁入了大叔的門檻，卻仍是氣質不凡，風度翩翩。對於取悅女主，他頗有自信。

他很快找到了機會。當時武則天身邊有幾個小男朋友，最有名的是一對兄弟倆，叫作張易之、張昌宗。不少讀者應該看過電視劇《大明宮詞》，裡面有一個善於吹簫的妖豔後生，就是張易之。

武則天常和兄弟倆一起鬼混，對外找藉口說是讓他們「編書」。其實在學問方面，他們是兩個標準的低能兒，哪裡會編什麼書呢。

宋之問看準了機會，使勁巴結張家這兩兄弟，鞍前馬後地服侍。傳說這兩兄弟要解手，宋之問還親自給他們端夜壺。[6]

事與願違的是，不管宋之問怎麼鑽營，武則天對他的態度總是這樣的：

小宋呀，你表現挺好。

小宋呀，你的詩寫得真不錯。小宋呀，你是一個好人。

……

好人卡領了一大堆，可小宋就是爬不上女皇的龍榻。

宋之問忍無可忍，決定拚了。他卯足了勁，給武則天寫了一篇大詩，叫〈明河篇〉。

後來很多人都說那是一封情書。裡面還真有些曖昧的詞句，比如：「鴛鴦機上疏螢度，烏鵲橋邊一雁飛。」、「明河可望不可親，願得乘槎一問津。」

「乘槎」就是乘木筏子。什麼叫「明河可望不可親，願得乘槎一問津」？譯出來就是：「我這張舊船票，還能否登上你的客船？」

情書送上去，過了好久，小宋才終於側面聽到了武則天的回復。這是一句在中國詩歌史上被當作段子傳了一千多年的回覆：「我不是不知道小宋有才華、有情調。可是……架不住他口臭啊。」

原話是：「吾非不知之問有才調，但以其有口過。蓋以之問患齒疾，口常臭故也。」[7]

古人沒有記載小宋聽到這句話後的表情，只寫了四個字：終身慚憤。料想他大概是又愧又悔：爹啊，悔不該當初，看來你說對了，刷牙真的很重要。

五

這一次之後，小宋的仕途開始走下坡路了。神龍元年（七〇五），他遭到當頭一棒：宰相張柬之、崔玄等在洛陽發動兵變，誅殺了張易之、張昌宗，自己倚為靠山的武則天被迫退位。

天塌了。小宋的高級伴讀書僮做不成了，被貶到廣東。那時候的廣東不比現在，是改革開放的前沿陣地，當時偏僻荒涼，又熱又苦。宋之問度日如年，暗暗下了決心：我的人生還沒有完！我還可以繼續宮鬥！

有一個流傳很久、讓人目瞪口呆的說法是這樣的[8]：

宋之問悄悄潛回了洛陽，住在一個叫張仲之的朋友家，等待時機。很快，他的機會來了。

這天夜裡，月黑風高，宋之問無意間聽聞了一件驚天動地的機密：這位收留了自己的好朋友張仲之要和別人密謀政變，打算殺了當朝宰相武三思。

聽說了朋友的壯舉，宋之問感動得熱淚盈眶。他意識到自己東山再起的機會來了，於是抹著淚水，毅然做出了決定：告密！

他連夜將一條緊急訊息設法遞送給了武三思：我的房東張仲之是個壞分子，他圖謀不軌，請大人快來行動。[9]

結果可想而知，張仲之全家遭難，宋之問則舉報有功，升官做了鴻臚主簿，等於是朝廷外事部、禮儀部的辦公廳主任。在當時的文人圈裡，大家一說起這件事，就會偷偷對著宋之問比中指，鄙視他的為人。

當然，儘管《唐書》、《資治通鑑》都記載這件事是宋之問所為，卻仍然有不少疑點。比如作案時間不合。此外，從宋之問的詩作看，他返回洛陽是遇赦北歸，確實沒有所謂「逃歸」的跡象。有觀點認為舉報事件的肇事者是宋之問的弟弟，而非之問。

真相已經難考，但不管如何，宋之問聲名不好卻大抵應是事實。

這一次的沉而復起，是小宋人生中的第二春，他十分珍惜。老闆由武則天變成了唐中宗和韋皇后，他仍然努力地寫作，要壓過其他詩人，以得到新老闆的賞識。

很快，他人生中最閃耀的一戰出現了。

前文曾說過，當時詩壇的兩大天王並稱「沈宋」。其中「宋」就是宋之問，而「沈」則是另外一名大詩人沈佺期。兩人經常跟著唐中宗遊宴、唱和。

一山難容二虎。他們之間終於爆發了一場正面對決，那就是唐詩史上幾大著名決戰之一的「彩樓之戰」。[10]

故事發生在正月的最後一天。這一天是古人所謂的「晦日」，今天我們不講究過這個節了，但在當時，這一天是重要節日，按習俗要到水邊搞點節慶活動，泛舟、喝酒、賽詩、禘禊之類。

中宗皇帝也不例外。這一天，他遊覽了長安郊區的昆明池，並在這裡搞了一場隆重的賽詩大會。

現場修起了一座彩樓，作為賽詩的會場。詩人們紛紛提筆應戰。擔任評委的是大大有名的上官婉兒。

彩樓之上，上官婉兒隨手評點，遭到淘汰的卷子被直接扔下來，一時間樓前如雪片紛紛。扔到最後，上官婉兒手上只剩下兩個人的卷子，沈佺期的和宋之問的。

所有人的目光都集中在她的手上。只見她秀眉緊蹙，將兩首詩比來比去，始終難以取捨。終於，她一揚素手，一張卷子悠悠飄下，大家搶過來一看，是沈佺期的。

這說明宋之問贏了。沈佺期不服：「憑什麼我不如那個口臭鬼！」

上官婉兒答：「你倆的詩，難分高下。但是你的結尾比他的弱，勁力洩了，所以你輸了。」

原來沈佺期的結尾是：「微臣雕朽質，羞睹豫章材。」大意是：我這麼沒本事的人，能有幸看到朝中這麼多能人，真是覺得很慚愧。這很謙虛，但也很洩氣。

而宋之問的結尾呢？是氣場完全不同的八個字：「不愁明月盡，自有夜珠來。」

如此結尾，不但華美明亮、調子昂揚，還飽含正能量，體現了充分的自信：「我不擔心今晚的月亮會黯淡，因為一定會有明珠來照亮我大唐的夜空！」

沈佺期再不爭了，勝負就此判定。

有人說，沈佺期這一仗輸得可惜，他的詩比宋之問多寫了一聯，氣脈到最後跟不上，這才洩了；還有的說，沈佺期擅長七言，卻非要去和宋之問比五言。

不管怎樣，宋之問又一次大獲全勝。

六

那麼，贏得了「彩樓之戰」的小宋，從此青雲直上了？

並沒有，這一仗只是他的迴光返照而已。他的每一場宮鬥都贏了，但他卻輸在了大的戰略上。

中宗皇帝不是一個靠得住的老闆，權力漸漸落到韋皇后、太平公主等的手上了，而他又無力調和矛盾。隨著宮中權鬥愈發激烈，各路政治強人輪流坐莊，宋之問便在中間見風使舵。

通常認為，當年武則天在的時候，他便拚命巴結「二張」兄弟；「二張」垮臺後，中宗倚重太平公主，他就巴結太平公主；上官婉兒；然則韋皇后、安樂公主勢力不斷坐大，他又轉而去巴結安樂公主。這也導致了太平公主對他甚是不快。

景龍四年（七一〇）六月，臨淄王李隆基與太平公主聯手發動「唐隆政變」，韋皇后一系被誅殆盡。小宋頓時又失了勢，遭人嫌棄，被一路猛貶，先貶到越州，又改到豫州，最後改到桂州，唯恐把他踢得不夠遠。

他提心吊膽、失魂落魄地走著，不知道下一站是什麼地方，會不會又忽然接到命令，被貶到更遠處去。

棲棲遑遑地到了韶州，他拜謁了當世高僧、被稱為「禪宗六祖」的慧能。[11]他寫了一首長長的詩給慧能，匍匐在禪師的座前，懇請對方指點迷津，但似乎也沒有得到什麼收穫。

此刻，絕境之中，已難見什麼曙光了，高僧也幫不了他。過去的一切榮華都隨風而去，剩下的只有荒涼的邊地，和遙遠的故鄉。

宋之問似乎終於明白了點什麼——我鑽營了半生，端過馬桶，寫過諛辭，卻只換來今天的下場，究竟是為了什麼呢？

一路上，他寫下了很多動情的詩句，和過去那些「鑼鼓喧天、彩旗招展」的詩完全不一樣的句子。這些人生中前後兩次被貶謫時期的作品，是小宋一生中最好的詩：

度嶺方辭國，停軺一望家。

魂隨南翥鳥，淚盡北枝花。
山雨初含霽，江雲欲變霞。
但令歸有日，不敢恨長沙。

這是他寫的〈度大庾嶺〉。這裡的交通條件非常差，即便是幾十年後，大詩人張九齡到大庾嶺考察，發現仍然是「人苦峻極」，才著力整修道路。宋之問經過的時候，艱苦可想而知。還有讀來讓人唏噓不已的〈渡漢江〉：

嶺外音書斷，經冬復歷春。
近鄉情更怯，不敢問來人。

一個詩人，當他沒有了資格粉飾太平，斷絕了機會拍馬舐舔，往往才能放眼蒼涼世界，書寫心靈之聲。

可惜的是，宋之問的詩魂剛剛昇華，肉體就必須毀滅了。新上臺的李隆基已經沒有耐心讓這個舊人再活在世上，下令賜死。

我們並不知道宋之問到底是怎麼得罪了李隆基，讓後者對他如此深惡痛絕，遠遠地貶逐了還不行，非要置於死地不可。有時候，這種恩怨是永遠無法放到檯面上說的，只有當事人心裡明白了。

宋之問走得很可憐。接到被賜死的命令後，他腦門冒汗，來回轉圈，一拖再拖，先說要和家人交代後事，以延緩時間，等面對家人時又語無倫次，話也說不清楚。[12]其實這也是很可以理解的。

最後，在別人的呵斥下，他才稍微定了定神，洗了個澡，吃了點東西，結束了自己的一生。

回望小宋的一生，那些端尿壺、求做面首、弄死外甥的傳聞，雖然在唐朝時就被人傳得繪聲繪影，其實不一定都是真的。有些可能是因為他名聲不好，「天下醜其行」，被人存心編派的。倘若除開這些傳聞，他也並沒有什麼過頭的惡行。

但也應看見，和小宋同時代的沈佺期、杜審言等，身分履歷相近，都是大詩人，也都因為諂媚「二張」被貶，卻也都沒被人抹黑到宋之問的地步。這也難免讓人揣測，是否小宋確實有些事做得不甚體面，導致「人品卑下而惡歸焉」。

曾經，當宋之問的好朋友楊炯去世的時候，小宋寫過一篇祭文，至今都是名篇，開頭是八個字：

自古皆死，不朽者文。

既然小宋早已明白這個道理，又何必做那麼多徒勞無益的事呢？

最後，抄幾句老歌詞，送給做事有瑕疵但詩文仍然不朽的宋之問吧：

在人間已是癲，
何苦要上青天，
不如溫柔同眠。

註釋

1 有認為「律詩之祖」是沈佺期、宋之問兩人的，也有將宋之問等同時期的幾位詩人作為一個團體，稱為「律詩之祖」。元方回《瀛奎律髓》：「子昂以〈感遇〉詩名世……與審言、之問、佺期皆唐律詩之祖。」

2《新唐書》列傳第一百二十七：「之問父令文，富文辭，且工書，有力絕人，世稱『三絕』……既之問以文章起，其弟之悌以勇聞，之遜精草隸，世謂皆得父一絕。」

3《新唐書》列傳第一百二十七：「之問偉儀貌，雄於辯。」

4 唐劉肅《大唐新語》：「劉希夷……作一句云：『年年歲歲花相似，歲歲年年人不同。』……詩成未周，為奸所殺。或云宋之問害之。」後來唐韋絢《劉賓客嘉話錄》：「劉希夷詩曰：『年年歲歲花相似，歲歲年年人不同。』其舅宋之問苦愛此兩句，知其未示人，懇乞，許而不與。之問怒，以土袋壓殺之。」《劉賓客嘉話錄》記載了劉禹錫所述的一些故事軼聞，其中部分內容有史料價值。

5《新唐書》列傳第一百二十七：「甫冠，武后召與楊炯分直習藝館。」他們的關係還不錯。

6《新唐書》列傳第一百二十七：「張易之等烝昵寵甚，之問與閻朝隱、沈佺期、劉允濟傾心媚附……至為易之奉溺器。」

7 見唐孟棨《本事詩．怨憤第四》。古漢語裡「口過」未必就是指口臭。但是後文一句「常口臭」，硬是要把宋之問的口臭坐實了。

8 新舊《唐書》都記載了下文告密之事。《舊唐書．文苑傳》：「之問……未幾，逃還，匿於洛陽人張仲之家。仲之與駙馬都尉王同皎等謀殺武三思，之問令兄子發其事以自贖。及同皎等獲罪，起之問為鴻臚主簿，由是深為義士所譏。「《新唐書》列傳第一百二十七：「之問逃歸洛陽，匿張仲之家。會武三思復用事，仲之與王同皎謀殺三思安王室，之問得其實，令兄子曇與冉祖雍上急變，因丐贖罪，由是擢鴻臚主簿，天下醜其行。」

9 這件事是宋之問最大的人生污點之一，因為他出賣了朋友。但研究者對這件事的真實性也有爭議。陶敏、易淑瓊《沈佺期宋之問集校注》認為告密者是宋之問的弟弟。楊墨秋《宋之問研究二題》則說，「兩《唐書》本傳、《資治通鑑》等史書所說的之問逃歸，藏匿於駙馬都尉王同皎或洛陽人張仲之家的記載是禁不起推敲的」，認為時間不合。從宋之問回洛陽的詩看，也毫無逃回的跡象。

10 二人的「對決」是很頻繁的，唐武平一《景龍文館記》中，作者作為當事人，就記敘了多次兩人一起參與遊宴、唱和、賽詩之事。只是昆明池彩樓一事廣為流傳，所以這裡重點說到。

11 此事究竟發生於宋之問哪一次被貶謫期間，略有不同說法。《沈佺期宋之問集校注》作景雲二年，也就是西元七一一年。吳光興《八世紀詩風》附錄系年亦採用這一說法。本文也採用這一說法。

12《新唐書》列傳第一百二十七：「賜死桂州。之問得詔震汗，東西步，不引決。祖雍請使者曰：之問有妻子，幸聽訣。使者許之，而之問荒悸不能處家事。祖雍怒曰：『與公俱負國家當死，奈何遲回邪？』乃飲食洗沐就死。」讀之讓人不忍。

紅顏與壯志，太息此流年

恍忽夜川里，蹉跎朝鏡前。
紅顏與壯志，太息此流年。
——沈佺期

一

唐詩的故事裡，說了宋之問，就不能不說另一個詩人沈佺期。在唐詩的璀璨星空上，「沈」和「宋」，這兩個人是綁在一起的，就如同李和杜、王和孟、元和白、郊和島等是綁在一起的一樣。

金代的元好問在《論詩》中就說：「沈宋橫馳翰墨場。」在一代代唐詩迷的心目中，他倆都是難以拆分的文藝好搭檔。

沈佺期有一首非常動人的七言律詩，叫〈獨不見〉：

盧家少婦鬱金堂，海燕雙棲玳瑁梁。
九月寒砧催木葉，十年征戍憶遼陽。
白狼河北音書斷，丹鳳城南秋夜長。
誰謂含愁獨不見，更教明月照流黃。

這是描寫一名女子對遠方丈夫的思念，寫得纏綿悱惻，是唐朝出現最早也是最好的七言律詩之一，從中我們能看出沈佺期心思的細膩和非凡的才情。

然而，在我們講述沈佺期的故事之前，各位不妨做一樣事：先放點背景音樂，最好是比較悲慘淒涼的，二胡曲最佳，〈二泉映月〉、〈病中吟〉等曲目都是不錯的選擇。

因為沈佺期的人生中是觸過大楣頭的，他曾被流放過。你若說這有什麼稀奇，之前許多詩人包括宋之問不也被流放過嗎，何以獨說沈佺期淒慘呢？答案是沈佺期被流放得最遠，並且遠到了誇張的地步——越南。

他的流放地州，在今天的越南榮市一帶，是越南中部的一個城市。所有唐朝詩人中幾乎沒有比他流放得遠的。

對比一下你便明白了。多年後韓愈被貶，呼天搶地，自稱「夕貶潮州路八千」，可那亦不過是潮州，在今天的廣東，路途也「不過」是八千，而沈佺期的被流放之地州是在萬里之外。

另一位詩人劉禹錫被貶播州，也是極遠，甚至引起了朝野上上下下的廣泛同情，覺得播州太過偏遠窮惡，老劉太慘了。可那也不過是在貴州，沒到越南去。

唐朝被貶逐的大詩人裡，除了杜審言等寥寥幾人外，還真是沒有幾個能和沈佺期比遠的。就算同樣流放到越南的杜審言，路途亦要稍微近些。沈公完全可以像香港老電影裡說的：誰敢比我慘啊！

二

沈佺期的早年經歷，和宋之問幾乎是重合的，基本可以簡略帶過，講了宋的人生經歷，就不大用講沈的了。

他們是同一年出生，都是六五六年；又同在上元二年進士及第，也就是西元六七五年。兩人還一同做了協律郎、考功員外郎，政治上齊頭並進。更重要的是，他倆還不約而同加入了一個文人團體，或者說團夥，叫作「珠英學士」。

後來二人命運的沉浮榮辱，都和這所謂的「珠英學士」頭銜有關。

這個團夥之由來，直接起因便是武則天掌權，寵溺「二張」。當時，武則天極其寵愛張易之、張昌宗兄弟二人，整日與之鬼混，時間久了，未免聲名不佳。武則天也是要臉的，得考慮輿論影響，就給了張昌宗等一個可以堂皇地在禁中廝混的差使——編書，以稍事掩醜。[1]再加上武則天也確實需要編一些著作，好推行她的文化政策。而所編著的這部書便叫作《三教珠英》。

既然要編書，少不得就得網羅一批文人學士幹活。當朝的一大批文化人像李嶠、張說、宋之問、沈佺期等便都入了編撰《三教珠英》之列。這些人便統一被叫作「珠英學士」了。

假如事情僅此而已，這伙人也不過是一個臨時編輯部，或者說工作團隊。實事求是地講，「珠英學士」們也是取得了一些學術成就的，做了一些有助於文化的工作。

然而由於當時的權鬥局勢，它無法避免地被人貼了標籤，成了政治團體。

彼時，朝中兩股勢力正鬥得不可開交，不時爆發激烈的權爭。其中一派是武則天寵幸的正當紅的張昌宗、張易之等新貴，聲勢顯赫，「貴震天下」，在權爭中佔著上風。另一派則是被排擠、冷落的李唐皇室及其親信，由於武則天的打壓，他們在權爭中處於下風，臊眉耷眼，怨悵很深，時刻蓄謀著反擊。多數「珠英學士」便不可避免地被認為是「二張」這一派的。

為了巴結「二張」，同時也是間接地巴結武則天，宋之問、沈佺期等著實沒少下功夫。他們簇擁在「二張」周圍，有沒有端過尿盆固然不確定，但大力鼓吹、唱讚歌卻是難免，或許也參與了一些「嘲詆公卿，淫蠱顯行」的事。

「二張」得勢的時候，跟班們當然風光無兩。可惜好景不長，七〇五年「神龍政變」後，武則天退位，「珠英學士」們瞬間失了靠山，陷入「狗都嫌」的局面，遭到清算。

此時此刻，他們為「二張」兄弟唱的每一首讚歌，說過的每一句恭維，留下的每一張「合影」，都成了罪證。新掌權者表示，我一秒都不想再見到他們。

沈佺期被下到獄中，反覆拷問，飽受刑訊折磨。他的家人也受到牽連，兩個幼子、兩個兄長、三個弟弟都被下獄。監獄的環境極度惡劣，虱蟲肆虐，沈佺期三天吃不上一頓飯，兩個月沒有梳頭，還得了一場瘧疾，差點送了命。

拷問來拷問去，終於也沒發現他有什麼大的惡跡。於是，在一個含糊的「考功受賕」的罪名下，沈佺期被流放。

當時依附「二張」的「珠英學士」們如宋之問、沈佺期、杜審言、李嶠等紛紛被逐，其中最慘的是沈佺期、杜審言二人，居然被流放到萬里之外的越南，真正是有多遠滾多遠的典型。

三

不過，也就是這次流放，讓沈佺期表現出了倔強的性格和執拗的個性，用重慶話說就是「犟拐拐」。他很不同於宋之問和杜審言。

面對流放，宋之問是何態度呢？當然也有些牢騷，也不服氣。比如說自己「自惟勖忠孝，斯罪懵所得」——對你們的定罪，我完全是懵的！你們就這樣對待一個忠臣孝子嗎？

但另外一方面，宋之問也明白要識時務，矮簷下得低頭。他寫詩向當局認錯，表示不敢抱怨：「但令歸有日，不敢恨長沙。」——只要能讓我回來再做點工作，繼續發光發熱，一定感恩戴德，積極效命。

宋之問的這種態度，在謫臣中是比較常見的。可是沈佺期卻很有趣，一直堅決鳴冤，死鴨子嘴硬，絕不認錯，口口聲聲：我沒錯，我哪裡錯啦？批評一句頂一句。

他寫詩說：「我無毫髮瑕，苦心懷冰雪。」自稱沒有毫髮之瑕，一點毛病都沒有。詩中還說：「臣子竭忠孝，君親惑讒欺。」說自己竭盡忠孝，十分完美，皇帝是被讒欺，被小人欺騙了，誤會了自己這個大忠臣。

他還寫詩〈被彈〉，自稱「無罪見呵叱」、「千謗無片實」，關於自己的千百次毀謗沒有一點是真的，全世界都錯怪了我！所以沈佺期真的是很有意思，堪稱是當時嘴巴最硬的一位。

他就這樣一路氣惱著、怨艾著，只有在極度疲憊的時候，他才會暫時放下憤懣，體味一份寂寞和自憐。

離開長安，進入蜀境，夜宿在七盤嶺上，月色讓他無法入眠：

獨遊千里外，高臥七盤西。
曉月臨窗近，天河入戶低。
芳春平仲綠，清夜子規啼。
浮客空留聽，褒城聞曙雞。
——〈夜宿七盤嶺〉

「褒城聞曙雞」，褒城是他剛剛離開的地方，尚在關中，再向前走便真的是要遠離親近的地方，投身去不可知的未來了。所以褒城的雞鳴尤其讓他輾轉反側。

而當他再艱辛地跋涉一年，才到達貶謫地州的時候，終於眼淚抑制不住地流下來：

雨露何時及，京華若個邊。
思君無限淚，堪作日南泉。

流淚，畢竟是無濟於事的。接受生活的安排吧，來都來了，還能怎麼樣呢？沈佺期開始環顧這個陌生的地方，嘗試著去接受異域的風景。

一方面，他仍然抱怨著「炎蒸連曉夕，瘴癘滿冬秋」，為這裡的極端氣候而苦悶；但另一方面，他又努力去收拾心情，試圖欣賞南國的美：

藤愛雲間壁，花憐石下潭。

泉行幽供好，林掛浴衣堪。

沈佺期是有一雙善於發現美的眼睛的。他看見藤蘿爬上了石壁，一些鮮花點綴在潭邊。泉水淙淙，可以濯足，可以沐浴，灑脫地把衣服掛在林間吧，就像後來李白說的那樣，「脫巾掛石壁，露頂灑松風」，短暫的快意讓他稍稍排遣了遠流的痛苦，暫時忘卻了洛陽。

四

意想不到的是，儘管嘴巴比宋之問倔上數倍，但相比於宋，沈佺期的結局卻要幸運得多。神龍二年（七〇六），並不穩定的朝政又生變化，此前被流放的學士們得到了轉機。他們陸續得赦，沈佺期也在其中。他在越南實際上只待了一年多時間就得以還京。

沈佺期大喜過望，即刻動身，他寫詩說自己恨不得踩著大葉子飛到洛陽去。當初的倔強、不服一掃而空。他的詩〈再入道場紀事應制〉裡，真是手舞足蹈。為了表達自己受到的恩幸和榮寵，沈老師寫詩都已經顧不上措辭雅馴了，直接露骨地陳說感激，跪謝再生之恩：

南方歸去再生天，內殿今年異昔年。
見辟乾坤新定位，看題日月更高懸。
行隨香輦登仙路，坐近爐煙講法筵。

自喜恩深陪侍從，兩朝長在聖人前。

大意就是我從南方撿回一條狗命，回來看到朝廷革故鼎新、蒸蒸日上，「見辟乾坤新定位，看題日月更高懸」，我更喜悅了。

這樣的詩當然藝術水準上就比較糟糕。對比他之前在貶謫中寫給同流放越南的杜審言的作品，藝術上的差距有萬里之遙：

天長地闊嶺頭分，去國離家見白雲。
洛浦風光何所似，崇山瘴癘不堪聞。
南浮漲海人何處，北望衡陽雁幾群。
兩地江山萬餘里，何時重謁聖明君。

——〈遙同杜員外審言過嶺〉

然而沈佺期此時關心的已不是詩句了。當時的朝堂仍然不好混，新一輪的權爭已拉開帷幕，韋后和武三思擅權，各種反對的力量也在伺機反撲，權力的絞肉機正在隆隆運轉。

吃虧長記性。歸來的這個沈佺期，和過去已然不一樣。

也許是吸收了之前的教訓，沈佺期小心翼翼，雖然應景話、場面話也沒少說，也參加了數次文館唱和，卻並未再深度捲入到權爭中去。

這些年頭裡，倘若他起了投機之心，去極力攀附了韋后或是太平公主，都會遭遇更壞的下場，然而他沒有。加上自身似也沒有大的污點，和同僚也無什麼太深的私怨，便沒遭到專門的報復和狙擊。

此後八年，他平穩度過，升了中書舍人、太子少詹事，都是比較重要的職務，還先後經歷了韋后、太平公主、唐玄宗李隆基的權力迭代，挺過了一輪輪的清算和殺伐，活到了開元年間去世。

這個結局，不禁讓人回想起昆明池邊，那一次「彩樓之戰」。

那次，在上官婉兒的評判下，他的詩輸給了宋之問。但最終，風光的冠軍宋之問死了，風光無兩的評委上官婉兒也死了，輸家沈佺期卻得到了一個好的結局。

再回味當初彩樓下兩首詩的結尾，一個是放言「不愁明月盡，自有夜珠來」的昂揚的、高調的，另一個卻是自稱「微臣雕朽質，羞睹豫章材」自抑的、卑微的。結果是姿態更低的那個人活到了最後。

據說被婉兒判負之時，沈佺期還有不服。

我倒覺得，以他已經柔軟得多的身段，以他能寫出這樣低調、收斂的結尾的覺悟，未必會多麼不服、多麼爭競。

細品他這首詩的結尾，等於是旁人叫他「沈老」的時候，他連連擺手，不不不，我不是什麼沈老，我就是老沈。我就是個「雕朽質」，請你們「豫章材」們去表演吧，我只要亞軍。

註釋

1《新唐書》列傳第二十九：「後知醜聲甚，思有以掩覆之，乃詔昌宗即禁中論著，引李嶠、張說、宋之問、富嘉謨、徐彥伯等二十有六人撰《三教珠英》。加昌宗司僕卿、易之麟臺監，權勢震赫。」

唐詩中的歎息之牆

處處山川同瘴癘，自憐能得幾人歸？

——宋之問

神龍元年（七〇五），深秋。

隨著車聲轔轔[1]，一個疲倦的中年人帶著寒酸的行李，來到了僻處天南的端州驛站。他就是被流放的宋之問。

一個據說曾打算爬上女皇龍榻的御前紅人，現已落到這步田地了。

端州是交通要衝，前往嶺南的旅人都要從這裡經過，宋之問也不例外。

他二月從洛陽出發，先後經過了蘄州黃梅、洪州，經贛水南下，途經大庾嶺，在嶺的北驛留下詩篇，然後又經始興，前後跋涉了數千里才到端州，此刻已是滿臉疲倦，一身塵土，高大挺拔的身軀也有些佝僂。

驛站接受了宋之問的宿歇，當然，不是作為貴賓。[2]

旅人在驛站中所享受的待遇，是分層級的。有權勢的人可以在驛站裡需索無度，甚至搞破壞。比如一度號稱「天下第一驛」的褒城驛，橫惡之徒可以在屋子裡放馬養鷹，污染破壞。[3]又如東平驛，唐朝筆記小說《酉陽雜俎》裡便寫了一個淄青來的張評事，官不大，卻仗著勢力，帶著幾十個僕從投驛，能半夜把驛卒轟起來為自己做煎餅。

但這一切都和宋之問無關。貶官、流人投驛可沒有這樣的待遇，能宿歇便不錯了。要熱水？自己燒！

宋之問避著人，吃了點東西，稍微休整了一下，開始繞著牆尋覓起什麼東西來。

他在找牆上的詩。

那面牆上有不少字跡，有詩有文，新的和舊的疊在一起，都是過往士人題寫的。宋之問一首一首仔細地尋找著。

驀地，他雙眼一亮，盯住了牆壁一角。終於是看見了。

那裡題著幾首詩，墨色還比較新，是新寫不久的。移近燈火，幾首詩的作者赫然在目，是沈佺期、杜審言、閻朝隱、王無競。

宋之問一聲歎息：他們，果然都來過了。

這幾位老兄，都是此次一同被貶逐的患難兄弟，沈佺期流驩州，杜審言流峰州，閻朝隱流崖州，王無競流廣州。幾個人棲棲遑遑地南下，先後都經過了端州驛，於是便都先後走到了這堵牆邊，題寫下了詩句相和。宋之問最後到達。

這一堵距離長安千里之外的牆壁，也就成了這群失意之人傾吐心事的樹洞了。

除了宋之問外，他們所寫的這些詩，目前大多已經佚失了，只有疑似閻朝隱的還部分留存著：

嶺南流水嶺南流，嶺北遊人望嶺頭。
感念鄉園不可觸。肝腹一斷一回愁。

宋之問默默念著這些傷感的詩句，眼眶不自禁地濕潤了。回想當初，大家都曾顯赫一時，在城裡吃館子都不要錢，哪想此刻一起流落天南，各自紛飛，連個破西瓜也吃不到，只能跑到這樣一堵牆壁下寫詩蓋樓，能不痛心？

憂痛之中，宋之問找來了筆，要為這一次悲傷的詩會蓋上最後一樓。

他一直是偏好寫五言詩的，五言詩比較凝鍊、克制。但此時此刻，他的情緒太強烈了，潮水般的悲傷不可抑制地湧來，克制的、簡練的五言詩已經不能容納他的心情了，他落筆就是更放縱的七言：

逐臣北地承嚴譴，謂到南中每相見。
豈意南中歧路多，千山萬水分鄉縣。
雲搖雨散各翻飛，海闊天長音信稀。
處處山川同瘴癘，自憐能得幾人歸？

這首詩，便是〈至端州驛見杜五審言沈三佺期閻五朝隱王二無競題壁慨然成詠〉。

詩意很好理解。「逐臣北地承嚴譴，謂到南中每相見。」——我們這一夥逐臣遭到了嚴厲的懲罰，被流放到南方了。本以為彼此可以經常相見，互相慰藉，起碼路上能一起同行，抽菸吹牛解悶。誰想到了南方，仍然是海闊天長。「豈意南中歧路多」，我們各自分飛，唯一的交集不過是一堵冰冷的牆壁。而在這一次擦身而過之後，「自憐能得幾人歸」，我們五人又有幾個能活著回來？

在寫這首詩的時候，宋之問已經根本不事雕琢，也不講究含蓄和克制了，他只想哭泣、發洩、吶喊。其實這幾個人之間未必有什麼很深的友誼，過去甚至還要爭寵，是相同的遭際讓他們如今同病相憐，抱頭痛哭。

這五人的命運，後來各不相同。

王無競去廣州後未能回來，被仇家謀害而死。沈佺期、杜審言、閻朝隱、宋之問四人則得以赦返。

沈、杜二人算是好的，赦返之後重新在京任職，後來病故。閻朝隱一度做了著作郎，後終於見棄，被貶通州別駕，應是相當抑鬱的。宋之問後來又再被貶，終遭賜死。這便是題壁五人的最後結局。

唐詩裡的著名驛站很多，馬嵬驛、褒城驛、嘉陵驛、潼關驛、籌筆驛……每一處都走過一流的詩人，誕生過傑出的篇章，或慟哭六軍，或撫今追昔，或瀟灑行吟。

而端州驛卻特別讓人唏噓。

那一次，因為獨特的地理位置和機緣，它意外見證了宋之問等一群當世頂級詩人的悲歡。那一堵題壁之牆，也成為了唐詩中的「歎息之牆」。

今天，這面牆當然是沒能留存下來，它早已經消失在了歷史中。人類的文學藝術史上，有不少的珍貴作品就是留在牆上的。比如達·芬奇的名畫《最後的晚餐》，就是畫在義大利米蘭聖瑪麗亞·德爾格拉齊修道院餐廳的一面牆上的。修道院經歷了多次戰爭的破壞，還被轟炸過，這面牆卻神奇地保存了下來。

古老的端州驛卻沒有這樣好的命運，這面「歎息之牆」別說留到現在，它能否保留到唐末就是個問題，今天的我們已不可能復睹。

說完了端州驛的故事，在同情這些詩人的命運之餘，也應該回答一個難以迴避的問題了：

宋之問、沈佺期、杜審言等人到底有罪嗎？所謂的「佞附二張」又是多大的罪呢？

這也是讓他們本人都痛苦糾結不已的問題。在荒蠻的驩州，不服不忿的沈佺期就曾發出了一個尖刻之問：

> 古來堯禪舜，何必罪驩兜？

兜是傳說中上古三苗部落的首領，後來被舜帝流放至崇山。沈佺期的意思是：你們都是大人物，我只是個小角色。爾等之間的權力遊戲，何必罪及我這種小人物呢？

說我依附武氏、諂媚「二張」，可他們是主子，是上級，我向他們盡忠輸誠有什麼錯呢？「二張」的位子難道是自封的嗎，當初還不是朝廷封的？他們加官晉爵的時候，你們多數人不也沒意見嗎？現在形勢反轉，「二張」垮臺了，就來清算、侮辱我們這些文學侍從，給我們加上種種罪名，你們憑什麼這樣理直氣壯呢？[4]事實上，悲哀的豈只是文學侍從，在當時的權力運行邏輯下，何人不是「侍從」呢？「堯禪舜」永無休止，隨之而來的迭代、清算便永無休止，封建時代中成王敗寇、樹倒猢猻散的故事總要被打扮成正義和非正義的模樣，於是宋之問、沈佺期等便不可避免地被塗抹成了小丑。

當然了，制度的缺憾，也不能完全用來掩蓋人性的良莠。即便是在投機者之中，也是有良莠智愚之分的。

當侍從們得勢的時候，其中總會有一些飛揚跋扈的，用力過猛的，不顧底線的，捧高踩低的，從而給自己種下更大的隱患。

比如閻朝隱，這個在端州驛牆上也題了詩的人，數年前就幹過一樁大鬧劇，不亞於傳說中宋之問的端尿盆。

當時武則天龍體不豫，遂派閻朝隱去少室山祭祀祈福。結果老閻洗了個澡，在典禮上公然「伏身俎盤」，自己代替牲口當了祭品，讓人抬著去祭祀，以示赤膽忠心，把這一百多斤奉獻給武則天了。武則天聽了大樂，嘉獎了老閻。此事轟動一時，還有人專門畫了漫畫《代犧圖》。

類似這樣的自選動作做得多了，固然是短時間地博取了紅利，但另一方面卻也就埋下了危險的種子。當主子一旦傾覆，他們得到的報復和清算便會加倍猛烈。閻朝隱就很難不「肝腹一斷一回愁」了，當後來的勝利者翻看清算名單的時候，瞧到他的名字都難免精神一振：「嘿，這不就是那個替牲口的嗎？」

想不多抽他幾下都忍不住。

註釋

1 宋之問貶謫途中是有車或馬的，不必全程步行。「停軺一望家」說明有車。「馬上逢寒食」說明有馬。

2《唐律疏議》引《雜令》稱：「私行人，職事五品以上，散官二品以上，爵國公以上，欲投驛止宿者，聽之。邊遠及無村店之處，九品以上，勛官五品以上及爵，遇屯驛止宿，亦聽，並不得輒受供給。」

3 唐孫樵《書褒城驛壁》：「且一歲賓至者不下數百輩，苟夕得其庇，饑得其飽，皆暮至朝去。……至如櫂舟，則必折篙破船碎鷁而後止；漁釣，則必枯泉汩泥盡魚而後止。至有飼馬於軒，宿隼於堂，凡所以污敗室廬，糜毀器用。官小者，其下雖氣猛，可制；官大者，其下益暴橫，難禁。」可見破壞之甚。

4 陳尚君《侍臣的悲哀——宋之問人生的幾個關鍵點》陳述很直白：「如從宋之問的立場來說，誰做皇帝，我就跟著玩，既沒有參與機密，更沒有弄權害人，你皇帝不斷換，幹嘛要我用生命來賠償？」

杜甫的爺爺好狂

詩是吾家事。

——杜甫

在前文中，有一個名字經常被提及，和沈佺期、宋之問並列，他就是杜審言。之前說的件件事幾乎都有他，阿附「二張」有他，編《三教珠英》有他，被流放越南有他，端州驛題壁也有他，可見極其活躍。

這位一直陪跑、吃果子挨打都有他的杜公，切莫以為是龍套。這麼說吧，假如我們穿越回唐代，詢問杜甫：「古往今來哪一個詩人的作品最好？」

杜甫的回答不會是李白，也不會是屈原、宋玉，或是南朝的庾信、初唐的「四傑」，而很有可能會是：「我爺爺！」

他的爺爺就是杜審言。

對這位親祖父，杜甫引以為傲，屢屢提及。他對朋友說「吾祖詩冠古」，稱爺爺的詩冠絕古代；還自豪地對兒子說「詩是吾家事」，這種底氣的來源很大程度上也是杜審言。

杜甫是否偏心過譽呢？他爺爺真有這麼大的成就，乃至於「冠古」嗎？從某種意義上來說還真不是浮誇。

杜審言的年齡，略長於宋之問、沈佺期，登進士第也更早一些，無論官場還是文壇上都算是前輩。

此前我們介紹過當時詩壇上有「四傑」，是一個超級組合。而杜審言則屬於另一個組合，叫作「文章四友」，他們便是李嶠、蘇味道、崔融、杜審言。

這兩個男團，氣質完全不一樣。「四傑」的氣質用現在流行用語來說就是「矮窮矬」，矮矬倒不一定，但都有點窮，懷才不遇，漂流四方，像是一個流浪的演出團體或搖滾樂隊，甚至還出了反賊家屬、反賊本賊。[1]

相比之下，「文章四友」就是截然不同的另一副面貌了，他們的特點用流行語來說就是「高富帥」，主要都在宮廷中活動，接近權力中心，多數還做了大官，李嶠、蘇味道兩個甚至還當了宰相。在任何文藝團體裡，都會有一個骨幹，就是最富才情也最有個性的那一個，一般來說命運也會相對比較坎坷。在「文章四友」裡，這個人就是杜審言。

在「四友」中，他的官當得最小。武則天最欣賞杜審言的時候，也不過短時間內任他為著作佐郎，應是從六品上，其餘多數時間職位都在七品下。他也是遭際相對最坎坷的一個，曾經被流峰州，在今天越南境內，險些趕上難弟沈佺期了。

但在文學上，杜審言是成就最大的一個，以個性而論也是性格最鮮明的一個。他的主要特點就是一個字：狂。

此君經常自吹自擂，動輒稱：我好牛，我真厲害，我簡直太了不得了！

有一件事廣為流傳。蘇味道在吏部擔任負責人時，杜審言參試判狀。蘇味道是上級，又極有文名的，哪知杜審言出場後突然精神抖擻地放出一句話來：「蘇味道必死！」

旁人嚇壞了，以為他要爆什麼猛料，忙詢問何故。杜審言得意洋洋地說：「蘇味道見到我寫的判狀水平這麼高，肯定會羞愧而死的！」

杜審言還放過這樣的狂言：「吾文章當得屈、宋作衙官，吾筆當得王羲之北面。」衙官這裡是指打下手，北面便是指臣服。他是自稱文章厲害，屈原、宋玉都只能來給打下手；自己的書法無敵，王羲之都要下拜叫大哥。

一個人狂一陣子容易，難的是狂一輩子，杜審言就狂了一輩子。他臨終去世時，朋友們去探望，都是一群詩人、名士，其中不乏宋之問這樣的大家。杜審言睜著眼睛把每個人看了一遍，忽然說：「承認吧，你們。」

朋友們問承認什麼啊？杜審言說：「吾在，久壓公等……」意思是我太有才了，我的存在老是讓你們出不了頭。如今我快死了，你們終於可以出頭了吧。估計在場的宋之問等也只好瞠目結舌，難以作答。

狂，卻也有狂的理由。杜審言為人雖然矜誕[2]，但在詩歌上卻有卓絕造詣，成就遠在齊名的蘇味道、李嶠、崔融之上。

比如這一首詩〈和晉陵陸丞早春遊望〉[3]：

獨有宦遊人，偏驚物候新。

雲霞出海曙，梅柳渡江春。
淑氣催黃鳥，晴光轉綠蘋。
忽聞歌古調，歸思欲沾巾。

這是朋友寫了詩後杜審言所作的和詩。

第一句「獨有宦遊人」，貌似平平無奇，很多好詩的第一句都是平平無奇的。「宦遊人」指離家做官的人，是整首詩的主語，也是體驗的主體、觀察的主體。

這個宦遊之人感受到了什麼呢？是「偏驚物候新」。這個人漂泊在外，對季節的更替，對景物的變化，對時光的流轉，十分敏感。

第一句普通，到這一句立刻就不普通了，用了一個很妙的字：驚——驚奇，驚訝。

這時懸念已然產生：詩裡的人他在驚什麼呢？那便是「雲霞出海曙，梅柳渡江春」。海上生出的雲霞，伴隨著晨光臨照；遙望江的對岸，梅柳生機勃勃，蒙上了一層新綠，好像是春天洩漏過去了。

「梅柳渡江春」，梅和柳怎麼會渡江呢？其實是春天已經渡過江了。這一筆可謂靈動至極，別人最多寫出春光燦爛，杜審言卻寫出了春光亂竄。

「淑氣催黃鳥，晴光轉綠」，春風和煦，催醒了飛鳥；陽光灑落，葉轉為翠綠。詩人在這一句已經悄悄引入了聲音，彷彿朱自清〈春〉中說的，鳥鳴跟清風流水應和著。並且又引入了光影的轉換，使葉綠得發亮，整個水面都在陽光下明麗起來。

然後有人唱歌了，「忽聞歌古調」，歌聲傳入了主人公的耳輪與心間。又是一年春至，又是一年的獨自漂泊，在異鄉追逐功名，奔忙生計，什麼時候是歸期？於是主人公便抑制不住地「歸思欲沾巾」，濕潤了眼眶。

散文〈春〉有七百多字，而杜審言這首詩不過四十個字，但渲染春光絕不更弱，意蘊也絕不稍減。

杜審言這首詩，不光是在寫景美麗，還有另一大貢獻：它已經是相當成熟的五言律詩了。明代的胡應麟甚至認為這是初唐五言律詩第一。

這便是杜審言的另外一大功勳，他是律詩的奠定者和催熟者之一。杜甫稱他「冠古」，便包括了這一份開創之功。

杜審言、宋之問、沈佺期這幾個人，為人或矜誕，或浮陋，生前身後都是受到了不少奚落和譏刺的。但在文藝上，他們共同完成了一項事業，就是完成了律詩的定型，也由此共同贏得了一個頭銜——「律詩之祖」。

律詩，這一個中國古典詩歌的大宗派，從南朝沈約等完善聲律時肇建，經過了一個半世紀的摸索，無數命世才傑為之努力，終於宣佈創制完成。

等於是一個汽車工廠，一百多年前有人提出了基礎的理念，畫了圖紙，但還並不會造車。偶爾有人叮叮噹噹地造了幾臺概念車，卻也跑不快，拋錨斷軸，總有故障。

直到了宋之問、沈佺期、杜審言這幾個大匠人的手上，終於開始造出「律詩」的量產車了，一上市，就憑借著美觀的外形、卓越的性能，征服了廣大使用者。

而又數十年後，大唐會誕生一個超級車間——杜甫，之前所有的這些概念車、量產車都會到他的手上完善，煥發更大的光彩，當然這是後話了。

話說，那一天，春風拂面，杜審言正在京城漫步，忽有所感，寫下了一首詩，叫作〈春日京中有懷〉。

它生機勃勃，彷彿是一位目中充滿了希冀的祖輩，對唐詩這個少年美好前景的贈言：

今年遊寓獨遊秦，愁思看春不當春。
上林苑裡花徒發，細柳營前葉漫新。
公子南橋應盡興，將軍西第幾留賓。
寄語洛城風日道，明年春色倍還人。

註釋

1 宋之問《祭杜學士審言文》：「王也才參卿於西陜，楊也終遠宰於東吳，盧則哀其棲山而臥疾，駱則不能保族而全軀：由運然也，莫以福壽自衛；將神忌也，不得華實斯俱。」「四傑」坎坷不遇當時已是公論。

2 杜審言矜誕，早有評語。《新唐書》列傳第一百二十六：「其矜誕類此。」

3 一作韋應物詩。

我叫王梵志

世無百年人，強作千年調。
打鐵作門限，鬼見拍手笑。
——王梵志

一

一九〇〇年六月，距今一百二十多年前，敦煌藏經石室被打開。就像藏有絕世武功秘笈的暗室被開啟了一樣，無數珍貴的文獻重見天日，其中包括大量的唐代詩歌寫本，經整理統計，有詩四千首以上。

這其中不乏鼎鼎大名的詩人的作品，包括劉希夷、陳子昂、孟浩然、王昌齡、李白、高適、常建、岑參、白居易，等等。有許多的發現都彌足珍貴，比如韋庄的長篇敘事詩〈秦婦吟〉，描寫唐末黃巢起事時大亂的局面，這是亡佚了千年的名作，從宋代起就不可見了，直至在敦煌被發現，世人才目睹了這首詩的真容。

在這諸多如雷貫耳的大名裡，有一個唐朝詩人，在其中顯得非常特別。

他的作品不在《全唐詩》收錄之列。清代編纂《全唐詩》時，搜羅了唐代四萬八千多首作品，涉及二千二百多位詩人，也沒算上他一個。尤其元、明、清三代，幾乎完全把他遺忘了。[1]然而他在敦煌卻顯得格外突出。藏經洞裡足足有他的唐代詩歌抄本三十三種，涉及至少三百多首詩。

有如此大量的作品寫本出現在遙遠的敦煌，說明什麼？大概只能說明這位非主流的詩人在唐時就有很大的影響力，他的作品已然走紅，被人廣泛傳抄，從中原擴散向河西，來到敦煌，並且被人珍而重之地和諸多經卷、典籍一起，存放於藏經洞中。[2]

好比今天的電影界，有這麼一位導演，走紅毯沒有他，領大獎沒有他，和明星談戀愛沒有他，後來人編《世界著名導演名錄》也不帶他玩。然而他的作品卻受到普羅大眾的歡迎，窯洞裡，土炕上，篝火旁，大家都圍坐著看他的電影。

這位際遇獨特的文藝家、不算詩人的詩人，叫作王梵志。

而他的詩，則是不同於「四傑」、「沈宋」的另一大詩歌門派，這個門派歷史悠久，一直到今天也很有生命力。倘若以偏概全不規範地稱呼的話，不妨稱它作：

打油詩。

二

在一些記載上，王梵志有著傳奇的出生經歷，比之哪吒也不遑多讓。

他是被父親從樹上抱出來的。根據一部唐代的書《桂苑叢談》，他是衛州黎陽人，家裡有一棵林檎樹，不知何故忽然長了個大瘤子。三年後瘤子乾癟了，裡面有個小孩，就是王梵志。

據說他被收養之後，到了七歲才能說話，一開口就很驚人，問：「誰人育我，復何姓名？」父親如實告訴了他，並且由於他「因林木而生」，所以名字裡用了一個「梵」字。後來王梵志經常寫詩，諷刺世道，也被說成是因為菩薩的示化。

這當然是傳說而已。今天一般認為王梵志是唐初河南一個底層的農民，早年應該家境不錯，否則也不可能受教育，讀書識字。但後來應是長期從事農耕，還做過幫工，生活比較困苦，衣食都成了問題。

這種貧困、拮据，從他的不少詩裡能看出來：

我昔未生時，冥冥無所知。
天公強生我，生我復何為？
無衣使我寒，無食使我饑。
還你天公我，還我未生時。

——〈道情詩〉

詩裡，他質問老天爺：當初我降生在這個世上，又不是自己要求的。你既然讓我出生，怎麼又使我這麼困苦，沒吃沒穿，挨餓受凍？快別折騰我了，讓我回到未生之前吧！

他應該也娶了妻，但似乎運氣也不好，老婆好吃懶做，讓「家中漸漸貧」：

家中漸漸貧，良由慵懶婦。
長頭愛床坐，飽吃沒娑肚。
頻年勤生兒，不肯收家具。
飲酒五夫敵，不解縫衫褲。

這位太太是個「慵懶婦」，王梵志抱怨說她喜歡閒坐，不肯做事，然而「飲酒五夫敵」，非常能喝，讓人忍俊不禁。

孩子似乎也不爭氣。從詩裡看，他貌似有五個孩子，但也都不大孝順，說孩子是「忤逆子」：

父母是冤家，生一忤逆子。
養大長成人，元來不得使。
身役不肯料，逃走離家裡。
阿耶替役身，阿孃氣病死。
腹中懷惡來，自生殺人子。

當然，這些詩裡說的妻子和孩子，是他自己的嗎？有多少是他本人的遭遇，又有多少是他旁觀的人生百態和發揮？我們已很難區分了。但總之，王梵志品嘗了不少底層的艱辛是確鑿無疑。到晚年他已經十分潦倒，乾脆皈依了佛教，去過化緣乞食的行腳生涯。

作為民間詩人，王梵志的創作，一大主題就是道德勸誡，所謂「教你做人」。

他宣揚戒賭戒色，兄弟之間要和睦，父母不要寵溺孩子，行事要講長幼尊卑的禮儀，有錢要捨得花，等等。

比如勸人花錢，不要太吝嗇：「有錢但著用，莫作千年調。」說對人要知恩圖報：「得他一束絹，還他一束羅。」

他還常常喜歡闡述「看透了」的思想：「有酒但當飲，立即相看老。匆匆信因緣，終歸有一到。」

還有一些佛教中的因果輪迴的思想：「前果作因緣，今身都不記。今也受苦惱，未來當富貴。」

倘若都是這樣的村俗說教，在文學上便實在沒有什麼高明之處。這樣的勸誡順口溜，今天許許多多的民間人士都作得出，我們也沒必要在王勃與沈宋之後、陳子昂之前專門來介紹這位老先生的詩作了。

除了以上這些「教你做人」的詩，他還有一些過人之處。

三

王梵志之所以與眾不同，一大原因就是他在「講道理」、勸誡諷喻的時候，真的觸及了社會現實。

對於怎麼鑑賞詩歌，一些讀者往往有種誤解，以為「講道理」是高明的。事實上所謂生死無常、安貧樂道之類的「大道理」並不高明，真正高明的是生活。

比如王梵志這一首〈貧窮田舍漢〉，大家不要覺得長，這首詩非常通俗易懂，不妨好好讀一遍：

貧窮田舍漢，庵子極孤淒。
兩窮前身種，今世作夫妻。
婦即客舂擣，夫即客扶犁。
黃昏到家裡，無米復無柴。
男女空餓肚，猶似一食齋。
里正追庸調，村頭共相催。
幞頭巾子露，衫開肚皮開。
體上無褌褲，足下復無鞋。
醜婦來惡罵，啾唧搦頭灰。
里正被腳蹴，村頭被拳搓。

驅將見明府，打脊趁回來。
租調無處出，還須里正陪。
門前見債主，入戶見貧妻。
舍漏兒啼哭，重重逢苦災。
如此硬窮漢，村村一兩枚。

這一首詩，簡直活畫出了初唐農村裡一對困苦夫妻的生活，男女兩人的性格、面貌，以及他們的貧困、窘迫，都躍然紙上。

這首詩裡有一對主人公，男女兩個，漢是「窮漢」，婦是「醜婦」，似乎脾氣性格都很惡劣。兩人倒不是不肯勞動，還是很勤快的。「婦即客舂擣，夫即客扶犁」，一個舂米擣糧，一個扶犁耕田，然而忙碌下來的結果仍然是「無米復無柴」，窘迫到極處。

村裡的里正、村頭來追收庸調了，要催捐催租，交不出來怎麼辦？這對夫婦便擺出無賴姿勢，衣衫不整，肚皮敞開，要錢沒有，要命一條。女主人還上來惡罵，乃至於雙方廝打起來，里正、村頭被腳踢拳打。

可是刁民又哪裡硬得過官府？遂被抓去，「打脊趁回來」，一身傷痛，回家見到「債主」堵門，又看到窘迫的妻子，孩子在漏雨的屋子裡哭，這樣的生活如何繼續？

你看王梵志這詩筆寫來，既是悲劇，又是鬧劇。一對小民，被生活搞得體無完膚。他們因為困苦，所以暴躁；又因為暴躁，更加窘迫。所謂的大唐「盛世」快來了，然而王梵志告訴你，這些小民仍然很苦，沒吃沒喝；而且與此同時里正也很苦，基層工作也難做。成年人苦，孩子也苦，苦仍然是底層人逃不脫的宿命。

更厲害的是結尾處，王梵志詩筆一蕩，「如此硬窮漢，村村一兩枚」，就是說每個村都有這樣的人物，都有這樣的家庭，都在上演這樣的故事。

這樣的詩，完全就是好詩，是好的文藝。

看了「硬窮漢」的生活，再來對比一下，看王梵志描寫當時的富戶：

富饒田舍兒，論情實好事。
廣種如屯田，宅舍青煙起。
槽上飼肥馬，仍更買奴婢。
牛羊共成群，滿圈豢肥子。
窖內多埋谷，尋常願米貴。
里正追役來，坐著南廳裡。
廣設好飲食，多酒勸且醉。
追車即與車，須馬即與使。
須錢便與錢，和市亦不避。
索面驢馱送，續後更有雉。
官人應須物，當家皆具備。
縣官與恩澤，曹司一家事。
縱有重差科，有錢不怕你。

在這首詩裡，前半部分描寫了「富饒田舍兒」的奢侈生活，家畜成群，更買奴婢，而且因為糧食囤積太多，希望米價貴。

後半部分則寫官紳勾結的現狀，上至縣官，下至里正，無不被打點周至。「廣設好飲食，多酒勸且醉」，好吃好喝招待不在話下，並且「追車即與車，須馬即與使」，要什麼有什麼，甚至要麵就用驢馱送，還送野味，要錢亦是不在話下。關係到了位，法定的責任也可以規避和不履行了，反正是「有錢不怕你」。

這和前詩的「男女空餓肚」、「舍漏兒啼哭」、「打脊趁回來」是多麼鮮明的對比！王梵志寫詩不但有現實感，還有一股正義感，諷刺起當時的官吏和司法來也非常辛辣：

斷榆翻作柳，判鬼卻為人。
天子抱冤屈，他揚陌上塵。

官斷一張嘴，能把榆樹說成柳樹，能夠把鬼判成是人。

官喜律即喜，官嗔律即嗔。
總由官斷法，何須法斷人。

法律跟著長官的意志走，可以隨便被扭曲，官喜律喜，官嗔律嗔，所以律令成為具文。

他諷刺世態人情，也極生動，比如形容一些婦人的勢利眼：

吾富有錢時，婦兒看我好。
吾若脫衣裳，與吾疊袍褋。
吾出經求去，送吾即上道。
將錢入舍來，見吾滿面笑。
繞吾白鴿旋，恰似鸚鵡鳥。

有錢的時候，婦人就來獻殷勤。「繞吾白鴿旋，恰似鸚鵡鳥」，像鳥兒一樣繞著自己打轉，十分生動。相比之下，李白也有類似的抱怨之辭，說「會稽愚婦輕買臣」，但措辭顯然不如王梵志的更通俗，更能迎合民間口味。

四

再說幽默，王梵志之流行，還因為他有一種詼諧的氣質。

在談生死話題的時候，他的詩往往是陰森的、暗黑的，總喜歡談索命人、桃木棒、牛頭鬼、陰間冥界等，拿來唬人。但在暗黑之餘，他又往往有一種幽默滑稽感：

縱使千乘君，終齊一個死。
縱令萬品食，終同一種屎。

還有：

你道生時樂，吾道死時好。
死即長夜眠，生即緣長道。
生時愁衣食，死鬼無釜灶。
願作掣撥鬼，入家偷吃飽。

人活著的時候還要愁穿衣吃飯，死了做鬼才爽，廚房都不用了，去人家家裡偷吃一個飽。

在幽默感之外，王梵志還有一種混不吝的氣質：

我家在河側，結隊守先阿。
院側狐狸窟，門前烏鵲窠。
聞鶯便下種，聽雁即收禾。
悶遣奴吹笛，閒令婢唱歌。
男即教誦賦，女即學調梭。
寄語天公道，寧能奈我何？

這首詩固然把田園生活描寫得很動人，「聞鶯便下種，聽雁即收禾」，但在結尾又忽然開始混不吝：「寄語天公道，寧能奈我何？」——老天爺能把我怎麼樣呢？

作者那麼喜歡說輪迴報應，但一方面好像又並不敬天信命，經常問老天：「寧能奈我何？」誰能奈我何？

王梵志還有一大特點，就是不但通達、通透，有一種看透生死、愛憎、得失的態度，關鍵的是能用最巧妙的辦法把它表達出來。

說幾句「人生無常」、「安貧樂道」並不難，俗手也能做到。真正的能力，是用詩的方式把它高度地抽象，變成神奇的意象：

城外土饅頭，餡草在城裡。
一人吃一個，莫嫌沒滋味。

世無百年人，強作千年調。
打鐵作門限，鬼見拍手笑。

把墳丘比成「土饅頭」，這是奇思異想的發明，後來宋朝的范成大說：「縱有千年鐵門檻，終須一個土饅頭」，就是從王梵志這裡化出來的。

「人難免生老病死」，這個道理人人能說。然而能因此造出「鐵門限」、「土饅頭」來，就是藝術。

在唐代，王梵志影響了許多詩人，不少「主流」大家都模仿過他。王維便模仿他的風格寫詩，還特意注云「梵志體」。著名的詩僧寒山、拾得，事實上也是受了王梵志的衣缽。他的影響力甚至還遠渡重洋，到達日本。

宋代之後，王梵志漸漸被遺忘了，但其影響力卻一直堅韌地存在著。今天翻開《紅樓夢》，處處能見到王梵志的身影。小說中，賈府的家廟叫「鐵檻寺」，旁邊有一個發生了許多故事的尼姑庵，叫「饅頭庵」，這歸根結底都是從他詩中的「鐵門限」、「土饅頭」裡化出來的。

還有《紅樓夢》裡跛足道人唱的那首著名的〈好了歌〉，也一聽即是王梵志的傳承：

世人都曉神仙好，惟有功名忘不了！
古今將相在何方？荒塚一堆草沒了。
世人都曉神仙好，只有金銀忘不了！
終朝只恨聚無多，及到多時眼閉了。
世人都曉神仙好，只有姣妻忘不了！
君生日日說恩情，君死又隨人去了。
世人都曉神仙好，只有兒孫忘不了！
癡心父母古來多，孝順兒孫誰見了？

後來，王梵志還被賦予了新的意義，成了文學革命的招牌之一。胡適當年宣導白話文，想找些古人做白話詩的佐證，但不管選哪一位，劉邦也好，陶淵明也好，還是唐代的王績也好，都略顯勉強。直到發現王梵志，胡適欣喜不已，如獲至寶，因為這才是真真正正的白話詩人。

「王梵志性格」精神也一直延續著，從來沒有中斷過。我們永遠需要這種看破、放下、無所謂的精神做調劑。

今人所流行的用以表示自嘲、自我調侃的生活姿態，所謂躺平、涼涼、皮一下……事實上並不新鮮，無一不能在王梵志那裡找得到源頭。中國人的性格其實就是幾位詩人的雜糅，有一點李白，有一點杜甫，有一點陶淵明，有一點王維；除此之外，還多多少少有一點王梵志。

王梵志生前，大概預料不到自己會那麼紅，當然也更料不到自己又一度被人淡忘了數百年，直到後來才重見天日。

當然了，即便泉下有知，他應該也不會計較的，這個人太懂得知足常樂了。就像他那首詩所寫的一樣：

他人騎大馬，我獨跨驢子。
回顧擔柴漢，心下較些子。

註釋

1 施蟄存《唐詩百話》：「《舊唐書．經籍志》和《新唐書．藝文志》都不收錄王梵志的詩集。……《宋史．藝文志》有王梵志詩集一卷……以後，元、明、清三朝，沒有人提起過王梵志。」

2 施蟄存《唐詩百話》：「在一個偏僻邊遠的敦煌石室中，就有許多王梵志詩寫本，而且其中有小學生習字本，這就反映著王梵志詩在唐宋時代曾廣泛流行過。」

稱量天下才

紙上香多蠹不成，
昭容題處猶分明，
令人惆悵難為情。
——呂溫

一

我們講了許多的詩人，都是男性。接下來要登場的是一位女性：上官婉兒。

沈佺期、宋之問、杜審言等之前都已出場，等於初唐詩壇的優秀選手代表出場了。接下來，該輪到裁判組的代表了。

而且是一位能自己下場踢球的裁判。

要開啟上官婉兒這個話題，且讓我們從一個特定的時間——西元八世紀初說起。更具體一點地說，是西元七〇〇年到七一〇年前後。

這個時代，大唐詩壇出現了一個狀況，沒有了領袖。

或許有人問，怎麼會沒有領袖呢？之前你不是講過許多大詩人嗎？有「四傑」，有「沈宋」，還有所謂「蘇李」，即宰相詩人蘇味道、李嶠，這其中難道就沒有堪為旗手、領袖的嗎？

還真沒有。不妨來數一數：

上一代的老天王上官儀，殞命於六六四年，早已成為過往。

新興組合「沈宋」，也就是宋之問、沈佺期，還包括杜審言等，專業水準倒是很高，然而在朝中的地位身分都比較低，還都遭過慘痛貶逐，用今天流行話說就是「水逆」，一個個要麼氣喪心沮，要麼名聲不佳，都不堪領袖大任。

高官組合「蘇李」，雖然也能寫詩，但是也都阿附「二張」，風評不好。蘇味道也去世得比較早。

初唐「四傑」，江湖地位雖高，但社會身分比宋之問等只有更低，而且也都早逝了，沒有一個活到八世紀的。

還有一個人物叫張說，是個文壇帥才、未來之星，但此時此刻還是中宗朝，張說的江湖地位和威信還不足夠重。他來執掌文壇，主要是後來景雲、開元年間的事。

也就是說，這一段時期，青黃不接，有才者無位，有位者無為，詩壇領袖出現空窗。

當年，太宗李世民曾經一手創立了文學俱樂部——弘文館，打算弘揚文學，然而到了七〇五年前後，俱樂部已然是漸漸寂寥。詩人們死的死、流放的流放，去廣州的，奔越南的，誰還來寫詩呢？中宗李顯自己又不大會寫！

就在這個歷史時刻，有一個女子飄然站了出來，對中宗李顯說：「陛下，文學一道，不能荒廢。」偉大的時代，怎麼能沒有傑出的文藝？「咱們的文學俱樂部，應該好好搞起來了！」

中宗看著面前這女子，忐忑地問：

「婕妤[1]啊，搞起來容易，但是朕不會寫怎麼辦？」對方說：「我幫你寫啊！」「好！」中宗一拍大腿，就這麼辦。

這個向他建言的人，就是當時的宮中婕妤、國之文膽——上官婉兒。

當時這個文學俱樂部已經改名「修文館」[2]。在婉兒的大力建議和宣導下，俱樂部又轟轟烈烈地搞起來了。中宗也很支持，給編制、給待遇，為了提高修文館的地位，中宗讓宰相來兼修文館的大學士，大大擢升了俱樂部的規格；又命令宋之問、沈佺期、杜審言、閻朝隱這些被流貶了的詩人：都來吧，一個個都別臊眉耷眼的啦，都來做直學士，給朕寫詩，發揮你們的用武之地吧！

從此，中宗一朝，詩歌創作重新走向高潮。唐中宗效仿他爺爺唐太宗的做法，帶著俱樂部成員們到處遊玩、作詩，經常是他寫第一句，讓學士們聯句，反正有上官婉兒給他捉刀，不怕這第一句憋不出。

大家的詩寫出來之後，則交給上官婉兒評判，定其甲乙，連沈、宋這樣的巨擘都要聽她裁判。

這是繁榮文學的巨大貢獻。在一個缺乏領袖的年代，上官婉兒成為了事實上的宰執，充當了詩壇火爆的推手。[3]

當時人就說婉兒的功勞是：

> 幽求英雋，鬱興辭藻……二十年間，野無遺逸，此其力也。

而她評判詩人的經歷，也被當時人概括為了五個字：稱量天下才。

二

上官婉兒這位傳奇女性，生於西元六六四年，也就是唐高宗麟德元年。著名的高僧玄奘大師便是這一年去世的。

「麟德」是剛改的年號，因為據說在河東絳州和長安大明宮含元殿出現了麒麟，這是祥瑞，所以改元。唐高宗是很喜歡改年號的，先後用了十四個年號，跟我們今天上網隨手換簽名檔一樣任性。順便說一下，比唐高宗更喜歡改年號的是他的老婆武則天，用了十七個年號。

上官婉兒本是含著金湯匙降生的。她的祖父上官儀是當朝宰相，也是詩壇領袖，本該有一個富足順遂的人生。

她的出生也帶著神話色彩。她的母親鄭氏懷孕時，據說曾經夢見一個巨人，授予其一柄大秤，說：你的孩子將會稱量天下。[4]母親便以為自己多半會生個兒子，不然如何在那個時代「稱量天下」呢？誰想孩子誕下，卻是個女嬰。

於是「聞者嗤其無效」，大家都搖頭說：看來夢這個東西，不準。

就在婉兒出生的那一年年底，慘變發生了。當時，武則天和唐高宗展開了權爭，上官儀因為充當先鋒，幫助高宗起草廢后詔書，被武則天記恨，隨即被誣謀反，下獄處死，株連親族。婉兒的父親上官庭芝等親屬也一起被殺害。

上官婉兒尚在襁褓之中，躲過一死，和母親鄭氏一起被配入掖庭為奴，也就是在深宮之中做奴隸，從事體力勞動。

等待著婉兒的，本來注定是悲慘命運。不妨對比一下武則天另一個生死仇敵蕭淑妃後人的下場。蕭淑妃死後，兩個女兒義陽公主、宣城公主就被長年幽囚在掖庭，景況十分淒涼，一直到很大年齡還沒出嫁，《新唐書》等甚至說兩個姑娘四十歲還沒嫁，這在當時是驚世駭俗的。[5]當時的太子李弘意外地發現了這事後，大為震驚，上書求懇，才使這兩個姊妹得以出嫁，為此還惹得武則天不悅。

兩位公主原是金枝玉葉、皇帝的女兒，一旦結怨於武則天，尚且落得如此境遇，上官婉兒的命運可想而知。

然而，上官婉兒的母親鄭氏卻實在是一位非凡的人。

在那種絕望的情況下，她堅持讓婉兒做一件事，那就是讀書。並且她很有可能還悄悄對婉兒做了一些政治能力的培養和訓練。婉兒也十分聰慧，勤奮好學，加之祖上的文學基因，小小年紀就能寫十分出色的文章。

上官婉兒的才華逐漸傳到了武則天的耳朵裡。西元六七七年，已經成為「天后」的武則天饒有興致地召見了這位才十四歲的「罪臣後人」，當場出題考試，令其作文。上官婉兒文不加點，一揮而就。武則天閱後大悅，上官儀這老鬼，怎麼生了這麼個伶俐孫女，小姑娘這麼會寫，就別在掖庭洗衣服拖地了，到我身邊來寫吧。

於是婉兒被免去了奴婢的身分，調到武則天身邊從事文書工作，還被封為才人。[6]

歷史真是比戲劇還要戲劇。上官婉兒的人生就此出現大轉折，居然到了滅族仇人武則天的身邊工作。

漸漸地，武則天一步步走上權力巔峰，直到登基為帝。上官婉兒也成為武則天的重要秘書和助手，參與起草詔文、批閱奏章。百官的奏章許多都是婉兒參決的。這使得她成為了一個炙手可熱的人物。

武則天退位後，中宗李顯上臺，仍然倚重上官婉兒，使她的地位更加顯赫，不但繼續掌管文翰，甚至「軍國謀猷，殺生大柄，多其所決」，也就是說許多國家大事都是她參謀決斷的，實際上成為了「內宰相」。

這樣一個特殊的角色，唐朝從建立以來還沒出現過。此前，在宮中搞文書的大筆桿子都是男子，往往還是知名的大文士和詩人。

《舊唐書》裡曾經開列了一個初唐時代的「寫作天團」的名單：

> 武德、貞觀時，有溫大雅、魏徵、李百藥、岑文本、許敬宗、褚遂良。
>
> 永徽後，有許敬宗、上官儀，皆召入禁中驅使。
>
> 乾封中，劉懿之劉禕之兄弟、周思茂、元萬頃、范履冰，皆以文詞召入待詔。
>
> 天后時，蘇味道、韋承慶，皆待詔禁中。

這裡面提到的魏徵、李百藥、許敬宗、上官儀、蘇味道等等，都是初唐時的重要詩人、文士。以他們的才學，被召進中央當文膽是順理成章。

然而接下來，到了上官婉兒的時代，《舊唐書》卻只留下一句話：

中宗時，上官昭容[7]獨當書詔之任。

整整一個時代的書詔重任，此刻居然由這個女子一力獨擔。「獨當」二字，真是寫盡了天資，佔盡了風流，也掩盡了有唐近百年來無數文詞待詔、北門學士的光彩。從這字裡行間，甚至都能讀出《舊唐書》的編撰者此時對於上官昭容的欽佩和服膺。

事實上，婉兒這個「內宰相」的能力、才華，也得到了「真宰相」的尊重。在睿宗、玄宗朝三次拜相的張說，就曾經用上官婉兒來對比歷史上的傳奇女子，說她是「兩朝兼美，一日萬機，顧問不遺，應接如響」。

上官婉兒曾寫詩自謙，說自愧不如漢代的班婕妤、晉代的左棻這兩大才女。[8]但張說卻說，倘若拿班、左這兩人對比，婉兒不但文學上不輸給她們，在政治上的建樹還要超過。這是一位「真宰相」對一位「內宰相」的推崇。

三

然而，在那樣一個時代和環境裡，光有才幹和詞藻是遠遠不行的。很簡單的例子，上官儀也有才幹和詞藻，卻遭滅族之禍。

凶險莫測的宮廷環境，以及慘痛的家族史，都讓上官婉兒養成另一種超強的能力，概括起來就是四個字：

求生能力。

我們完全有理由相信，祖輩和父輩血淋淋的教訓，一直在警醒著她：爺爺上官儀，那麼大一個宰相，就是一力慫恿高宗廢后，絕了自己後路，以致滅族的。

絕不能把雞蛋都裝在一個籃子裡，絕不能只押寶一方。不能再重複我祖上的悲劇，須得要左右逢源，始終給自己留後路。

上官婉兒的政治生涯，基本就是按照這條綱領來走的。

高處不勝寒。從高宗朝的儀鳳年間，到睿宗朝的景雲年間，三十多年中，對最高權力的角逐幾乎白熱化，殘酷的宮廷角力、流血政變不斷發生，各種明槍暗箭不計其數。但凡是廁身其中的玩家，沒有幾人能把這三十年打通關的。可上官婉兒似乎每次都能改換門庭，始終在核心圈子裡做玩家。

不妨來看一下她的生存能力。

西元七〇五年「神龍政變」發生，武則天遭逼宮下臺，「二張」被殺，中宗李顯即位。按理說，上官婉兒作為武則天的貼身親信，多半不會有好下場。

然而她卻平穩過關，繼續做「內宰相」，不僅如此，政治地位反進一步提升了。她先是從五品的才人被拜為正三品的婕妤，由之前名義上高宗的嬪妃變成了中宗的嬪妃；然後又被封為正二品的昭容。

「二張」死，婉兒存，還越活越好了，這不能不說是一種生存能力的體現。倘若要猜測的話，有可能她已經提前佈了局，先暗中投靠、結好了李顯。

上官婉兒似乎還和當時的幾大權力山頭都有聯結，對他們都了下注。她先後和張昌宗、武三思、韋皇后、太平公主等都有勾連。甚至，連她的愛情也像是一種押注的方式。

武則天在位的時候，寵幸張昌宗。婉兒據說便與張昌宗有私。兒時看電視劇《武則天》，特別記得這樣一幕：婉兒和張昌宗眉來眼去，武則天勃然大怒，擲東西打傷了婉兒的臉。婉兒便把傷口紋成了一朵梅花。事後武則天消了氣，還撫摸著這朵梅花說：我忘了婉兒也是女人。

這段八卦劇情的創意來源，就是婉兒和張昌宗關係的傳聞。後來張昌宗在「神龍政變」中被殺，武三思崛起，一度權傾朝野，婉兒又和武三思交好，也有說法是兩人私通。

當時政壇上還有兩個女強人：大名鼎鼎的韋皇后和太平公主。這對姑嫂，一個是中宗的皇后，一個是中宗的妹妹，卻成為死敵，各樹朋黨，相互謬毀。然而上官婉兒和雙方都關係匪淺。一方面，婉兒貌似和韋皇后攪和到了一起，一度成為了韋皇后的智囊、強援。在一些史料裡，她甚至被描述得像是「韋后、武三思團夥」的幹將。

可是另一方面，上官婉兒又和太平公主走得極近，還把情人崔湜推薦給了太平公主。不知道她是怎麼做到這樣左右逢源的。

如此在刀尖上跳舞，當然也免不了危險，但她似乎也夠命硬，總能扛住。

景龍元年（西元七〇七），太子李重俊不堪韋皇后的逼迫，發動兵變，先殺死了武三思，又入宮搜捕韋皇后、上官婉兒。那是上官婉兒自發跡以來所遇到的最大危機。

結果兵變失敗了，李重俊被害身死。上官婉兒逃過了一劫。她的刀尖之舞，似乎又可以繼續跳下去。

四

景龍三年（西元七〇九），四十五歲的上官婉兒迎來了人生中最高光的時刻。在前一年的十一月，她剛剛由婕妤升為昭容。這就是後世稱她為「上官昭容」的由來。次年正月的晦日，唐詩史上上演了著名的「彩樓之戰」，在昆明池畔，她高居彩樓，品評滿朝才俊的詩作，最後判定宋之問第一。

當年母親鄭氏夢中的情景由此印證了——有朝一日，自己的女兒將手持神賜之秤，稱量天下之才。

可惜，這也是她最後的光彩了。

景龍四年（七一〇），「彩樓之戰」後僅過了一年，中宗暴亡。殘酷的權爭又開始。年輕的臨淄王李隆基發動「唐隆政變」，帶兵入宮，殺韋皇后、安樂公主母女，然後士兵們衝向上官婉兒的居處。

上官婉兒表現得很鎮定，她命令宮女大開門戶，提燈出迎。

此前數十年，她靠著靈活的身段，在一次次動盪中化險為夷。這一次，她也同樣早早地給自己預留了後路。

當李隆基的部屬劉幽求帶兵來到時，上官婉兒向他們出示了一份詔書，那是她給自己留命的關鍵倚仗。這份詔書，是她在中宗暴斃後和太平公主一起擬就的，其中有關鍵的一條：引相王李旦輔政。相王李旦就是李隆基的老爹。

她意欲藉此表示自己和李隆基乃是一頭。

劉幽求向李隆基陳說，有意饒過上官婉兒。然而李隆基不許。年輕的一輩虎狼成長起來了，誓要掃清一切障礙。上官婉兒於是被殺死，當時四十六歲。大唐的一顆明珠終於暗淡了。這最後一關，她沒能闖過去。

婉兒死後，還有後話。

二〇一三年，在「唐隆政變」發生一千三百年後，上官婉兒墓被搶救性發掘。她的墓在咸陽市渭城區北杜鎮鄧村北，距離長安城的遺址大約二十五公里的地方。現場發現了一些骨骼的碎片，一度被認為可能是上官婉兒的遺骨。

有參與發掘的學者發佈了一些照片，並激動地寫下了一句話：站在墓穴裡凝望上官婉兒的骨骼，渾身發抖，激動。想蹲下去撫摸一下，又作罷了。這種悸動的感覺，正像後來她的粉絲、中唐詩人呂溫所說的一樣：

昭容題處猶分明，令人惆悵難為情。

然而經過鑑定，讓人失望，那些零碎的骨骼不過是牛骨。並且她的墓疑似被人大規模地毀壞過，墓中沒有發現棺槨，真正的上官婉兒已經尋覓無蹤。

也許這個女子注定了要永遠被傳奇的光環籠罩，了無痕跡，不給後人再多憑依。墓中發現的最有價值的文物，就是上官婉兒的墓誌，其中有一段記載，耐人尋味：

太平公主哀傷，賚贈絹五百匹，遣使吊祭，詞旨綢繆。

也就是說，在政治生涯的最後階段，她真正的盟友原來是太平公主。當婉兒在流血政變中殞命之後，太平公主表達了哀傷之情，還憑藉自己的影響力，悖逆了李隆基一系的意願，讓上官婉兒仍然得以高規格入葬，在墓誌中依然被尊為「上官昭容」。然而短短三年後，李隆基又發動政變，殺死了太平公主，鏟平了太平公主丈夫武攸暨的墳墓。上官婉兒再也無法受到庇護了，於是對她的評價又從「上官昭容」變成了「奸佞」，墳墓應該是此時被毀壞，乃至棺槨無存。

我們今天讀關於上官婉兒的史料，會發現她總被劃為韋皇后一黨，稱其混亂朝綱，並且還雜有大量似乎是刻意提及的關於她私生活放蕩的記錄，比如說她私通張昌宗、武三思，並且擁有外宅，情人眾多，等等。

完全存在這樣一種可能，這些紀錄裡摻雜了大量李隆基及其派系的意志。歷史總是由勝利者書寫的。而上官婉兒既然死於其手，當然就必須是奸佞。把她和已經被剷除的韋皇后捆綁起來，打包成一個「韋、武、上官團夥」，是古代歷史表達中一種並不鮮見的操作。

至於用私生活來詆毀女子，本來就是史書中的常事。只要不是最終的、完全的勝利者，沒有哪一人可以逃過。武則天、韋皇后、上官婉兒等莫不如此。

一千多年後，隨著時代的變遷，史書上那些真也好、假也罷的黑點其實不重要了。經常浮現在我心頭的，倒是太平公主對上官婉兒的哀悼之詞。那是一個傳奇女性對同時代另一個傳奇女性的懷念：

瀟湘水斷，宛委山傾。

珠沉圓折，玉碎連城。
甫瞻松檟，靜聽墳塋。
千年萬歲，椒花頌聲。

註釋

1 此時上官婉兒為婕妤，後才為昭容。《資治通鑑》卷二百九：「（景龍二年十一月）以婕妤上官氏為昭容。」

2 修文館的名字幾經更改。《舊唐書‧輿服志》：「武德初（六一八），置修文館，後改為弘文館。後避太子諱，改日昭文館。開元七年（七一九）復為弘文館，隸門下省。」另，《唐六典》卷八：「武德初，置修文館；武德末（六二六），改為弘文館。神龍元年（七〇五），避孝敬皇帝諱，改為昭文。神龍二年（七〇六），又改為修文。」因為這裡是神龍年間的事，所以稱為修文館。

3 王盧生注譯有《大唐才女上官婉兒詩集》。他在文章〈上官婉兒或曾為詩壇領袖〉中引張說《唐昭容上官氏文集序》：「豈惟聖後之好文，亦云奧主之協讚者也。」這裡的「奧主」指上官婉兒，上官婉兒很可能亦是詩壇領袖。

4 婉兒母親作夢的內容，在記載中是逐步被人修改演進的。起初說法是「稱量天下」，似乎是操持權柄。但後來逐漸變為「稱量天下才」，僅僅是文學裁判了。

5《新唐書》列傳第六：「義陽、宣城二公主以母故幽掖廷，四十不嫁，弘聞眙惻，建請下降。」這裡說兩個公主到四十歲還沒嫁，事實上應該是不可能的。因為當時她們的父親高宗也才四十多歲。所以本文中只稱很大年齡還沒出嫁。

6 上官婉兒墓誌：「年十三為才人。」按今天論虛歲是十四。

7《景龍文館記》：「十一月，以婕妤上官氏為昭容。」唐代后妃品級，皇后之下通常有四夫人：貴妃、淑妃、德妃、賢妃；再下有九嬪：昭儀、昭容、昭媛、修儀、修容、修媛、充儀、充容、充媛。昭容為正二品。

8《十月誕辰內殿宴群臣效柏梁體聯句》有上官婉兒句：「遠慚班左愧游陪。」

紙上香多蠹不成

一

開元初年（七一三），在婉兒逝世才三年後，據說李隆基忽然下了一道很特別的命令：收集上官婉兒的詩文。

據記載，這些詩文共編了二十卷集子，可以想像內容十分豐富。

不但編集，根據一些史料的說法，李隆基還大度地提出，找一個能寫的大筆桿子，給婉兒的集子作序。承擔了這項任務的是當時的文豪張說。

這一件事，往往被後人當作美談。世人紛紛說李隆基是「殺其人而憐其才」，好一個政治家，拎得清。

但仔細想來，這個說法其實很有點詭異。

李隆基和上官婉兒是政敵，當時才殺死婉兒還沒多久。

而且在所謂給婉兒編集子的開元初年時，李隆基又剛剛發動了一場殘酷的政變，殺了婉兒的盟友太平公主滿門（僅一個兒子倖免）。不但如此，李隆基還毀了太平公主丈夫武攸暨的墓，連公主已經死了多年的前任丈夫薛紹都被挖出來鞭打。上官婉兒的墓也應是在這一次連帶被毀。

宮廷鬥爭，你死我活，勝利者一定要醜化和污蔑失敗者，絕不允許其有任何正名、翻身的機會，毀墓就是明證。那麼為什麼在這個節骨眼上還給敵人編集子？

在張說受命寫的序言裡，甚至還對上官婉兒大加褒獎。李隆基豈能容忍？有人把這些都解釋為李隆基愛才。這是一個很天真的說法。事實上，我們只要真正用心讀一讀張說留下的序言〈唐昭容上官氏文集序〉，就不難發現真相。序言末尾寫道：

> 鎮國太平公主，道高帝妹，才重天人，昔嘗共游東壁，同宴北渚，倏來忽往，物在人亡。……上聞天子，求椒掖之故事；有命史臣，敘蘭臺之新集。凡若干卷，列之如左。

這段話的意思用白話講就是：太平公主，是上官婉兒的好閨蜜。她心疼婉兒之死，啟奏天子睿宗，給婉兒編了文集。

白紙黑字，清清楚楚。真相就是那麼簡單，是太平公主打的報告，向自己的皇帝哥哥唐睿宗申請給婉兒編的文集。[1]哪有李隆基什麼事？

二

搞清楚了婉兒的詩集到底是誰編的，接著來說一下這二十卷詩集。

這也是一個讓人嘆惋的故事。

上官婉兒不但能評判詩歌，自己也是極有詩才，否則也不可能號稱「女中沈宋」。然而她的二十卷詩集在宋代就已經失傳。[2]今天我們只能讀到她的三十二首遺詩，這不能不說是一件很可惜的事。

即便是這三十二首詩，還並不都是精品，絕大多數都是一些宮廷裡的奉命應酬之作。

這種詩專門有個名字，叫作「應制詩」。大家留意這個名稱，之後我們還會不時提到。它就是奉君王的要求所寫的場面詩、工作詩。每一個在宮廷供職的詩人，都少不得要寫這種詩。這是基本功。之前講的宋之問、沈佺期，後來會說到的李白、王維都免不了要交這種作業。

可想而知，既然是「作業」，就免不了套話連篇，甚至是陳詞濫調。主題也一般就是塗脂抹粉、歌功頌德。

那麼，在這些應制詩裡，還能看出來上官婉兒的才情嗎？答案是能。

我們來看一首〈奉和聖制立春日侍宴內殿出翦彩花應制〉。題目比較長，似乎也很拗口，但讀者不必退縮，我慢慢來講。

景龍二年（七〇八），立春那天，唐中宗在宮中舉辦迎春宴會，邀請文館學士們參加。現場還有一種華麗的裝飾品，叫作彩花樹，應當是用手工剪的彩花裝飾成的樹。大家都以彩花作為題目，現場寫詩交作業。

一場「彩花詩歌大賽」就此正式展開。參加的人員有上官婉兒、宋之問、沈佺期、李嶠等等，可謂高手如雲。

實際上這是一個宮廷保留節目，立春的時候往往都要辦。我們看到至少景龍四年（七一〇）

立春也有彩花樹，也舉辦了類似的「詩歌大賽」。

注意，彩花不好寫，因為它是假花，人剪出來的，沒有生命，沒有芬芳。而作為應制詩，你不能說壞，只能說好，必須對它予以褒揚和讚頌，主題還必須吉祥喜慶，這屬於是要「平地摳餅」，非常考驗才思。

這一天，我覺得宋之問的詩當得第二名：

金閣妝新杏，瓊筵弄綺梅。
人間都未識，天上忽先開。
蝶繞香絲住，蜂憐豔粉回。
今年春色早，應為剪刀催。
——〈奉和立春日侍宴內出剪彩花應制〉

這首詩立意頗為新奇，足可見宋之問作為平地摳餅專業文人的功夫。「人間都未識，天上忽先開」，輕描淡寫而出奇語，明著寫彩花，實際上頌揚了宮廷，乃是天上的宮闕。那麼中宗和韋皇后自然就是玉皇和王母了。

結尾「今年春色早，應為剪刀催」，緊緊扣住了剪彩花主題，寓意也很吉祥，給全詩帶來了一種和煦吉慶之氣，這剪刀裁出的彩花讓春天都早來了，顯得喜慶充盈。

應制詩寫成這樣，應該是很不容易了。如果不是下面上官婉兒的這一首，宋之問該當奪魁的。中宗皇帝很有可能會命令宋之問把彩花戴在頭上，作為嘉獎。[3]

然而上官婉兒的作品，卻還在這一首之上：

密葉因裁吐，新花逐翦舒。
攀條雖不謬，摘蕊詎知虛。
春至由來發，秋還未肯疏。
借問桃將李，相亂欲何如。
——〈奉和聖制立春日侍宴內殿出翦彩花應制〉

這些年裡，宮廷賽詩，似乎還沒有人擊敗過宋之問的。東方虬敗了，沈佺期也敗了。然而這一次上官婉兒親自下場，讓宋之問吃到了人生僅有的幾次敗仗。婉兒的詩，從立意、構思、餘味上，都要壓過宋之問的詩一線。

這就涉及一個問題：如何欣賞一首應制詩？

三

一般來說，評判應制詩的優劣，有三個很簡單的標準：

第一個標準最簡單，措辭要清奇。換句話說，要有高級感。應制詩是特別容易出陳詞和俗套的，什麼飛花碧樹、丹桂飄香、金閣瓊筵、聖藻聖壽、仙掖仙歌、春滿長安、春滿洛陽等等。越是會寫的，就越要避免陳詞和俗套。

來看一個反面的案例。

《紅樓夢》裡，元春貴妃歸省大觀園，家裡的姑娘們也得寫詩交作業，便是作應制詩。賈寶玉的嫂子李紈不太會寫詩，又不能不寫，勉強拼湊了幾句，就不太好。看她的句子：

秀水明山抱復回，風流文采勝蓬萊。

提筆就是「秀水明山」、「風流文采」，都是俗套。「勝蓬萊」又是俗套，實在是比無可比，就只好「勝蓬萊」。用黛玉的一句話說，這樣的詩要一千首也有。

回頭看上官婉兒交的作業，措辭都十分新奇，句句都是說花，但絕無俗套，避開了一切此前所說的飛花碧樹、金殿飄香、天上人間等字樣。

第二個標準，是觀察要細緻。

不會寫作文的人，首先必定有一個特點，就是不會觀察。

同樣舉大觀園裡的糟糕的應制詩作為例子。比如探春的，也不好：

名園築出勢巍巍，奉命何慚學淺微。

精妙一時言不出，果然萬物生光輝。

這就是沒有觀察，沒有去仔細發現、體驗大觀園，所以寫無可寫，只好說「精妙一時言不出」，不是言不出，實在是沒什麼可言的，最後用一句「果然萬物生光輝」糊弄過去。

對比林黛玉的就不一樣：

杏簾招客飲，在望有山莊。
菱荇鵝兒水，桑榆燕子梁。
一畦春韭綠，十里稻花香。
盛世無饑餒，何須耕織忙。

「菱荇鵝兒水，桑榆燕子梁」，景物就活潑細緻，這就是觀察的結果，而李紈、探春就沒有看見這些。

越是好的寫作者，往往觀察愈發細緻，別人眼裡的平凡之物，他卻能看出不一樣的景致來。

比如同樣寫秋天，李白是：

人煙寒橘柚，秋色老梧桐。

這就是細緻的觀察。

溫庭筠則是：

雞聲茅店月，人跡板橋霜。

茅店裡的雞鳴，還有木橋上行人的足跡，都是再常見不過的，誰沒有看見聽見過呢？然而大多數人卻都不經意地忽略了。唯獨溫庭筠細緻地觀察到了，寫成了動人的句子。

再說上官婉兒的詩。她吟詠的物件，是手剪的彩花，你看婉兒筆下的細緻：「新花逐翦舒」，在這裡「翦」就是「剪」，她用一個「逐」字、一個「舒」字，使你看見的彷彿是一張活潑的動圖，寫出了花瓣驚喜誕生的過程。隨著剪刀的寸寸前進，綵帛變成的花朵爭先恐後地舒張開來，工匠的妙手生花，剪刀的無中生有，花瓣的爭先綻放，都寫得很傳神，顯得生機勃勃。

而相比之下，宋之問的詩雖然也好，但仍然缺乏對彩花的細緻的觀察和刻畫，少了一點生動。

評判應制詩的最後一點，就是立意。

同樣都是歌功頌德、塗脂抹粉，但高手下筆，立意總能更加新奇，與眾不同。

婉兒讚頌彩花，極見巧思。她先抓了彩花的兩個特點：一是逼真，二是不會凋謝。

先說彩花的逼真：

攀條雖不謬，摘蕊詎知虛。

「詎」是反問，是「哪裡」的意思。詩句的意思是：不要怪人去攀折枝條，摘下花蕊，因為花太逼真了，他們哪會知道這是假花呢？

這裡用「詎」，比用「怎」之類的字眼更雅致，就是我之前說的高級感。

然後又說彩花能夠持久，不因四季更替而衰敗：

春至由來發，秋還未肯疏。

應制詩裡都要見吉語，就是吉祥話兒。這裡便是吉語，說鮮花不疏不敗，寓意著美好的時光永如今日，長久不敗。

最後，則是一個無比巧妙的提問：

借問桃將李，相亂欲何如。

上官婉兒說：我想問一下桃花和李花，如今這彩花亂入了你們的隊伍，它如此明媚鮮豔，而且永不衰敗，請問你們桃李又待如何呢？

寫彩花，而居然發問桃李，何等的巧思。這一問，顯得驕傲又有趣，靈動又狡黠，撇開俗套何止千里之外。

而一個「亂」字，又不經意地讓人想像彩花和桃李繽紛交錯，爭奇鬥豔，更是巧妙。

最好的應制詩，有時候能寫得超越了應制詩。

上官婉兒這首詩，讀到後來，總覺得餘味無窮，似乎她已經不是在交作業了，而是有所寄託。

彩花是說誰？桃李又是說誰？

這驕傲的、矜貴的、明豔持久的彩花，又是不是她的自況？她作為一介女子，打破常規，獨掌文翰多年，和滿朝的桃李鬥豔，是不是也很像一枝彩花？

面對大唐滿朝的公卿，詩人自己是不是也有底氣問一聲：「借問桃將李，相亂欲何如。」甚至，後人還對上官婉兒這首詩加了許多附會的東西。

有人就言之鑿鑿地說，這是婉兒十四歲巴結武則天的作品，說武則天帶婉兒遊園，婉兒看見園中真花，想像到了假花，寫了這樣一首詩。「借問桃將李，相亂欲何如。」是在給武則天造勢，稱武則天以女兒之身執掌天下，是以彩花而亂桃李，開自古未有的局面。

這種解讀當然是錯的，是後人不了解這首詩的創作過程，才產生了臆想和附會。實際上這首詩作於景龍二年（七〇八），武則天已在三年前死去，早就是過去式了。

然而，這些附會的存在，恰恰說明這首詩寫得好。正是因為它的巧妙、蘊藉、餘味悠長，才給了人們無窮的想像和解讀的空間。

倘若是「風流文采勝蓬萊」，那就沒有什麼人去附會了。

四

遺憾的是，在這些巧妙包裝、精緻加工的應制詩裡，上官婉兒幾乎總是要做一件事——把自己藏起來。

翻遍她留下來的三十二首詩，往往只能看見「歲歲年年常扈蹕，長長久久樂升平」的堂皇場面話，我們幾乎看不出上官婉兒在寫詩那一刻的真正心情，她是愉快、欣悅，還是壓抑、悲傷。她不能在這些詩裡表達自己的心事，就像宋之問、沈佺期們也不能在這些詩裡表達心事一樣。所謂「詩言志」，但在這一類命題作品裡，是沒有「言志」的許可權和空間的，哪怕是高居二品的昭容也不行，只能代君王來言志。

唯獨有一次例外。

在某一個秋天的夜晚，在月華將要落下，而曙色又還沒來臨的時刻，她終於放下了掩飾，把自己的心情留在了一首詩裡：

葉下洞庭初，思君萬里餘。
露濃香被冷，月落錦屏虛。
欲奏江南曲，貪封薊北書。
書中無別意，惟悵久離居。
——〈彩書怨〉

她在不可抑制地思念一個人。「葉下洞庭初，思君萬里餘」，這是來自屈原說的，「裊裊兮秋風，洞庭波兮木葉下」。

體面、從容、篤定，已經成了上官婉兒寫詩的習慣了。所以哪怕在思念最濃烈的時候，她詩的篤定、從容仍然在，咫尺之間，都是從洞庭到薊北的萬里的遼闊。

她思念的那個人，也許是真實的，也許是她虛構的想像。但是那種深宮裡的孤寂，我相信是真的。

她表達情緒的時候依然十分克制，沒有半分類似「蘭閨豔妾動春情」[4]這樣的句子，只用「欲奏」、「貪封」來克制地透露心事而已，但是反而更讓你覺得相思入骨，驚心動魄。

她還說到了一個細節，「露濃香被冷」——被子很冷。

在上官婉兒存世的詩裡，這首詩是唯一一次打開心窗，讓人窺見了心事。她說自己很冷。周圍的一切事物再錦繡、富麗，哪怕是鋪著香被，陳設著華麗的錦屏，也沖抵不了這種寒冷。

說到這首詩，不禁想起一件小事。有一次出差，乘車趕路，隨手翻了當代女詩人余秀華的一本詩集，忽然讀到這麼一句：

天亮了，被子還是冷的。

腦海裡瞬時就浮現上官婉兒的「露濃香被冷」來。

她們都說到了一個細節，被子很冷。兩位不同時代的女性詩人，一個在幽深的皇宮，一個在平凡的農村，她們的成長經歷也截然不同，然而隔著一千三百多年的時間，兩人都不約而同地感歎同一件事：被子很冷。

一千多年的光陰裡，許多事物都變了，但是人心始終是不變的。

上官婉兒去世後，她的一些遺物，後來偶爾也有出現。

《唐詩紀事》裡便記載了這麼一件事：

唐德宗貞元十四年（七九八），在上官婉兒去世近九十年後，有一個叫崔仁亮的人在洛陽南市逛書肆，買到了一卷《研神記》舊書，發現書縫處居然有上官婉兒當年的題款。

書曾經被很好地香熏過，一直沒有生蟲，婉兒的筆跡仍然清晰可辨。

崔仁亮又驚又喜，連忙拿給朋友看。有一個朋友，就是後來的大臣、詩人呂溫，當時還是個年輕小夥子，也是上官婉兒的粉絲。看到書上女神的字跡，他百感交集，惆悵不已，寫下了一首長詩，是這樣結尾的：

君不見洛陽南市賣書肆，
有人買得研神記。
紙上香多蠹不成，
昭容題處猶分明，
令人惆悵難為情。

呂溫惆悵難為情，而今天的我們重讀上官婉兒的詩文和故事，也覺得惆悵難為情。

註釋

1 學者鄭雅如〈重探上官婉兒的死亡、平反與當代評價〉是一篇很值得重視的文章。文中稱：「宋人編纂之《新唐書》……未發覺玄宗下令編集說的錯誤。千百年來，玄宗堅持斬殺婉兒，卻又編修婉兒文集，成為後世所認知的基本「史實」。另，陳祖言先生編的《張說年譜》也將張說撰寫婉兒文集序言的時間定為睿宗朝的景雲二年（七一一），可見此事非是所謂李隆基授意。

2 鄭雅如《重探上官婉兒的死亡、平反與當代評價》：「《宋史．藝文志》及宋代幾本重要的目錄書如《崇文總目》、《郡齋讀書志》、《直齋書錄解題》等皆未見《上官昭容集》，可能宋代便已亡佚。」

3《景龍文館記》載，景龍四年（七一〇）又組織立春詠彩花樹活動，武平一奪魁。中宗令賜武平一彩花一枝，所賜學士花並令戴在頭上。平一得了兩枝花，「左右交插」，得意洋洋。旁邊崔日用借著酒勁來搶，故意耍寶謔鬧，博中宗一笑。

4 唐長孫皇后〈春遊曲〉。因為詩句坦率露骨，和皇后的身分不合，陳尚君《唐女詩人甄辨》懷疑是偽作。

何如人間作讓皇

宮門喋血千秋恨，何如人間作讓皇。

——何亮基

一

看了前面的幾章，我們大約都會產生一種共同的感受，和詩歌相比，宮廷鬥爭真的很殘酷。從神龍元年（七〇五）到先天二年（七一三），不到十年之間，就連續發生了神龍之變、景龍之變、唐隆之變、先天之變，一位位皇帝、皇后、嬪妃、太子、公主、王爺、宰相排隊送了人頭。還有上官婉兒、宋之問等明明極有天賦的詩人，也都在權力場裡埋葬了自己的生命和才華。

然而，在這個人人都極難逃避的殘酷遊戲裡，也有這麼一個特殊的幸運兒，就是本文的主人公。

他有過覬覦最高權力的機會，或者說是表面上的機會，然而他卻公開表示：

我對權力沒有興趣，對當皇帝沒有興趣。如果可以的話，請讓我做一個音樂家，以及一個文藝界的贊助人吧！

這個人就是唐玄宗李隆基的長兄——寧王李憲。

政治，太不好玩了。他反覆重申，我寧願和音樂家、詩人們混在一起。

李憲身邊的親人，多是一群政治動物，包括奶奶武則天、姑姑太平公主、伯母韋皇后、弟弟李隆基等，全是一夥嗜權力如命的政治家。可是李憲卻把全部的身心都投入到了另一項事業裡，那便是搞文藝。

在人類歷史上，有一種王公貴族，他們因為沉湎藝術，往往去贊助詩人、藝術家，幫助他們搞藝術創作。這一類人被叫作「贊助人」。

最廣為人知的比如義大利佛羅倫薩的梅蒂奇家族。這一家族是文藝復興的重要的推手，資助了大量的詩人、畫家、雕塑家、建築師。其中的洛倫佐·德·梅蒂奇外號「華麗公爵」，此公就是著名的贊助人，曾經支援過米開朗基羅、波提切利、達·文西、拉斐爾等巨匠。

而在唐代，寧王李憲就有那麼一點像「華麗公爵」，準確地說應該叫「華麗親王」，李白、王維、李龜年等都是他的座上賓。

他的家族，也很有那麼一點點「梅蒂奇」的意思。

他有個弟弟，大名鼎鼎的岐王李範，也就是杜甫說「岐王宅裡尋常見」的那位岐王，是當時京城詩人圈子裡的頭頭，經常召集詩人們集會、搞創作。

李憲的長子也是一個有名的文藝王公——汝陽王李璡。此人和詩人們的關係也非常好，常聚在一起喝酒，與大詩人賀知章、李白、書法家張旭等共同名列「飲中八仙」。

李憲的第六子漢中王李瑀也是一個熱愛文藝的，既懂音樂，又擅詩歌。李瑀在蜀地工作的時候，曾經搞起了一個大型文學沙龍，杜甫、高適等詩人都是常客。

上述這些王公，都是大大小小的「梅蒂奇」家族成員，是詩歌在當時能夠大熱的推手之一。而他們的精神領袖、家族的「梅蒂奇大公」，就是本文的主人公，寧王李憲。

二

李憲本來有個挺上進的名字，叫作李成器。

後來因為避唐玄宗生母昭成皇后的尊號，不能成器了，改名李憲。

他本來不應該去做什麼「藝術贊助人」的。論身分，他是唐睿宗李旦的嫡長子，是李隆基的長兄。睿宗即位後，他本來就該做太子，準備接班的。

而事實上他也確實做過太子。

早在文明元年（六八四），李憲才五歲時，他的父親李旦就曾短暫地當了一段時間的皇帝，五歲的李憲也就順理成章地當了皇太子。

可惜彼時真正的掌權人是奶奶武則天。不久，武則天自己做了皇帝了，李旦從皇帝降格成了皇太子，而李憲則從皇太子變成了皇孫。

這一套讓人目瞪口呆的操作，也不知各位看明白了沒有。簡單概括一下，就是原來爸爸是皇帝，自己是皇太子。忽然奶奶當皇帝了，爸爸只得降級成皇太子，自己則變成皇孫了。

也許就是因為這一奇特的經歷，讓李憲看透了權力遊戲的荒誕，也看透了人生的虛無。

後來，唐朝又經歷了幾次流血政變。至七一〇年，「唐隆政變」發生，父親李旦在事先不知情的情況下，稀里糊塗地再次被擁立為帝。[1]

李憲也矇了。他覺得有點亂，需要整一整。整理了半天，他反應過來：我豈不是又要當皇太子了？

這一次，他堅決不來了，而是果斷讓位給勢力更強的三弟李隆基。

據說讓位的過程十分感人。李憲堅決表示，三弟功勞大、能力強，無論星座還是血型都更適合做儲君。李隆基則反覆推辭。最後定下來是老三李隆基做儲君，同時也給老大李憲安排了工作，讓他做雍州牧、揚州大都督、太子太師，另外再實封二千戶，賜綢五千段、細馬二十匹、奴婢十房、大房子一座、良田三十頃。

這等於是接受了李憲讓出儲君之位，並給予他崇高的政治待遇和豐厚的物質補償。

李憲的這一讓，可說避免了又一次的手足相殘。當時的情形，其實和早先李世民發動「玄武門之變」前的形勢非常像，嫡長子李建成是名義上的接班人，然而二弟李世民功勞大、勢力強，做父親的李淵又沒有掌控能力。最後在玄武門，弟弟殺了哥哥，得了皇位。

李憲不想再重複玄武門的故事，他看透了，果斷讓位。

李隆基的反應十分熱情，立刻回家做了一床大被子、一只大枕頭，說我要和好哥哥一起睡覺。別笑，這是真事，《舊唐書》載：「玄宗嘗制一大被長枕，將與成器（李憲）等共申友悌之好……」

當爹的睿宗聽了非常高興，「知而大悅」，連連讚歎：希望你們可以這樣睡一輩子。

三

沒有了爭權奪利的煩惱，李憲可以開心地去搞藝術了。

他很喜歡玩音樂，尤其愛吹笛子。後來詩人張祜就說：「梨花靜院無人處，閒把寧王玉笛吹」。寧王就是李憲了。

對於哥哥去搞音樂，唐玄宗李隆基的態度是：玩，儘管玩，想怎麼玩怎麼玩。如果一個人覺得不好玩，朕和楊貴妃陪你玩。

宋代的小說《楊太真外傳》甚至寫了這樣一個場面，李憲和李隆基、楊貴妃等人一起搞了支樂隊，在清元殿演奏。李隆基是鼓手，擊羯鼓；楊玉環是貝斯，奏琵琶；李憲吹笛子；還有李龜年、賀懷智、馬仙期、張野狐幾個音樂家演奏拍板、方響、篥篥、箜篌，七人樂隊，好不熱鬧。

除了搞音樂之外，李憲還有一個愛好，就是召集詩人聚會。

李憲在結交外人方面是非常小心的，從來不去勾搭內臣大將，更不拉幫結派搞山頭，而是常和一幫人畜無害的詩人混在一起，舉行詩歌沙龍，喝酒、聽曲、看美人。

後來李白曾經在宮裡工作過一段時間，所謂「待詔翰林」。

那段時間裡，李白就常常上班摸魚，跑到李憲家喝酒。

有一次，玄宗召李白寫詩，沒想到李白已經在李憲處喝得大醉，幾乎站不起來了。玄宗只得命令兩個內臣扶著李白，研好墨、濡好筆遞給他：現在總能寫一首了吧？

李白瞪眼：一首怎麼行？喝了寧王的酒，我要來十首！於是便有了著名的組詩〈宮中行樂詞〉十首。[2]

目前組詩僅餘八首，其中有一首便是：

柳色黃金嫩，梨花白雪香。
玉樓巢翡翠，金殿鎖鴛鴦。
選妓隨雕輦，征歌出洞房。
宮中誰第一，飛燕在昭陽。

李憲不只和李白有交集，和另一位大詩人王維也很熟絡。王維還寫詩調侃和諷刺過他。

李憲平時的生活是很奢靡的，當然這也是因為李隆基有意的縱容。他有幾十個美麗的寵妓，仍不知足，還要去佔別人的妻子。他的府邸左邊有一個賣餅的，妻子長得白淨美麗，李憲就花重禮把這位女子給佔了，寵幸非常。

過了一年，他也不知道怎麼心血來潮，問那女子：你還想念餅哥嗎？

這真是一個非常難回答的問題。答想念，沒準就觸怒了這位王爺；答不想念，又顯得自己貪慕榮華而忘舊情。女子只好默然不答。李憲又把賣餅人喚來，讓兩口子當眾相見。女子注視著丈夫，眼淚直流，顯然舊情難斷。

當時在場的有十多名詩人，見到此景都深感同情，其中就包括王維。他為此便專門寫了一首詩，題為〈息夫人〉：

莫以今時寵，寧忘昔日恩。

看花滿眼淚，不共楚王言。

詩中說的這位息夫人，乃是春秋時候的美女，嫁給了當時息國的國君。後來楚國滅了息國，搶走了息夫人，還故意侮辱性地派息國國君守城門。息夫人給楚王生了兩個兒子，卻始終不說一句話，以示抗拒，保留了一份殘餘的尊嚴。

王維說「看花滿眼淚，不共楚王言」，就是用息夫人不和楚王說話的典故，也順便諷刺了寧王李憲：瞧你這個「楚王」幹的好事。

李憲大概也是讀到這首詩了。他讓女子回家和餅師團聚了，表示不再拆散你們小倆口。王維的詩，他也只置之一笑。從此事看來，李憲還是頗有容人之量。

梅蒂奇「不是一個人可以建成的」。李憲這個「梅蒂奇」也生出了小的「梅第奇」，這其中就包括他的長子汝陽王李璡。

介紹一下唐朝的封爵制度。唐朝的宗室封王，通常來說一個字的是親王，這是第一等的王，由皇兄弟、皇子擔任，比如寧王、岐王、慶王等等；親王的孩子倘若封王，則是次一等的嗣王、郡王，通常是兩個字的，比如汝陽王、漢中王。李憲的長子李璡就是汝陽王。

李璡長得十分帥氣，據說是「姿質明瑩，肌發光細」，唐玄宗很喜歡這個侄兒，稱他為「花奴」，還很愛聽他擊鼓。

杜甫後來讚美李璡的長相，曾回憶說：

汝陽讓帝子，眉宇真天人。

虬鬚似太宗，色映塞外春。

就是說汝陽王李璡模樣不但帥，還有一股非凡之氣，鬍子長得很像唐太宗。這個比喻用我們今天人的眼光看是有點問題的。李璡的身分可以說很敏感，他是唐睿宗的嫡長孫。倘若不是叔叔李隆基上了位，本來是有份做皇帝的。杜甫把這樣一個宗室說成是「真天人」，更稱其長得像唐太宗，按理說不是很穩妥。倘若放到明清，這句詩多半要出大問題。

從這裡也能看出唐朝的風氣比較寬容和開放，雖然宮廷傾軋絕不留情，但是對於詩歌文字則並不大深究，像太宗就像太宗好了，說後代像祖宗，不奇怪，不代表別有用心。

這位很像太宗的李璡也常和賀知章、李白等在一起喝酒作樂。杜甫寫過一首詩，把他列為「飲中八仙」，稱他是當代八大酒鬼之一：

汝陽三斗始朝天，
道逢麴車口流涎，
恨不移封向酒泉。

就是說這個汝陽王李璡要先喝三斗酒才朝見天子，路上碰見酒車都要流口水。為了喝酒，此公只恨自己不能把封地移到酒泉去。

李璡之所以形成這樣玩世不恭的風格，也是受了老子李憲的影響。他和老子的興趣簡直一脈相承。李憲愛玩音樂，喜歡吹玉笛，李璡也玩音樂，喜歡擊羯鼓；李憲喜歡和詩人們一起聚會酣飲，李璡也是如此。

這是他們的愛好，也是他們存身避禍的方式，可以減少唐玄宗的猜忌。畢竟，一個和詩人、音樂人天天聚會，整日泡在酒缸裡的宗室，能有多大的野心呢？

四

李憲的種種表現，贏得弟弟李隆基的信任。李隆基對這位兄長可說一直不錯。為了表示兄弟情深，絕無猜疑，李隆基特意建了一座樓，題曰「花萼相輝」，作為和李憲等兄弟們宴樂的場所。「花萼相輝」是取自《詩經．小雅》中的句子「常棣之華，鄂不為韡韡。凡今之人，莫如兄弟」，是專門講兄弟間的情誼的。詩裡還有一句著名的話「兄弟鬩於牆，外禦其務」，意思是說兄弟們雖然在家裡吵架，但是仍然會一致對外。

李隆基題「花萼相輝」，就是標榜要和李憲等兄弟們像「花」和「萼」一樣互相廝守，不能分離。

他也處處表現對李憲的尊重。每逢李憲生日，李隆基一定親自登門慶賀，平時動不動就讓人給李憲送美酒美饌。四方的進獻之物，只要李隆基嘗了不錯的，就讓人送給李憲吃。

天寶元年（七四二），六十三歲的李憲病逝。聞訊後，李隆基「號叫失聲，左右皆掩涕」。隨即，李隆基下詔追謚李憲為「讓皇帝」，以帝王之禮安葬。

從這個「讓皇帝」之封，也看得出李隆基性情的一面。

李憲的長子李璡趕緊上表推辭，表示不敢僭越，被駁回。冊封的時候，內廷出了一副御衣，隆重致禮。李隆基特意手寫一書，讓右監門大將軍高力士放在李憲的靈座前，手書裡不自稱帝號，而僅僅稱「隆基白」，以表示尊崇。

在這份手書中，李隆基對李憲的稱呼十分簡單，就是兩個字：大哥。書中說「大哥孝友，近古莫儔」，高度讚揚李憲的仁義友愛，其中還專門提到當年讓位的事情，「大哥嫡長，合當儲貳，以功見讓，爰在薄躬」，所以冊封為「讓皇帝」，以表彰大哥的功勳和德行。

到了出殯那天，天降大雨，道路一片泥濘。李隆基特意派了自己的長子慶王李琮[3]在泥濘中步行了十多里送行。李憲的陵墓也是按照一個準帝王的規格修建的，被稱為「惠陵」。

李憲順遂的人生結局，讓後人很是羨慕和讚賞，覺得他有智慧，能夠審時度勢，很懂得進退。《舊唐書》就說他是「亢龍有悔」，韜光養晦，為自己和子孫保住了一份富貴平安。

尤其形成鮮明對比的是，他的許多親屬都在權力鬥爭中慘遭橫死。他的堂兄弟李重俊是發動政變失敗被殺的。還有一個堂兄弟李重茂是廢帝，年紀輕輕就稀里糊塗地死去。伯父李顯疑似被毒死。伯母韋皇后和堂妹安樂公主被屠戮滿門。姑姑太平公主也是一家被殺，七個子女被戮，只有唯一一個兒子倖存。

相比之下，李憲的這一份平安而又閒適的人生才更顯得稀有。後來，清朝有個叫何亮基的人，在去了李憲的惠陵遊玩後，寫了一首〈遊惠陵〉，發出了這樣的感歎：

豐山遙望柏蒼蒼，惠陵高塚輦路旁。
宮門喋血千秋恨，何如人間作讓皇。

這首詩也成了後人們提到李憲時被引得最多的一句評價。

最後再說回唐詩。

我把寧王李憲和他的家族稱為「梅蒂奇」，說他們是文化和音樂的「贊助人」，這只是一個比方。

他們對唐詩的貢獻，不能太過於誇大。他們沒有專門去做什麼系統的繁榮詩歌的工作，沒有類似於蕭統編《文選》那樣的大功績。

沒有他們的酒和宴會，也許李白還是李白，王維還是王維。

然而，他們確實也對繁榮唐詩起了一定的作用。他們的存在，的確給了詩人們一個小小的溫室、庇護所，給了他們更多揮灑性情的空間。李白、張旭等人都是草根，他們的個性之所以能那麼舒展、狂放，肯定和當時的環境有關係。而李憲、李璡等這些王公就是最重要的「環境」之一。

並且，在李憲等人的沙龍裡，創作的風氣確實比較寬鬆，才使得類似〈息夫人〉這樣的「打臉詩」可以誕生。否則王維只能裝啞巴了，哪裡還管得了什麼息夫人。

後人沒有忘記他們對詩歌的「微小」貢獻。李憲、李璡等和詩人之間的有趣故事，一直都被傳為美談。

註釋

1《舊唐書．玄宗上》：「或日：『先啟大王』。上日：我拯社稷之危，赴君父之急，事成福歸於宗社，不成身死於忠孝，安可先請，憂怖大王乎！若請而從，是王與危事；請而不從，則吾計失矣。」

2《本事詩》：「（玄宗）嘗因宮人行樂……遂命召白。時寧王邀白飲酒，已醉；既至，拜舞頹然。上知其薄聲律，謂非所長，命為《宮中行樂》五言律詩十首。白頓首日：『寧王賜臣酒，今已醉。倘陛下賜臣無畏，始可盡臣薄技。』上日：『可。』既遣二內臣掖扶之，命研墨濡筆以授之。」但組詩目前只存八首。

3 本名叫李嗣直，開元十三年（七二五）封慶王，改名李潭。開元二十三年（七三五）又改名李琮。

春江潮水連海平

嗟其才秀人微，故取湮當代。

——鍾嶸

一

在之前的篇目裡，或許有讀者注意到，一位重要的詩人賀知章已經出場了。本文我們就從賀知章說起。

這一天，位於長安的大唐詩歌俱樂部裡來了四個人。

他們不客氣地坐下，要茶要點心，高聲談論起詩歌來。四個人說的都是吳地口音，嘰嘰呱呱，別人都聽不懂。

管理人員拿著登記簿，賠笑而來：「四位，俱樂部得做個登記。請問你們都是詩人嗎，有什麼代表作品？」

坐在上首的那位一聲朗笑：「二月春風似剪刀」，在下賀知章。請問夠資格來俱樂部嗎？」

管理人員大驚：原來是賀秘監，您的〈詠柳〉人人傳誦，誰不知聞？可以來可以來。

第二人也隨即放下茶盞，笑道：「在下吳人張旭，請問可以來喝得一杯茶嗎？」

管理人員連聲不迭：「久仰久仰，張長史草書天下馳名，喝什麼茶，快拿酒來！」

第三個人微微笑道：「在下包融。我有一封介紹信。」一邊遞上信箋。

管理人員接信一看，署名龍飛鳳舞，乃是「張九齡」[1]，不禁失色：原來是我們常務副主席的手書，失敬失敬，有張副主席的信，那還有什麼好說的！

前三個人都是來歷非凡，要麼有名頭，要麼有關係。唯獨第四個人還沒作聲。

「我叫作張若虛。」他說：「我和這三位是一起的。」張若虛？沒有聽過。

「不知道您的職務是？」

「兗州兵曹。」

管理人員又是一呆，不大啊。「請問您得過什麼重大獎項嗎？或者有什麼『詩歌百人計畫』的類似頭銜嗎？」都沒有。

「那麼……不知您有什麼代表作品嗎？」

張若虛爽朗一笑：「只有一首，叫〈春江花月夜〉。」

登記完畢，退下來之後，管理人員小聲問同事：「聽過張若虛的〈春江花月夜〉嗎？」

眾人都搖頭，表示沒聽過。大家又翻書來查，還是沒有。「估計是個混混！」工作人員們小聲說。

沒錯，在唐代，這一首詩的名聲不響。

當時人編的詩選裡，極少有收錄這一首詩歌的。張若虛此人甚至連詩集都沒有，[2] 後來傳下來的詩也只有寥寥兩首。

別說唐代人不大知道他的〈春江花月夜〉，後來從五代直至宋、元、明初的人假如被問到張若虛這首詩，恐怕也是懵然無知。張若虛也沒有傳記留下。他的生平故事，只能到賀知章的傳記末尾才能找到一點。我們今天對他的年齡、詳細履歷一無所知，只知道他是揚州人，曾做過兗州兵曹。此外，他還和賀知章、張旭、包融一起被稱為「吳中四士」。

同在一個文藝組合裡，賀知章大名鼎鼎，張若虛卻默默無聞。直到到了明代，近八百年後，他的〈春江花月夜〉才終於被發現。人們驚歎：怎麼還有這樣美的一首樂府詩沒被發現？然後紛紛開始傳唱。

人們給了這首詩一個讚譽：孤篇橫絕。後人又把它演繹成一句話：孤篇壓全唐。

二

就像張若虛是一個謎一般，〈春江花月夜〉的創作，也是一個謎。

某天的夜晚，皎月當空的時候，他所乘的小舟來到了浩蕩的長江邊。

具體地點是哪裡，今天的人也無法確定，不同的地方各執一詞。

有說是湖南瀏陽的。因為詩裡提及了一個地名叫「青楓浦」。現今湖南瀏陽恰好有一個青楓浦。而且詩裡還提及瀟湘，更說明可能是湖南。

也有說是揚子津渡口的，認為唐代那裡的地理形狀很貼合張若虛的詩。持這一說的學者認為，張若虛從沒去到過湖南，詩裡所謂的碣石、瀟湘等地名，不過是指揚州商人經商的地方。此外還有說是鎮江焦山、江都大橋、揚州曲江、浙江富春江的。除了地點之外，我們也不清楚張若虛此行的目的，是探訪友人，還是在差旅途中。

總之那一晚，在潮水聲中，一輪明月湧出來了。人間亮了。不只是一處春江亮了，而是從江面到海面，那千萬里的廣闊水域，那億萬個此起彼伏的春潮，以及從東邊的碣石到南邊瀟湘的漫漫長路上，都像是同時通了電一樣，盡數明亮起來了。

就像德國詩人斯托姆的〈月光〉說的：

現在整個的世界，全埋在月光之中。籠罩世界的安寧，是多麼幸福無窮。

月光灑落，如同天女剪碎了她巨幅的白裙，拋向人間。它像雪一樣飛在空中，又像霜一樣灑落在花林裡。月光吞沒了一切，吞沒了同色系的，也吞沒了對色系的，洲渚上的白沙也看不見了，連候鳥都找不到駐足地，發出惆悵的長鳴。

這一刻，天地間唯餘一片溶溶銀色，只剩下那一輪孤月，還有扁舟上的張若虛。猛地，一種強烈的感覺捶擊在他胸口。

孤獨啊。

他發出了離奇的幻想：假如此時此刻把時光加速，月下這個小小的我會轉眼間朽滅吧。還有那許多和我一同望月的人，那高樓裡的玉人，遠行中的旅客，也會一秒朽滅吧？而那一輪明月，那潮水，那江天，是不是亙古如此？

張若虛感到，人，真是雙重地渺小，在天地之中是渺小的，在時光之中也是渺小的。所以人也是雙重地孤獨，在這天地之中是孤獨的，而在這永恆的時光之流裡，又是何等地孤獨！

李白後來就說過這種孤獨：

夫天地者，萬物之逆旅也；光陰者，百代之過客也。而浮生若夢，為歡幾何？

曹雪芹後來也說過這種孤獨：

試想林黛玉的花顏月貌，將來亦到無可尋覓之時，寧不心碎腸斷！既黛玉終歸無可尋覓之時，推之於他人，如寶釵、香菱、襲人等，亦可到無可尋覓之時矣。寶釵等終歸無可尋覓之時，則自己又安在哉？且自身尚不知何在何往，則斯處、斯園、斯花、斯柳，又不知當屬誰姓矣！——因此一而二，二而三，反覆推求了去，真不知此時此際欲為何等蠢物，杳無所知，逃大造，出塵網，始可解釋這段悲傷。

張若虛已經不知道站了多久。月輪漸漸地西沉，落下去了，從鴻雁的翅膀邊落下去了，從扁舟遊子的頭頂上落下去了，從離人的妝鏡臺上落下去了，從鄰女的搗衣砧上落下去了，從千千萬萬個同時望月的人心頭落下去了，終於落到海上迷濛的霧靄中去了。

而在這一個不眠之夜後，張若虛的筆下誕生了這首詩：

春江潮水連海平，海上明月共潮生。
灩灩隨波千萬里，何處春江無月明。
江流宛轉繞芳甸，月照花林皆似霰。
空裡流霜不覺飛，汀上白沙看不見。
江天一色無纖塵，皎皎空中孤月輪。
江畔何人初見月，江月何年初照人？
人生代代無窮已，江月年年只相似。
不知江月待何人，但見長江送流水。
白雲一片去悠悠，青楓浦上不勝愁。
誰家今夜扁舟子，何處相思明月樓。
可憐樓上月徘徊，應照離人妝鏡臺。
玉戶簾中捲不去，擣衣砧上拂還來。
此時相望不相聞，願逐月華流照君。
鴻雁長飛光不度，魚龍潛躍水成文。
昨夜閒潭夢落花，可憐春半不還家。
江水流春去欲盡，江潭落月復西斜。
斜月沉沉藏海霧，碣石瀟湘無限路。

不知乘月幾人歸，落月搖情滿江樹。

我們這本書中很少全文引用長詩，之前的盧照鄰的〈長安古意〉是一例，而張若虛的這首〈春江花月夜〉是另一例。

〈春江花月夜〉本來是樂府的舊題，相傳是一百年前由陳後主創制的。這個題目，陳後主寫過，隋煬帝寫過，溫庭筠也寫過。

但是自從張若虛的這一首詩被人們鄭重發現後，大家就淡忘了隋煬帝、溫庭筠的同題作了，彷彿亙古以來只有一首「春江潮水連海平」，這個詩題的代言人只能是一個張若虛。

三

人們用了許多溢美之詞形容它。明末清初的王夫之稱它：「動古今人心脾，靈愚共感。」聞一多則稱它：「是詩中的詩，頂峰上的頂峰。」

在我看來，它是初唐之前一切吟誦月亮詩的總的收束。

它是「月出皎兮，佼人僚兮」；是「月明星稀，烏鵲南飛」；是「明月照高樓，流光正徘徊」；是「清露墜素輝，明月一何朗」；是「美人邁兮音塵絕，隔千里兮共明月」；是「明月皎皎照我床，星漢西流夜未央」。

它也是初唐之後千千萬萬月的總的序章。它是「滄海月明珠有淚」；是「煙籠寒水月籠沙」；是「同來望月人何處，風景依稀似去年」；是「但願人長久，千里共嬋娟」；是「雁字回時，月滿西樓」。

也有一些評論家不喜歡這首詩，比如葉嘉瑩老師就是。她認為這種詩比較容易寫，因為春江、花、月、夜，都是詩意的字，七拼八湊就可以非常漂亮。凡是有一點才情，有一些詩歌修養的人，寫出這樣的作品並不是困難的事。[3]

事實上，我對〈春江花月夜〉的感覺也經歷過一段很相似的過程。少年的時候讀到，感覺像拾到了珍寶，覺得美不勝收。後來漸漸地覺得它堆砌、空洞，似乎並沒有什麼特別高的造詣，也不是最好的文學。可是最近幾年，又漸漸地覺出它的好來。

誠然，它會造成一種「人人都寫得出來」的感覺，然而事實是，唐代擅長樂府和歌行的那麼多，卻並沒有幾個人寫出來。溫庭筠那麼善於詞藻，卻也沒有寫出來，他的〈春江花月夜〉並不高明。唐代之後更是沒有一個人寫出來。

它堆砌嗎？注意，張若虛幾乎沒有用一個典故。溫庭筠的同題詩用了無數典故，而張若虛所用的都是純真美好的自然物事，充其量用了幾個地名而已。

可能是因為詩裡的字眼太美好了，我們就忘了張若虛的技巧。

在這首詩裡，月亮是有運動軌跡的，是一次完整的東升西落，從「明月共潮生」，到「落月復西斜」。詩歌裡所有的一切，包括如織錦穿梭的景物，包括對離人的共情，對時光流逝的感歎，全部在月亮的這一次東昇西落裡完成。

這首詩裡，對情緒的拿捏是極有匠心的。月出的時候是一躍而出的，是奔湧式的，是果決的，「何處春江無月明」，月輪起，天下白，輝耀萬物。而月落的時候，則是餘情嫋嫋的，是依依不捨的，「落月搖情滿江樹」。

主次的把握是極到位的。月亮是唯一的主角，而長江、花林、汀洲、白沙統統都是陪襯。似乎長江、花林、汀洲、白沙原本都是沒有靈性的，是無情之物，然而月光一到，便瞬間溫柔、有情了起來，月光是讓萬物生精靈的魔光。

這首詩，它明明是穠麗的，卻又沒有脂粉氣，像清溪流泉一樣明澈爽朗；它明明寫了閨怨春愁，在閨房裡、在妝鏡前、在搗衣砧上徘徊不去，但是絕不侷促、偏狹，反而是讓你覺得格局寬大宏偉、遼闊無垠。

一方面，它像一個少年般青春懵懂，好像剛剛長大的孩子，猛地第一次意識到物和我、永恆和短暫的關係，喃喃地對月亮發問：江月何年初照人？但是另一方面，它似乎又像一個哲人一樣從容，叩問生命的奧秘。

對於那些「可憐相望不相聞」的世俗兒女，它一方面充滿了共情，為他們泣訴，為他們祈禱，但另一方面，似乎又帶著一點「千里共嬋娟」的通達。

它明明籠罩著一種龐大的孤獨感，但是並不消沉，最多只是悵惘。對於生命的短促、時光的無情，它似乎也是充滿了唏噓的，然而卻又絕不過分哀矜，對這造物的安排更是毫無敵意。它不像海子的詩那樣，「月亮是慘笑的河流上的白猿」，而是對月亮充滿了理解。

這以上的種種，就是我今天忽然又覺得它傑出、偉大的原因。張若虛的這首詩在唐朝流傳並不廣，理論上應該很小眾，但我總感覺，許多唐代詩人應當讀過它。或許很鍾愛樂府詩的李白就讀過。

所以後來李白才會寫出〈把酒問月〉：

青天有月來幾時，我今停杯一問之。
人攀明月不可得，月行卻與人相隨。
皎如飛鏡臨丹闕，綠煙滅盡清輝發。
但見宵從海上來，寧知曉向雲間沒。
白兔搗藥秋復春，嫦娥孤棲與誰鄰。
今人不見古時月，今月曾經照古人。
古人今人若流水，共看明月皆如此。
唯願當歌對酒時，月光長照金樽裡。

李白的「今人不見古時月，今月曾經照古人」、「古人今人若流水，共看明月皆如此」和張若虛的「江畔何人初見月，江月何年初照人」、「人生代代無窮已，江月年年只相似」那麼神似，難道只是偶合嗎？真的沒有一點啟發和傳承嗎？

張若虛的去世，應該是在開元年間，不會晚於西元八世紀中葉。到了清末，他的〈春江花月夜〉終於得到了最高的評價，就是學者王闓運贈予的那一句「孤篇橫絕」。

而那已經是他辭世一千一百多年後的事了。

註釋

1 張九齡是開元名相、詩壇領袖，所以當得起大唐詩歌俱樂部常務副主席。包融和他相善，九齡曾引其為懷州司馬。

2《舊唐書．經籍志》及《新唐書．藝文志》均未著錄張集，亦未著錄張氏其他著作。故程千帆先生《張若虛〈春江花月夜〉的被理解和被誤解》稱，張若虛的著作，似乎在唐代就不曾編集成書。

3 見《葉嘉瑩說初盛唐詩》。

軍曹的絕唱

公生揚馬後，名與日月懸。
——杜甫

一

告別了張若虛的傳奇人生，讓我們振作一下精神，迎接下一個主角。他的名字叫作陳子昂。這也是在「初唐」這座殿堂裡，我們最後拜訪的一位大神。

說到陳子昂，我們先繞遠一點，從一個明朝人的故事講起。這個明朝人叫作楊慎，是一個大有來頭的人。明朝有所謂的「三大才子」，你一聽這稱號，大概會立刻本能地想到唐伯虎，但唐寅其實並不在其中。這三個才子，一個叫解縉，曾主編《永樂大典》；一個叫徐渭，是大名鼎鼎的詩文家和書畫家，也即戲曲裡常見到的徐文長。而被稱為這三人之首的，就是楊慎。

只要說出他的一首詞，你一定會有印象的：

滾滾長江東逝水，
浪花淘盡英雄。
是非成敗轉頭空。
青山依舊在，
幾度夕陽紅。

白髮漁樵江渚上，
慣看秋月春風。
一壺濁酒喜相逢。
古今多少事，
都付笑談中。

是否想起來了。楊慎的這首〈臨江仙〉，被後來的人拿來放在《三國演義》的開頭，和原著水乳交融，成為天作之合。

這一年，楊慎在官場遇挫，被流放到偏僻的雲南。但他並不氣餒，而是在雲南認真讀書，研究歷代詩文，撰寫著作以自遣。

此刻他正在讀的，就是一本唐人的詩集。

一行行掃下去，都是他早已經爛熟的詩句：

王道已淪昧，戰國竟貪兵。樂生何感激，仗義下齊城。
一聞田光義，匕首贈千金。其事雖不立，千載為傷心。
……

忽然，當他隨手翻到關於這位詩人的一篇小傳時，年已五旬的楊慎眼睛一亮，手都輕輕顫動了：這裡面居然還藏著一首詩？

八百多年過去了，它都靜悄悄地躺在這一篇小傳裡，沒有被人重視？

楊慎提起筆，珍重地將這幾句詩圈了出來，並認真地寫下了批注：「這一篇詩文，簡樸大氣，真有直追漢魏的風骨，而我所看到的所有文章典籍卻都沒有記載它。」[1]

楊慎所發現的，究竟是一首什麼詩呢？後人給它加了一個題目，叫作〈登幽州臺歌〉：

前不見古人，
後不見來者。
念天地之悠悠，
獨愴然而涕下。

和此前〈春江花月夜〉的故事非常像，那一首詩是偶然被宋代人收錄在集中，被明代人發現的。而這一首詩也是被楊慎偶然發現的。

在楊慎的推薦下，人們紛紛轉發這首詩，使它的知名度越來越高，最後變得婦孺皆知，傳誦一時。自此，一篇在詩人的小傳裡藏身了八百年的詩章，才終於進入中國的詩歌史，射出炫目的光彩。

這首詩的作者，就是我們的主角陳子昂。[2]

這麼了不起的一個詩人，他創作這首詩時的頭銜是「軍曹」，所以我們題目叫「軍曹的絕唱」。這是個什麼品級的官呢？最差的可能，是相當於一個我們很熟悉的稱呼：弼馬溫。[3]

二

一般，當我們講一個詩人的故事時，往往都要說他從小聰明好學，三歲識幾百字，四歲會作詩，五歲拿作文大賽冠軍之類。前面的「四傑」等人幾乎都是這個套路。

然而陳子昂完全不是。相反，他小時候是個不愛學習的問題少年。

當時的文壇，是一幫天才在統治，恨不得一個比一個讀書早、出名早。駱賓王七歲寫出〈鵝〉來；王勃六歲就能寫文章，九歲就能寫大卷大卷的專業論文，據說還指出過前人注《漢書》的錯誤；盧照鄰自幼飽讀詩書，十幾歲就被朝廷裡的高官說成是司馬相如再世；楊炯十歲就被當成神童。

陳子昂卻有著完全不一樣的童年。當小王勃正在刻苦讀書、寫論文的時候，小陳子昂在幹嘛呢？擊劍、行俠，活到十七八歲仍然「不知書」。

後來他打架鬥毆鬧出人命，這才幡然悔悟，棄武從文。他的經歷和後世的詩人韋應物有點像，不是個天生的讀書人。

這也是為什麼陳子昂明明和王勃、宋之問等是一輩人，卻總給我們時代更晚的感覺。說白了，不是年代晚，而是讀書晚。

即使是後來，他長大，會寫詩了，也好像獨立於當時文壇的圈子之外。[4]

那時的詩壇大致有兩撥人。一撥是主流詩歌圈，能參加宮廷的文學活動的，比如宋之問、沈佺期、杜審言、李嶠。他們在朝廷裡面子熟、門路廣，特別是和武則天的男朋友「二張」的關係很好，各種好事都容易有他們的份。

這個圈子裡的人寫詩也是一個味道，聲律協調，工整精麗，各種弘揚唱頌。

另一撥是非主流詩歌圈，典型的就是「四傑」。這一夥人在文壇政壇上撲騰多年，大部分時間都沉淪下僚，蹭蹬失意。他們的詩歌風格也就比較多變。

陳子昂呢？哪一個圈都不是。他既不是主流，也不是非主流，他自成一體，一個人玩。

他和上述所有人都不太一樣。當時在朝中做官的人，多多少少都要寫幾首宮廷詠物詩，陳子昂卻幾乎一首都沒有。在宮體詩大行其道的時候，他似乎沒接受過這類詩的訓練。

他是四川人，家鄉在遂寧射洪縣，那地方至今還留著他的讀書臺。按道理說，當時的「四傑」都和四川有密切關係，要麼長期在四川遊歷，要麼在四川工作過。這片土地上幾百年來都沒有誕生過一流的文學，到了初唐卻一時之間薈萃了眾多名士，成為詩歌改革的前沿。

可是作為四川人的陳子昂卻好像和他們沒有太多交集。翻翻詩文，除了宋之問、王無競等寥寥一、兩人外，幾乎看不到陳子昂有什麼和他們之間的互動。

在那個時代，他很孤獨。唐代詩人們都喜歡齊名、並稱，有沈則有宋，有李則有杜，有錢則有劉，有王則有孟，有元則有白，有郊則有島，有皮則有陸。

陳子昂卻沒有。他這樣大的名聲、這樣大的影響，但在他的時代裡沒有人和他齊名，沒有人和他並稱。他像是一個天外的來客。

此外，他也不像一個大詩人。

他的詩寫得有些「不講究」，比較粗直。比如到處都是重複的字眼，這是很犯忌諱的。[5]他的代表作〈感遇〉組詩開篇的第一首，「微月生西海」、「太極生天地」，便憨態可掬地連用了兩個「生」。又比如「化」字，學者鮑鵬山統計三十八首〈感遇〉詩裡，他用了十一次「化」字，外加十三次其他的指代詞。

辭藻不豐富，是不少人讀陳子昂的感覺。美國學者宇文所安讀了陳子昂之後，狐疑地說，他寫景狀物的時候掌握的「詞彙甚少」。比如，凡是要表現視覺上的延續感被打斷的時候，陳子昂就不可避免地用「斷」字——「野樹蒼煙斷」、「野戍荒煙斷」；如果要表現視覺上的延續中斷之後又重新開始，就往往用「分」字——「城分蒼野外」、「煙沙分兩岸」；如果這種延續僥倖沒有被打破，並擴展到了一定的距離，就難以避免地要用「入」字——「征路入雲煙」、「道路入邊城」。

乍一看去，我們的陳同學像是個沒有經過專業訓練自學成才的野路子詩人。

後人說他「章法雜糅，詞煩義複」，或者是「質木無文，聲律未協」，他大概也是要承認的。在語句美麗上，兩三個陳子昂加起來，也趕不上一個宋之問。

陳子昂自己好像也不在乎。他不很在意詩人的名分：「文章小能，何足觀者？」

甚至他的外貌也不足以做一個偶像派詩人。《新唐書》說他「貌柔野，少威儀」，和明星偶像一般的宋之問完全不能相比。

那麼我們究竟是喜歡他的什麼呢？

三

如果把他留給後世的一百多首詩仔細揣摩一下，你會發現，這些詩裡面有三個陳子昂。

第一個是喜歡老莊的陳子昂。

這個陳子昂是理智的、超然的，也是寡淡的、無趣的。在他的代表作三十八首《感遇》裡，這樣的詩佔了相當數量。這一類詩不像是詩，倒像是陳子昂的哲學筆記：

「閒臥觀物化，悠悠念無生」、「吾觀崑崙化，日月淪洞冥」、「空色皆寂滅，緣業定何成」、「窅然遺天地，乘化入無窮」、「尚想廣成子，遺跡白雲隈」……我們讀得很苦，但陳子昂卻興致盎然，他一定用了大把大把的時間鑽研這些微妙又飄渺的東西。

如果你很喜歡老莊，那麼你有可能會喜歡讀到這樣的詩，體味到一種同類間的共鳴。但是多數人喜歡的不是這一個陳子昂。如果他總寫這一類詩，我們記不住他。

第二個陳子昂，是追慕鬼谷子的陳子昂。

鬼谷子是個傳說裡的古人，面貌比較複雜。此人似乎是一個跨界的專家，明明在道家做著真人，似乎一門心思修心養性，可偏偏又不知道出於什麼目的，搞了一個縱橫家培訓中心，教出來的徒弟個個都是攪亂世界的梟雄。

陳子昂所愛的，到底是哪一個鬼谷子呢？他自己似乎給出過答案：「吾愛鬼谷子，青溪無垢氛。」——他說自己愛的是第一個鬼谷子，因為「無垢氛」，飄然出世，不沾染滾滾紅塵。

然而真的是這樣嗎？我們再往下讀就明白了。

七雄方龍鬥，天下久無君。
浮榮不足貴，遵養晦時文。
舒可彌宇宙，卷之不盈分。

陳子昂固然說喜愛鬼谷子的「無垢氛」，但他津津樂道的仍然是「舒可彌宇宙，卷之不盈分」。他羨慕的畢竟還是人家能做大事，就像青梅煮酒的時候曹操所描述的那條龍：「能大能小，能升能隱；大則興雲吐霧，小則隱介藏形；升則飛騰於宇宙之間，隱則潛伏於波濤之內。」又好像今天的商戰裡，完成一筆數百億的驚天收購，然後關掉手機去度假。

最後，陳子昂終於要吐露心事了：「豈徒山木壽，空與麋鹿群。」彷彿正焦躁地搐著胸口：為人一世，怎麼能像山上的樹木一樣，徒有漫長的壽命，卻只能和無所事事的麋鹿為伍呢！

糾結、騷動、進退維谷，這就是號稱仰慕鬼谷子的陳子昂。似乎也不是最迷人的那一版本。而除此之外，還有第三個陳子昂，是懷念燕昭王的陳子昂。我們多數人最愛的是這一個陳子昂，一個孤獨、悲愴、呼喊著的陳子昂。

燕昭王，是位以禮賢下士而著名的古代君王。他所統治的燕國，也是後代有志之士所共同幻想的理想之國——簡歷上午投進去，豪車下午就來接你。

人們用各種方式懷念著他。諸葛亮把自己比作他所發掘、禮遇的部下；鮑照用他的事蹟來對照羞辱當世的權貴；李白哭天搶地呼喊他的名字；李賀說願意為了這樣的君王而戰死；湯顯祖在一千八百多年後仍然念叨他的事蹟，對他無比懷念。

傳說中，燕昭王為了招聘賢才，建造了一個著名的建築——黃金臺。

其實對於這個臺子，我們連它到底多高、多寬、規制如何、上面擺設何物都完全弄不清楚。歷史上是不是真的有這麼一個臺？我們也不確定。

可一代又一代的士人都相信它的存在。尤其是當他們人生不順遂、不得志時，就會更加思慕那方聖地，為古燕國再蒙上一層夢幻的光彩。

陳子昂就分外地懷念燕昭王。他仰天大吼：「昭王安在哉！」他的痛苦和自己的經歷有關。陳子昂的一生，曾在仕途上有過兩次大的努力。

第一次是侍奉武則天。

作為大唐的臣子，當武則天明擺著要做皇帝，要改朝換代，陳子昂選擇支持還是反對呢？是支援。他還緊跟形勢，和很多識時務的同僚一樣，給武則天上位造輿論，寫〈神鳳頌〉，寫〈上大周受命頌表〉，熱烈擁護武則天當皇帝。

可惜的是，他靠擁戴武則天獲得了提拔，卻又不肯尸位素餐，諫疏不斷，「言多切直」。別人不願觸及的敏感領域，他都要去批評，不論內政、外交、邊防、刑獄、民生，各個方面他都要諍諫。

終於，他和武則天隔膜起來，被嫌棄、整肅，還坐了牢。我們不知道他被下獄的具體原因是什麼，但歸根到底是失去了武則天的好感和信任所致。

陳子昂落了個兩面不討好。他固然沒有討好到武氏，也沒有討好後世的批評家、道學家們。由於擁戴過武則天，陳子昂成了變節者、投機家，得到了滾滾罵名，年代越往後，就被罵得越厲害。

唐代的杜甫認為他「終古立忠義」，完全是正面高度評價，但到宋元之後，人們就說他道德敗壞，拍馬屁、沒節操，「其聾瞽歟」，甚至「立身一敗，遺詬萬年」。

罵得最厲害的，是清代的王士禛，說陳子昂是人渣敗類，「不知世有節義廉恥事矣」，「真無忌憚之小人哉！」最後王士禛還不解氣，來了一段惡毒詛咒：「陳子昂這廝最終被一個縣令害死了，我看不是縣令害的，一定是唐高祖、唐太宗的靈魂附體，假手於縣令，幹掉了這個叛徒。」

這就過分了。

在陳子昂當時的環境下，勸進、擁武是例行公事。後人眼裡的那些忠臣賢相，比如姚崇、宋璟、婁師德、狄仁傑，他們當時不也都擁戴武則天嗎？我們為什麼對一個詩人、低級官員的要求，比對那些大政治家、高級官員還嚴苛呢？

陳子昂對武氏的擁護，也不能說是見風使舵，多少是發自內心的。武則天把他從一個從九品的小科員拔擢到秘書省，做麟臺正字，做右拾遺，雖然位階仍然不很高，但接近了核心部門，有了建言獻策、展示才華的機會，一個正常人怎麼會不擁戴感激呢。

其實最沒有資格批評陳子昂的，恰恰就是王士禛老兄自己。他看不慣陳子昂作為唐臣，卻去做武則天的官，覺得是人品不端。然而王士禛的祖宗世代都做明朝的官，他親爺爺王象晉做到了明朝的布政使，可王士禛本人卻跑去做清朝的官，一路升遷，幹到刑部尚書。

按照王士禛的標準，他自己比陳子昂更沒節操得多了。陳子昂擁戴的武則天，畢竟是李唐家的媳婦、唐中宗的親娘，後來也被李唐家所承認，入葬乾陵，被認定為「則天順聖皇后」，說到底是李唐一家子人。而王士禛服侍的清朝卻是敵人，是滅了南明的仇家，他又該如何面對祖上呢？難道明太祖、明成祖之靈也應該附體殺了他？

對別人寬容，就是對自己寬容。王士禎大概不大明白這個道理。

前文說了，陳子昂仕途上的第一次努力是擁戴武則天·他的第二次努力，是從軍邊關。

他是一個有俠氣的人，看看「劍」在他的詩歌裡出現之頻繁就知道了。唐代二千二百多個[6]詩人，陳子昂是最有俠客風範的人之一，如果有導演拍武俠片，在詩人裡選角，最有可能被選上的就是陳子昂。

他一生中得到了兩次機會出征。提劍塞上，躍馬邊關，是多麼符合他的心意啊！看看他的〈感遇〉詩就知道了：

本為貴公子，平生實愛才。
感時思報國，拔劍起蒿萊。
西馳丁零塞，北上單于臺。
登山見千里，懷古心悠哉。
誰言未忘禍，磨滅成塵埃。

多麼慷慨的詩句。李後主也說「金劍已沉埋，壯氣蒿萊」，但和陳子昂相比，只是哀怨的亡國後之言。李白則說：「與君各未遇，長策委蒿萊。寶刀隱玉匣，鏽澀空莓苔。」可那不過是懷才不遇的牢騷而已，畢竟李白從沒有當真在邊塞衝殺過，一切都是想像，比不上陳子昂真正躍馬塞外的豪雄。

大軍之中，我們的小陳同學正在渴望帶一彪人馬，殺敵建功呢，忽然有一個人給他潑了一盆冷水：

「你一個書生，帶個啥兵啊！」

潑涼水的人，就是統兵的首領，武則天的侄子武攸宜。他是武家少有的幾個能帶兵的人。不幸的是，陳子昂和他沒能好好地合作。

他們的部隊到了漁陽，前鋒出師不利，陳子昂幾次提意見，想帶兵出征尋找機會，都未獲准許。武攸宜對他的嫌惡逐漸加深，最後把他的官職由管記（高級參謀）貶為軍曹。

陳子昂一言不發，交上了自己的制服、肩章和領花[7]。從此，這個部隊裡最喳呼、最愛提意見的人，變得沉默了。

正是在這最苦悶的日子裡，他隨著部隊，經過了古代燕國的舊都。

陳子昂孤身一人登上了高處。此時距離燕昭王的霸業已過去數百年，極目遠眺，城池早已不在，四下只剩一片蒿草，傳說中的黃金臺也不知道藏埋在何方。暢想著當時豪傑雲集的場面，再想想自己的處境，他忍不住感慨傷懷。

這個沉默了很久的小小的軍曹，終於覺得有話要說了。

他拿起了筆，浸入墨中，深烏色的墨汁迅速沿著雪白的筆毫爬升。此時萬籟俱寂，連在雲中窺探的詩歌之神都屏住了呼吸，等待著那一刻的來臨。

陳子昂筆尖飛動，一連寫了七首詩，熱情歌詠了七個和幽燕有關的人物，分別是黃帝、燕昭王、樂毅、太子丹、田光、鄒衍以及郭隗。

七首詩寫畢，軍曹興猶未盡，泫然流涕，作起了歌來。

他一定料想不到，自己此刻所唱的內容竟然也會流傳千古。後人給它取了個名字，叫作〈登幽州臺歌〉：

前不見古人，
後不見來者。
念天地之悠悠，
獨愴然而涕下。

這是他人生的低谷，卻是他詩作的巔峰，也是有唐朝以來詩作的巔峰。哪怕埋沒了那麼多年，它也終於被明朝人發現，成為了名篇。

簡單講一下陳子昂的結局。在這之後不久，他就辭職回家了，本來打算用餘生來著書。幾年後，病中的他遇到一位貪婪的地方官，被下獄折磨致死。

也有學者說，他實際上是得罪了武家，他們授意地方官害死了他。

唐代那麼多詩人裡，沒有幾個曾被稱為「文宗」的，王維是一個，陳子昂是一個；也沒有幾個人的作品曾被稱為「泣鬼神」的，李白是一個，陳子昂是一個。

在他去世很多年之後，有一個粉絲跋山涉水，慕名來到了陳子昂的家鄉。

這位粉絲是懷著崇敬之情來的。他爬上金華山，瞻仰陳子昂的讀書堂遺址，親手撫摸了石柱上的青苔。他又來到附近的東武山，走訪了偶像的故居，凝視著陳舊的磚石、斑駁的牆壁，久久不願離去。

這個粉絲叫作杜甫。

對於陳子昂來說，武則天是不是看重他，武攸宜是不是欣賞他，乃至後世的王士禎等人是不是理解他，現在已經變得一點都不重要了。因為杜甫崇敬他。在這番遊覽之後，杜甫為偶像寫下了這樣的詩句：

公生揚馬後，名與日月懸。

註釋

1 楊慎是〈登幽州臺歌〉的發現者。其《丹鉛摘錄》：「陳子昂〈登幽州臺歌〉云：『前不見古人，後不見來者。念天地之悠悠，獨愴然而涕下。』其辭簡質，有漢魏之風，而文籍不載。」

2 不得不提一種很煞風景的可能，就是陳子昂在所謂「幽州臺」上吟唱的這幾句，未必是他的創作，而不過是當時一首流行歌曲，又或者是最早記錄這段故事的盧藏用根據陳子昂的歌意濃縮撰寫的。

3 「軍曹」這個詞，在日語裡指中士，唐代顯然不是。在新舊《唐書》裡都沒有「軍曹」這個名目，但又說陳子昂「徙署軍曹」。大概有兩個可能，一是它籠統指部隊系統，兩宋文獻裡有幾處「軍曹」字樣，常是代指部隊的意思。另一種可能，它是個簡稱，唐代軍隊文職官裡有倉曹參軍事、兵曹參軍事、騎曹參軍事，都是正八品下低級官員，有時可兼任，「軍曹」可能是這些職務的簡稱。如果陳子昂是騎曹參軍事，那麼就類似弼馬溫了。當然，弼馬溫「未入流」，騎曹參軍事職級雖然低，畢竟是入了流的，陳子昂的境遇還是比孫猴子好。

4 宇文所安《初唐詩》：「陳子昂的發展似乎相對地獨立於同時代的文學界。」

5 用重複字眼，是寫詩的忌諱之一。唐宣宗因為考生寫詩用了重複字眼，就不錄取，哪怕主考官說好話也沒用。

6 前文提到康熙御制《全唐詩》稱，「得詩四萬八千九百餘首，凡二千二百餘人」。事實上今天人們了解掌握的唐代有名有姓的詩人已經超過了二千二百之數。

7 管記也是文職幹部，未必有肩章、領花，可誰知道呢。

前不見古人

前文中講了陳子昂的〈登幽州臺歌〉，還有這首詩被發現的過程。

這首詩當然寫得很好，很震撼人心，是公認的傑出作品。至今我都依稀記得少年時第一次讀到它的震顫。初中時，我的歷史老師喻老師還曾大字把它抄在黑板上，給我們朗誦。他只在大字板書過兩首詩，一首是曹操的「白骨露於野，千里無雞鳴」，另一首就是陳子昂的「念天地之悠悠，獨愴然而涕下」。

然而，接下來請各位做好心理準備，拉好扶手，小心翻車，因為我們要講另外一個或許讓人出乎意料的內容：

這首詩，有可能不該算是陳子昂的詩作。[1]

有朋友可能驚呆了，開玩笑吧，〈登幽州臺歌〉婦孺皆知，豈能不是陳子昂的作品？眼下去任何一個書店買上任何一個出版社的唐詩選，都會把這首詩列在陳子昂名下，白紙黑字，哪裡會有錯的？

然而事實卻是，〈登幽州臺歌〉這流傳天下的四句、二十二個字，可能的確是出自陳子昂之口，但卻未必能算是陳子昂的詩。

接下來便把這個問題講清楚。

話說，陳子昂生前有一個好友，叫作盧藏用。這段〈登幽州臺歌〉的公案便和盧藏用有關。盧藏用本身也是一個詩人、書法家。一說到初唐姓盧的詩人，我們便會想到盧照鄰。他二人的確有些關係，都是出身於范陽盧氏，屬當時一流的高門望族。盧藏用的際遇比盧照鄰要好，大致是因為順利搭上了太平公主的關係，他在神龍到先天年間先後做過中書舍人、工部侍郎、尚書右丞等職，都是比較有分量的職務。直到太平公主倒臺，他才被貶斥。

盧藏用和陳子昂的關係，用今天的話說是鐵哥們。陳子昂生前，兩人就經常在一起詩歌唱和。陳子昂被害去世後，盧藏用還撫養了他的孩子。他倆的友誼完全可以和後世柳宗元和劉禹錫的關係相比。柳宗元死後，孩子便是由劉禹錫撫養成人，還中了進士。這都是很感人的故事。

除了幫助陳子昂撫養孩子，盧藏用還給陳子昂編了文集《陳伯玉文集》，又精心給好友寫了一篇兩千多字的小傳，叫〈陳子昂別傳〉，相當於一篇記敘文〈記我的好朋友陳子昂〉。

在這篇傳記裡，他把陳子昂寫得活靈活現。盧藏用說，陳子昂不但有才，而且為人十分俠義，「尤重交友之分，意氣一合，雖白刃不可奪也」，是個十足的熱血性情中人。我們今天對陳子昂的很多了解都是從這篇傳記上來的。可見有個好朋友多麼重要。

對於陳子昂被迫害而死的詳細過程，盧藏用也有介紹。他說，子昂回射洪老家後，蓋了幾十間茅屋定居，專心想寫一部著作《後史記》。不料當地縣令段簡十分貪暴殘忍，構陷陳子昂，幾次施加迫害。陳子昂身體本來就羸弱多疾，又被杖責，終於是垮了，在四十二歲那年含恨死去。

說完了盧、陳二人的交往，再說〈登幽州臺歌〉。

在陳子昂的詩集裡，原本是沒有這首詩的。盧藏用編的《陳伯玉文集》中也沒有這首。那麼它是怎麼冒出來的呢？就是來自盧藏用寫的那篇小作文〈陳子昂別傳〉，上面有這樣一段話：

> 子昂體弱多疾，感激忠義，嘗欲奮身以答國士。……因登薊北樓，感昔樂生、燕昭之事，賦詩數首，乃泫然流涕而歌曰：「前不見古人，後不見來者，念天地之悠悠，獨愴然而涕下。」時人莫之知也。

大意就是說，陳子昂一心報國，卻總是難酬壯志，心中抑鬱難平。有一天，他登上了薊北樓，想起當年戰國時燕昭王、樂毅君臣知遇的故事，感慨傷懷，寫下了幾首詩，也就是上文我們講的〈薊丘覽古贈盧居士藏用七首〉。

完成之後，他熱淚橫流，作起了歌來，唱的是：「前不見古人，後不見來者，念天地之悠悠，獨愴然而涕下。」

也就是說，陳子昂在薊北樓這麼一個地方先寫了七首詩，然後又唱了一段，可能是唱的，也可能是大吼，反正嚷了幾句。

這就留下了一個千古之問：陳子昂吼的這幾句，算是他的詩嗎？

盧藏用覺得是不算的。道理很簡單，他自己給陳子昂編的文集，都沒把這幾句話當成詩給編進去。[2]

之前陳子昂曾「賦詩數首」，那七首詩，盧藏用認真地一首首給編到集子裡了，並無遺漏，唯獨留下後面「唱」的幾句不錄。說明在盧藏用心裡，那本來就不算是陳子昂的詩。

在很長一段時間裡，後人也並不覺得那是陳子昂的詩。陳子昂去世後八百多年，從唐、宋一直到明代，許許多多人讀過《陳子昂別傳》，也並沒人把這幾句當成是陳子昂的詩。

甚至，這幾句話到底是陳子昂所唱的精確原文，還是盧藏用給簡單概括的，我們都不確定。因為古代沒有標點符號，自然也就沒有引號，我們都不知道那是不是直接引語。

杭州師範大學的李最欣先生甚至提出一個驚人的說法，認為盧藏用原文的斷句應該是：陳子昂登薊北樓，「泫然流涕而歌曰：『前不見古人，後不見來者』，念天地之悠悠，獨愴然而涕下。時人莫之知也。」也就是說，陳子昂當時唱的，可能只是前兩句！

還必須指出的是，「前不見古人，後不見來者」，這句話也並不是陳子昂原創的，早在唐代之前就有人說過。早在陳子昂之前三百年，南朝的宋武帝就曾說過這話：前不見古人，後不見來者。

所以，當時的實際情況不排除是這樣的：

陳子昂登上薊北樓，先作了幾首詩，然後一時激動，又唱又喊地來了幾句。他並沒把這幾句當成認真的創作，只是抒發感情而已，亂吼嘛，古人宋武帝的話自然是拿來便用。而作為好朋友，盧藏用也把這幾句話記錄了一下，卻也完全未當成是詩，也未編進詩集中去。

假如你穿越回唐、宋，問當時人有沒有聽過陳子昂的〈登幽州臺歌〉，對方多半會瞠目結舌，不知所以。因為確確實實沒有這首詩。

到了八百年後的明代中期，才子楊慎讀《陳子昂別傳》，注意到了這幾句話，很感興趣，這才專門摘出來，當成了陳子昂的詩歌作品。楊慎影響力何等大，於是這首「新發現」的無題詩便傳開了。

又過了一些年，楊慎的學生給這四句話加了一個題目，叫作〈幽州臺詩〉。後來題目又漸漸演變成了〈登幽州臺歌〉，成了我們如今所見的版本了。

誠然，這四句話的確蒼涼、雄渾、動人心脾，有著穿越古今時光的視角，又有一種濃烈的悲劇情緒，所謂「胸中自有萬古，眼底更無一人」。

在這樣美的句子面前，人們已經不在乎它是不是陳子昂的百分百原創了，和宋武帝有沒有版權糾紛也無所謂了，反正它已經被放到了陳子昂的名下。再說了，這幾句歌的氣質本來也就很陳子昂！

但有一些事，仍然是要說明的。清代學者黃周星稱讚這首詩說：「古今詩人多矣，從未有道及此者。」這便是不對的，絕不能說古人「從未有道及」。至少宋武帝明明就先吟出前面一半了。而且屈原在他的〈遠遊〉中也早就吟出了一樣意境的詩句：

惟天地之無窮兮，
哀人生之長勤。
往者余弗及兮，
來者吾不聞。

這和「前不見古人，後不見來者。念天地之悠悠，獨愴然而涕下」豈非如出一轍？

本文中講起這段公案，並不是要參與「翻案」。這也並不是我發現和提出的，而是陳尚君、李最欣等幾位所發現、提出的。

之所以寫在這裡，一方面是作為參考，給大家多一個知識補充，另一方面也是希望傳遞一個觀念：

在我們的認知中，有許多所謂的「確定的知識」，如「陳子昂寫了一首〈登幽州臺歌〉」，這就是一個公眾眼中的「確定的知識」。上一輩告訴我們，我們又依樣畫葫蘆地告訴孩子，我們往往不會留意這些「確定的知識」是怎麼來的、是由誰確定的、是如何確定的。

事實上，任何知識的從無到有、從不確定到確定，都是一個新奇的，又帶有很大偶然性的冒險過程。

這中間，往往會有大膽的推測，有審慎的鑽研，也會有想當然的臆斷，還會有跟風、有爭辯、有存疑、有質證，還有時代的誤會、有歷史的巧合。然後，經過了這無數道工序的雜糅，一個知識才會變成所謂「確定的知識」，出現在我們的面前。

所以，有時候走到知識的背後去看看，也會別有收穫。

接下來你還會了解到，許多一直以來我們都深信不疑的知識，其實也很可商榷。也許李白的「朝如青絲暮成雪」是誤傳了，也許杜牧的「清明時節雨紛紛」是個大烏龍。大家也不需驚訝。

這是知識的另一種魅力，也是唐詩的另一種魅力。

註釋

1 二〇一四年上海復旦大學陳尚君先生發文《〈登幽州臺歌〉獻疑》，二〇一六年杭州師範大學李最欣先生發文《〈登幽州臺歌〉非陳子昂詩考論》，均探討過這個問題。本文是參考以上二位的文章。

2 陳尚君《〈登幽州臺歌〉獻疑》：「明弘治四年（一四九一）楊澄刻本《陳伯玉文集》十卷中，並沒有這首詩。陳集是其友人盧藏用所編，時間在陳子昂身後不久。一九六〇年中華書局上海編輯所出版徐鵬校點本《陳子昂集》，認為楊澄刻本沒有保存原書面貌，因此於原書次第有所改動。敦煌遺書存《故陳子昂遺集》殘卷，與楊本次第相同，證明徐鵬判斷未允。」

浪漫的初唐

暗塵隨馬去，明月逐人來。
——蘇味道

一

講完了軍曹陳子昂的故事，我們可以面對一個詞了：初唐。如果我們今天去上大學、學唐詩，老師一般會習慣性地告訴你：唐詩的歷史可以分成四段，叫作初唐、盛唐、中唐、晚唐。這個分段的方法，並不一定就是最科學的。但因為它被用得最多，也最深入人心，我們這套書也按照這個方法來分。

「初唐」時代結束、「盛唐」時代開啟的時間，一般認為是西元七〇五年。

而恰恰就在這一年的元宵節，誕生了一首十分美麗的詩，叫作〈正月十五夜〉：

火樹銀花合，星橋鐵鎖開。
暗塵隨馬去，明月逐人來。
遊伎皆穠李，行歌盡落梅。
金吾不禁夜，玉漏莫相催。

這首詩所寫的，是東都洛陽的元宵之夜。[1]

唐朝的大都市生活其實沒有你想像的浪漫豐富，平時是要宵禁的。黃昏之後，「閉門鼓」咚咚打過，城中的里坊關閉，大門落鎖，人就不能上街了，否則被禁軍抓到就打屁股。每年只有正月十四、十五、十六三天除外，不必宵禁，叫作「金吾不禁夜」。什麼是金吾？就是打屁股的禁軍。

一年只能嗨三晚，市民當然要抓緊機會狂歡了。於是乎到了晚上觀燈之時，城裡人山人海，一片銀花火樹。城河被映照得如同天上的星河，美麗的歌妓濃妝豔抹，踏著〈梅花落〉的歌聲在人潮中穿行，處處流光溢彩，恍如天上人間。

然而有一次，我又無意翻到〈正月十五夜〉這首詩，忽然浮起一個念頭——這首詩恰好誕生在初唐之末、盛唐之初的分水之年，豈不是很巧？

它所描寫的固然是元宵美景，但如果我們用它來形容初唐的詩歌，不是也很恰當嗎？

二

試想一下，如果我們站在西元七〇五年的節點上，回頭望去，看視有唐以來九十年的詩，看它從最初的萎靡，到此刻的氣象萬千、火樹銀花，難免產生「星橋鐵鎖開」的感慨。

按理說，這鐵鎖，似乎開得晚了一點，詩的勃興應該早些到來的。它的準備工作其實早已經就緒了。

在唐朝建立大約四百年前，東漢末年時，五言詩就已經打磨成熟了。三國時代的人已經可以讀到非常棒的五言詩。

而在大約兩百年前，到了南朝劉宋的時候，七言詩也已經準備就緒。[2]那個時代的大詩人鮑照已經可以熟練地用七言詩高呼：「君不見少壯從軍去，白首流離不得還。故鄉窅窅日夜隔，音塵斷絕阻河關。」

這時，詩的繁榮還差一塊拼板，叫作聲律。前文中我們已經講過，同樣是一句話，同樣的字數，為什麼有的讀起來就聲韻鏗鏘、悅耳動聽，有的讀起來就十分拗口？人們慢慢意識到：這是聲律在暗中起作用。

在唐朝誕生之前一個世紀，這最後一塊拼板也終於被補全了——有一個叫沈約的聰明人，根據前人的研究成果，總結出了一套關於詩歌聲韻的規律、訣竅和禁忌，發明了「四聲八病」之說，讓一種全新的詩——律詩的誕生成為了可能。

此外，唐代詩歌中最重要的幾種題材：邊塞詩、懷古詩、離別詩、留別詩、閨怨詩、詠物詩、山水田園詩、酒後撒瘋說胡話詩……都已經齊備。每一種題材都已有傑出的前輩寫過，留下了許多模子和範本。

關於詩的一切關鍵要素，到隋唐之前都已經完成，就好像柴薪已經堆滿，空氣已然熾熱，就等待那最後的一絲火星了。可它卻遲遲沒有出現。

沉悶、燥熱、無聊……人們熬過了唐朝最開始的數十年，情況仍然沒有什麼變化，火種依舊在深處封存著。

那些年裡，撐持著詩壇檯面的，是一幫宮廷裡的老人。他們從舊時代走過來，身分高貴，諳熟經典，訓練有素，出口成章，但卻又是那麼缺乏創造力。他們也不滿意現狀，想要改革，想要振奮，不願再像前輩那麼綺麗、瑣碎和柔靡，但他們卻又看不到前路，走不出過去的泥淖，只好狐疑地把宮體詩一首首作下去。

今天的許多唐詩選本，第一首都放王績，那是沒有辦法，不是王績同學非要搶沙發，而是他的「長歌懷採薇」，實在是那時為數不多的清新句子。

難道就沒有希望了嗎？人們猛一回頭，才發現亮光已經在不經意處出現了。一批小人物昂然舉起了火炬。

跟著我們來！他們吼道。詩，打從一開始「三百篇」的時候起，就不只是宮廷裡的玩物啊。誰說只有達官顯貴才可以寫呢？

我們小人物也可以寫的！誰說只有吃飯喝酒、觀花賞月才能入詩呢？我們還要寫江山和塞漠。

人們觀望著、猶豫著，但漸漸地，越來越多的人聚攏到了他們身後，那火把匯成一條長龍，大家吶喊著，向八世紀浩蕩進發。

三

今天，許多學者都對唐詩的這一個時期很感興趣，他們像做生物研究一樣，取下這個時期的一些切片，放到顯微鏡下觀察。

有一個日本學者叫作松原朗，專門研究了這個時期的一樣東西，叫作「宴序」[3]。所謂「宴序」，就是當時文人們搞派對時所作的風雅序言。它可不是今天宴會的菜單、禮單之類的俗物，而是有資訊性的，能反映出文人活動的情況，比如一次派對有多少人參加，會上大家寫了多少詩，等等。

松原朗發現了一個有趣的現象：到了「初唐四傑」的時候，宴序的數量猛然增多了。也就是說，大家喝酒、作詩的活動開始頻繁了。

「四傑」流傳到今天的宴序，多達五十四篇。相比之下，之前吳、晉、宋、齊、梁、陳整個六朝幾百年裡，留下來的宴序總和也不過只有七篇。而在「四傑」之前的唐初五十年，則一篇宴序都沒有。

他認為這側面說明了一件事：越來越多的人開始寫詩。

人們開始不僅僅在長安、在洛陽寫詩，也在各個州府縣城、館驛茅屋、水畔林間寫詩了。

他們之中，許多是中下層的官僚，甚至寒門士人。他們沒有資格寫宮體詩，於是更多地描繪各色江山風物、社會人生，更自由地抒寫心情。

江湖翻騰起來，新的風格恣意生長，詩壇不再千人一面，而是像物種大爆發般，呈現出各種不同的風格。

面對深秋寥落的山景，那個叫王勃的山西詩人，用一種莊嚴典雅的風格，寫出了帥得人眼暈的詩句：

長江悲已滯，萬里念將歸。
況屬高風晚，山山黃葉飛。

他拋棄了那些陳腐的套路，沒有寫宮體詩中「哎呀我真不捨得離開」之類的矯情句子，而是選擇了一幀膠片感十足的畫面——「山山黃葉飛」，作為詩的結尾。

面對月色下浩蕩奔流的春江，一個叫張若虛的揚州詩人也果斷拋棄了靡豔的辭藻，拒絕去雕琢瑣碎小景，而是四十五度角仰望夜空，用空淨華美的語言，直接叩問生命和宇宙的奧秘：

江天一色無纖塵，皎皎空中孤月輪。
江畔何人初見月，江月何年初照人？
人生代代無窮已，江月年年只相似。
不知江月待何人，但見長江送流水。

他的這一篇作品，就是後來孤篇橫絕的〈春江花月夜〉。

隨著「星橋鐵鎖開」，詩歌的世界終於「暗塵隨馬去」了。這暗塵，是沉積板結了百年的塵土，隋文帝發文告掃除不清，李世民親自帶頭寫作也掃除不清的，眼下終於鬆動了、拂去了，直到從四川射洪衝出來陳子昂，給了這「暗塵」以最後的一次滌蕩。

於是「明月逐人來」，夜空一片開闊。不斷有天才滿溢的玩家加入，「遊伎皆穠李，行歌盡落梅」。他們競芳鬥豔、自在歡唱，完全不必擔心它會太早結束，因為「金吾不禁夜」，這一場詩的盛世才剛開始呢！

四

然後下一步呢？暗塵去了，鐵鎖開了，之後何去何從？

在初唐詩人們的面前，依稀出現了兩條道路：一條叫作「復古」；一條叫作「創新」。

詩人們自動分成了兩撥，開始爭論起來。一撥人說：我們要創新，要向前看，要面向未來。我們要創造一種新的詩的體裁，它的聲律必須更嚴格，它的對仗必須更精準，它的形式必須更工穩。相信我們吧，它一定會有遠大的前途！

在這一撥人裡匯聚了許多高手：沈佺期、宋之問、杜審言、蘇味道……前三位我們已經介紹過了，乃是「律詩之祖」。在資歷上他們也絕不可忽視，蘇味道是後來「三蘇」的祖宗，杜審言是老杜的爺爺，都是當世的泰斗。文章開頭提到的那一首〈正月十五夜〉就是蘇味道的名篇。

這些詩人商議完畢，手拉著手，逸興遄飛，一路前行而去了。另一撥詩人卻立在了原地，沒有跟隨大部隊前去。領頭的就是陳子昂。夕陽把他的影子長長地投在地上，顯得有些孤單。

「我們應該向後看，要回首過去。」他向為數不多的支援者大聲說：「詩，在最近幾百年裡已經死掉了。我們要回頭去尋找一個過去的美好時代，把它的遺產繼承下來，讓它在這個世界復興。」

就像但丁、彼特拉克、達·文西尋找到古希臘一樣，陳子昂也尋找到了一個他理想中的黃金時代：建安。

轟隆聲中，他推開了那扇塵封已久的古老大門。在這座殿堂裡，矗立著曹操、曹丕、曹植、孔融、陳琳、王粲等「三曹」和「七子」的塑像，這裡還飄揚過「對酒當歌，人生幾何」、「亭亭山上松，瑟瑟谷中風」的壯聲。只不過很久沒人來了，這裡似乎已被人遺忘，雜草侵蝕了臺階，牆垣上已經爬滿藤蘿。

陳子昂拂拭蛛網，打掃灰塵，重新點燃了殿中的巨燭。他堅信，詩歌一定要向過去那個時代學習，要蒼涼古直、慷慨悲歌，才有出路。

這是一條寂寞的復古之路。在他的時代，一種全新的詩歌——律詩已經越來越流行了，他卻偏偏選擇了去寫古詩，彷彿是一個揮舞著鏽鐵矛的執拗武士。

陳子昂，確實是曹操的後繼。

他們寫詩時的起興手法都是一樣的。曹操說：「蒲生我池中，其葉何離離！」陳子昂則感歎：「蘭若生春夏，芊蔚何青青。」

陳子昂的邊塞征戰詩也極像曹操，和後世邊塞詩人岑參等的明顯不一樣。後來岑參等人的詩，讀來像是記者的戰地報導，細節豐富，有很強的第二視角的感覺——「將軍角弓不得控，都護鐵衣冷難著」，陳子昂的讀來則像是遊俠的筆記：

蒼蒼丁零塞，今古緬荒途。

亭堠何摧兀，暴骨無全軀。
黃沙幕南起，白日隱西隅。
漢甲三十萬，曾以事匈奴。
但見沙場死，誰憐塞上孤。

——〈感遇〉之三

他的〈感遇〉系列第二十九首，則像是一個統帥的行軍日誌，完全是讀曹操〈蒿里行〉、〈苦寒行〉的感覺：

嚴冬陰風勁，窮岫洩雲生。
昏曀無晝夜，羽檄復相驚。
拳跼竟萬仞，崩危走九冥。
籍籍峰壑裡，哀哀冰雪行。

還有他的〈感遇〉第三十四首，是一個俠客的小傳：

朔風吹海樹，蕭條邊已秋。
亭上誰家子，哀哀明月樓。
自言幽燕客，結髮事遠遊。

赤丸殺公吏，白刃報私仇。
避仇至海上，被役此邊州。
故鄉三千里，遼水復悠悠。
每憤胡兵入，常為漢國羞。
何知七十戰，白首未封侯。

陳子昂所寫的這個邊塞的武士，多麼像曹操〈卻東西門行〉裡面的鴻雁啊。他感歎的「故鄉三千里，遼水復悠悠」、「何知七十戰，白首未封侯」，不就是曹操的「戎馬不解鞍，鎧甲不離傍」、「冉冉老將至，何時返故鄉」嗎？

此外，陳子昂還是李白的先聲。

李白出生的時候，陳子昂剛好去世。前者簡直是後者的轉世靈童。這兩位牛人實在是太像了，不管是來歷、風格，還是氣質、三觀。如果寫下這麼一段詩人的簡介，你幾乎分不清楚這到底是陳子昂還是李白：

他來自蜀地；自帶俠氣；富於浪漫情懷，夢想著建功立業，然後功成身退；最喜歡的古人是燕昭王、魯仲連；崇尚復古，大愛建安文學；明明可以靠寫五律吃飯，卻更喜歡寫奔放自由的古詩；創作了一部重量級的古體五言組詩，成為詩界標竿……

陳子昂寫了三十八首〈感遇〉，李白就寫了五十九首〈古風〉。陳子昂大聲疾呼「昭王安在哉」，李白就「呼天哭昭王」。他們的三觀也一脈相承，陳子昂說「漢魏風骨，晉宋莫傳」，李白就說「自從建安來，綺麗不足珍」。難怪林庚先生曾說，陳子昂是李太白活躍在紙上，在李白之前點燃了浪漫主義的火焰。

我想，上天大概是怕李白誕生得太突兀，衝擊波太強，下界無法承受，所以先派遣下陳子昂來，讓他衝殺一番，掃蕩詩壇的最後一絲綺靡，迎接李白的到來。也正是為此，陳子昂寫古詩的時候還有濃濃的曹操、劉楨的痕跡，等到李白提筆的時候，就漸漸沒有了古人的束縛，而是在一片澄碧的江海上舞蹈了。

五

唐詩的寒武紀，終究要邁向中生代的。

回到我們之前所說的，初唐的兩撥詩人，分別在「追尋舊世界」和「開拓新世界」的路上，各自篳路藍縷，艱難行進著。

這兩撥勇士，在各自的征途中都看到了美麗的風景，也都創造出了不起的成就。

讓人意想不到的是，在後來的某一個時刻，這兩股看似方向迥異的潮流，會令人驚訝地重新匯合。

在「追尋舊世界」的這支隊伍中，會湧現出李白。復古之路走到了他這裡，就到了頂峰。古詩和樂府在他的手上發揮得淋漓盡致，到達了前人沒有到過的境地。所謂「舉手捫星辰」，他摸到了天。

而在「追尋新世界」的這支隊伍中，會出現杜甫。

他是開啟新時代的大師。新世界裡的詩，五言律詩、七言律詩、長篇排律，都在他的手上錘鍊、定型、完善，詩的題材也最大限度地拓寬。

這有點像是中國書法的歷史。蘇軾曾寫過一段關於書法的有趣論述，他覺得書法中有兩個世界：一個是唐朝之前的舊世界，那是屬於鍾繇、王羲之的古代。那個世界是玲瓏的、飄逸的，「蕭散簡遠」，天真自然。

另一個是從唐代開始的新世界，是屬於顏真卿、柳公權們的新時代，他們「集古今筆法而盡發之」，後世的人們紛紛學習他們，但與此同時，王羲之的舊世界也逐漸變得模糊、遙遠，過去的那種飄逸再也難以尋訪了。

蘇軾的這一段評論，拿來說詩歌也是很有意思的。

李白就是舊世界的終點。所謂「太白詩猶有漢魏六朝遺意」，詩的舊世界到了他，便走向收束了。換句話說，你如果跑回到《詩經》的古代，轉身向前望去，所能看到的最後一個人，就是李白。[4]

我讀過一本小書，叫《既見君子——過去時代的詩與人》，其中有一段話：「倘若一個讀者是從《詩經》的源頭順流而下，那麼他在遭遇李白時卻注定會生出一種若有所失的感慨……因為這位讀者知道，接下來他將飛流直下，從一個渾然一體、萬物生光輝的古典世界，躍入四季無情的流轉。」

而杜甫，則是新世界的開端。

莫礪鋒教授說過這樣一段話：「如果把中國古典詩歌比作一條源遠流長的大河的話，杜甫就像位於江河中游的巨大水閘，上游的所有涓滴都到那裡匯合，而下游的所有波瀾都從那裡瀉出。」

李白和杜甫會相遇，他們將背靠背站在一起，支撐起唐詩的下一個紀元。它有一個光輝的名字，叫作盛唐。

（後續見第二冊《唐詩光明頂》，即將出版。）

註釋

1 這首詩裡寫的，大概也只是洛陽城繁華的表象。實際上政局暗流湧動，大變就在肘腋之間。就在這首詩誕生的當月，「神龍政變」就發生了，武則天被逼下臺。

2 一般認為曹丕的〈燕歌行〉或者張衡的〈四愁詩〉是最早、最成熟的七言詩。這裡按照遊國恩、蕭滌非等主編的《中國文學史》第一冊：「七言詩……到了劉宋時代的鮑照，它才在藝術上趨於成熟。」

3 見松原朗《中國離別詩形成論考》。

4 清陳廷焯《白雨齋詞話》：「詩至杜陵而聖，亦詩至杜陵而變。顧其力量充滿，意境沉鬱。嗣後為詩者，舉不能出其範圍，而古調不復彈矣。故余謂自《風》、《騷》以迄太白，詩之正也，詩之古也。杜陵而後，詩之變也。自有杜陵，後之學詩者，更不能求《風》、《騷》之所在。」

附錄

翻牆為你摘朵花——詩歌江湖裡鋪出來的那些哏

文／果子離（作家、書評人）

六神磊磊的強項是：把抽象化為具象，把靜態變成動態。

以《全唐詩》如何編成為例。我們知道，歷代以來，古書消逝不計其數，詩作也不例外。但這些真正絕版的書籍或作品到底多少，只是個模糊概念，難以想像，也無從想像。說到唐詩，或許有人想，《唐詩三百首》已夠我讀了，《全唐詩》出版了我也讀不完。那麼，《全唐詩》蒐羅了幾多本已湮滅的佳作？或者即使有了《全唐詩》仍有無數詩作從古早以前就從人間蒸發至今，那又如何？

六神磊磊《翻牆讀唐詩》這篇〈今天能讀到唐詩，你知有多幸運嗎？〉，把《全唐詩》的編輯過程，以及許多唐詩如何消失又如何失而復得，用具體的形象表達出來。文中提到當明代胡震亨立志編一部最完整的唐詩集時，「唐詩正以今天物種滅絕般的速度在失傳。據胡震亨估算，到他所處的年代，唐詩已經至少失傳了一半。」

這樣講，唐詩散佚的形象還不明確，六神磊磊接著再強化讀者印象：最厲害的唐詩〈春江花月夜〉，作者張若虛，到今天留下的詩作，有幾首呢？兩首，只有兩首。多少人朗朗上口的名句「白日依山盡，黃河入海流，欲窮千里目，更上一層樓」，作者王之渙的詩現在我們只讀到六首。

而活了五十八歲的杜甫，四十歲之前的作品，全沒了；李白請人編好作品集，卻只留下十分之一。王維也只留下十分之一。王勃、孟浩然的情形也好不到哪去。

很多佳作，直到後世才被找到。例如〈春江花月夜〉這麼優秀的作品，若非宋人編樂府詩收納進來，我們也不會知道世界上有這麼一首佳作。

六神磊磊用了一個很傳神的比喻：「這就好比《金庸全集》全部失傳了，你只能跑到六神磊磊的專欄裡去找幾段金庸原文來過癮，想想都要哭。」若知道六神磊磊是研究金庸起家的，這句話就更加玩味，也更明白那麼多唐詩失傳帶來的遺憾了。所以標題才說：「今天能讀到唐詩，你知道有多幸運嗎？」

六神磊磊是是金庸迷，在金庸小說裡讀到唐詩，而迷上唐詩。如今談起唐詩，對金庸仍不能忘情，不時引用金庸小說片段為喻，也常借用武俠小說辭彙，武林，論劍，對決，江湖，掌門人，三句不離本行。標題如「中唐的幾場『華山論劍』」便是一例。

在此「華山論劍」並非誇大形容，文中列舉幾場寫詩PK賽，有的只是借其精神，並非一來一往挑戰，但中唐這幾場倒是不折不扣的寫詩比賽。白居易和劉禹錫鬥詩五卷還算小意思，白居易與元稹這組合更誇張，你來我往一千首之多。

六神磊磊筆下最有意思的詩戰，是以鸛雀樓為場景的拚詩大賽。六神磊磊把鸛雀樓形容為武林中的華山，是詩人比賽的地方。一個又一個詩人在此對景寫詩，詩都寫很好，但一山還有一山高，一詩又比一詩好，大唐時期，詩人輩出，誰也不敢論定哪首是史上最強，直到王之渙出場，詩作一出，誰與爭鋒，這詩就是著名的「白日依山盡……」那首。

《翻牆讀唐詩》有時文句看來惡搞，卻寓有深義，前後有所呼應，不可等閒視之。例如提到宋之問，六神磊磊說此君年少時天天讀書寫詩，忙得沒時間洗臉刷牙，宋爸爸勸他，書要念但牙也要刷。

讀到這裡，或許讀者心想，又來了，大概又跟什麼李白打手機給杜甫，或誰寫滿一張A4的紙一樣，刻意塑造生活化的效果。錯。試看後續發展——

宋之問長大後，一心取得權貴，很哈武則天，膽大包天，寫情詩、寄情書給她。詩文寫得很好，武則天也喜歡，但要進一步發展，不行，武則天嫌他口臭。「蓋以之問（宋之問）患齒疾，口常臭故也。」你看，六神沒亂扯，真的跟刷牙有關。而這兩處內文隔了好幾頁，他也未明白點出前後關係，讀者得自行玩味，才知道人家哏鋪得多細膩。

就像科普、史普，這本書姑且稱之為詩普吧。此類「普級」書稿，深入淺出，學者寫來凝手礙腳，或語言呆板，或註腳多，考證詳，變成「限制級」，只限學院內的學生閱讀得懂（當然也有文筆雅俗共賞的學者）。同樣的，非科班出身的行外作者，有的固然功力深厚，但也不乏底子淺，容易錯，或想像力發揮過了頭，或為求笑果，耍噱頭，而不惜歪曲知識。書，只有好壞，與作者的身分、學歷無關。以上感喟，本來不值一提，但想起多年前中國學界針對「當年明月」的發酸攻訐，不得不囉唆幾句。

但六神磊磊是個聰明人，他的閱讀角度、表現手法都很另類，也不以專家自居，書名的「翻牆」二字，與中國網民翻牆使用臉書、推特的行為無關，而是翻牆摘唐詩的花朵，給讀者看看，以引領入門、引發興趣。

（本文原為「果子離群索書專欄」評論《翻牆讀唐詩》。經作者授權，收錄本書中。）

文學森林LF0172

唐詩寒武紀

唐詩三部曲1

作者
王曉磊
筆名六神磊磊。曾任記者，從事報導。2013年起開始以「讀金庸」為主題，在社群媒體寫作，因為對金庸作品有全面的消化理解，犀利、獨到的視角而廣受好評，其後發展個人對唐詩與歷史的愛好，寫出膾炙人口的「唐詩解讀」系列，掀起新一波唐詩書寫風潮，廣受歡迎，且其文體成為許多公眾號仿效的對象。著有《翻牆讀唐詩》、《給孩子的唐詩課》、《六神磊磊讀金庸》等。

封面設計　朱陳毅
封面繪圖　馬　龍
版權負責　陳柏昌
行銷協力　黃蕾玲、陳彥廷
副總編輯　梁心愉

初版一刷　二〇二三年四月一〇日
定價　新台幣三八〇元

ThinKingDom 新經典文化
發行人　葉美瑤
出版　新經典圖文傳播有限公司
地址　10045臺北市中正區重慶南路一段五七號十一樓之四
電話　886-2-2331-1830　傳真　886-2-2331-1831
讀者服務信箱　thinkingdomtw@gmail.com
臉書專頁　http://www.facebook.com/thinkingdom/

總經銷　高寶書版集團
地址　11493臺北市內湖區洲子街八八號三樓
電話　886-2-2799-2788　傳真　886-2-2799-0909
海外總經銷　時報文化出版企業股份有限公司
地址　桃園市龜山區萬壽路二段三五一號
電話　886-2-2306-6842　傳真　886-2-2304-9301

唐詩寒武紀：唐詩三部曲．一／王曉磊著．-- 初版．--
臺北市：新經典圖文傳播有限公司, 2023.04
???面；14.8X21公分．--（文學森林；LF0172）

ISBN 978-626-7061-63-3(平裝)

1.CST: 唐詩 2.CST: 詩評

820.9104　　112003512

本書授權自《唐詩寒武紀》簡體中文版，由北京十月文藝出版社出版。